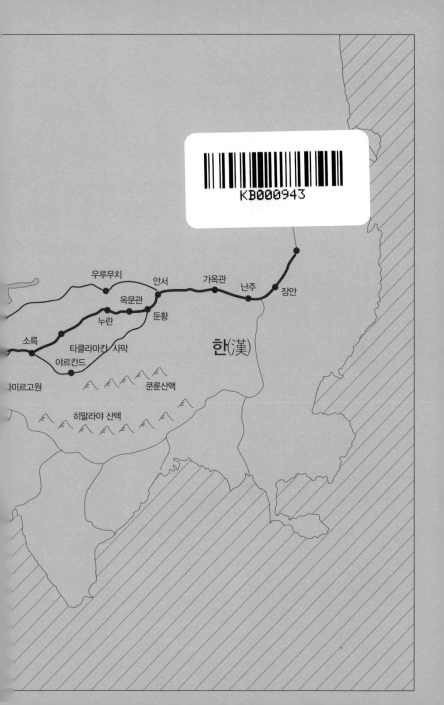

90000리

# 90000리

| 이병천 장편소설 |

다산
책방

중국 하북성 동쪽 소재 갈석산 인근에서 베들레헴까지는
직선거리로 대략 7,200Km가 된다고 한다.
옛날에 인간이 만약 두 발로 이 장정에 나섰다면
산 넘고 물 건너 길을 열고 찾아 만들면서 가야만 했을 테니까 적어도 그 다섯 배 거리,
곧 36,000Km 이상을 걸어야 했다.
리(里)라는 단위로 환산해보면 90,000리 길이다.
우리가 흔히 입에 담는 '구만리'는 그저 아득한 거리를 지칭하려는
단순한 의도로 창작된 관용구가 아니다.
고대에 우리 선조 한 무리가 실제로 이 길을 갔다.

# 차례

**더 읽어야 할 이야기**

# 금척

유대 땅에 이윽고 그날 하루치 어둠이 다 내렸다.

빛보다 공평한 게 어둠이라서 시골구석에 내려앉은 어둠은
더욱 짙고 완강했다. 노란 별들이 유난히 반짝거렸다. 하늘의
별과 지상의 어둠은 그래서 둘이 아니라 하나였다. 어둠은 어
떤 커다란 존재의 몸뚱이였고, 별은 그 눈이었다.

젊은 부부가 오두막 방문을 열고 토방에 내려서며 일행을
맞이했다. 혀를 날름거리며 타오르는 기름불 냄새는 고소하고
향기로웠다.

주인 사내의 구릿빛 얼굴이 번들거렸다. 사내의 아내는 창
백했다. 아마 어둠을 거느리고 선 일행의 두억시니 같은 모습
에 겁을 낸 탓이리라. 하지만 정작 그들 부부는 밖에서 지금

어떤 일들이 자행되고 있는지 알지 못하는 눈치였다.

사내는 목수일까? 좁은 마당 한쪽에 가지런히 놓인 목재며 톱밥, 그리고 아귀가 틀어진 가구와 몇몇 연장들이 일행의 눈에 들어왔다.

"저희는 저 먼 동방 하늘……."

달하는 자신들이 찾아온 이유를 빠르고도 간략하게 설명했다. 유대 언어에 정통한 에데사조차 다 알아듣지 못할 정도였다. 그래서 에데사는 특별히, 새로 태어난 아이에게 경배를 드리러 왔다는 말을 추가하기도 했다.

"아이가 언제 태어났는지 여쭤봐도 될까요?"

언제부턴가 달하의 음성은 안으로부터 잠겨들기 시작했다. 어쩌면 목소리가 떨려나왔기 때문인지도 모른다.

"……스물 한개의 달, 그리고 보름이 있기 전에……."

머뭇거리는 사내를 대신해서 아이 어머니가 나지막하게 대답했다. 젊은 목수 사내는 그게 무안했던지 잠자코 방을 가리켰다. 그들이 문턱을 넘어 방으로 들어섰다.

"아, 이 아이가?"

성기는 머릿속이 하얘져서 말을 다 맺지 못하고 웅얼거렸다. 방 안에는 그 어떤 것도 새로울 게 없고, 그 무엇도 특별할 게 없는 아이 하나가 잠에 빠져 있을 뿐이었다. 칼리의 아들인 야칸처럼, 이목구비가 뚜렷해 보이는 아이였다.

―이 아이가 그토록 고생하며 우리가 찾아 헤맸던 존재인가? 구만리 동쪽 끝에서도 보였던……?

한쪽 무릎을 꿇고 아이를 들여다보던 성기는 계속해서 자문했다. 에데사는 허리를 숙여 뭔가를 찾으려는 듯 눈빛을 빛냈다. 달하는 두 무릎을 꿇고 엎드려 있다가 허리를 바로 세웠다.

"믿어지지 않아요. 아무것도……."

달하의 말에 놀란 듯 아이는 자다 말고 잠깐 경기를 일으켰다. 그러고는 또 쌔근쌔근 잠에 빠져들었다.

―틀림없는 인간의 아이로다. 인간의…….

겨드랑이에 혹시 무슨 날개라도 돋아 있는 건 아닌지 은연중에 살피던 에데사는 아이가 틀림없는 인간의 아이라는 게 믿기지 않았다. 아이는 평범한 얼굴에 피부가 그리 하얀 편도 아니었고, 게다가 머리칼도 부드럽게 꼬인 곱슬머리였다. 아이가 자라나면 틀림없이 자신과 비슷한 용모를 지니게 될…….

"아들놈을 깨울까요?"

젊은 사내가 에데사를 향해 목소리를 낮추었다.

"아닙니다. 이만하면 충분합니다. 한시가 급합니다."

밖에서는 창검을 치켜든 병사들이 저승사자처럼 다가오고 있을 터였다. 성기가 일어나 밖으로 나갔다. 그러고는 말 잔등에서 선물 꾸러미를 내려 일행에게 하나씩 나누어주었다. 에데사가 몰약을, 달하는 유향을 받았고 남은 황금주머니는 자연스레 성기가 들고 다시 방으로 들어갔다.

무릎을 꿇은 채, 성기가 아이의 머리맡에 황금주머니를 내려놓았다. 에데사도 똑같이 따라하며 두 번째 선물을 가지런히 배열했다. 달하는 큰절을 하고 난 뒤 마지막 선물을 두 손으로 밀어놓았다. 포장을 한 것인데도 불구하고 약재 향기가 은은하게 풍겨 나왔다.

"고맙고도 민망하여 몸 둘 바를 모르겠습니다. 어찌……?"

아이의 아버지가 자기 손을 맞잡아 비비면서 고마움을 표했다. 그냥 평범한 사내였고, 생활에 근면하고 성실할 것 같은 사내였다. 젊은 아이 어머니는 아무런 말이 없었다. 하지만 자기 자식에 대한 무한한 사랑이 그녀의 눈빛에 담겨 있는 게 느껴졌다. 선물보다는 줄곧 잠든 아이의 눈을 응시하는 태도가 그랬다.

"별 하나가 우리를 이끌었습니다. 멀리, 아주 먼 동쪽 끝에서부터……."

성기의 목소리도 잠겼다. 멀리 떨어진 동방을 강조하다보니 그랬을 게 분명했다. 한때 그곳에 있었던, 지금은 이미 사라져 없는 나라!

"헌데, 답례를 해드릴 게 아무것도 없습니다. 빵도 양젖도 다 떨어지고…….."

"아닙니다. 아이가 곧 전부입니다. 저희는 모든 보상을 받고도 남았습니다. 하늘의 뜻, 하늘의 대답을 이미 들었습니다."

성기가 난감해하는 목수 사내를 위로했다. 달하는 성기가 한 말의 의미가 무엇인지 간절히 묻고 싶어졌다. 하늘의 신탁을 그는 이미 들었다고 한다. 그런데 그저 캄캄할 정도로 혼란스럽기만 할 뿐 자신에게는 정작 아무런 말도 들려온 게 없었다.

"아버님, 서두르셔야만 합니다."

달하는 묻고 싶었던 말을 삼켰다. 지금은 때가 아니었다.

"오냐!"

대답은 그렇게 하면서도 성기는 아이의 얼굴을 다시 찬찬히 들여다보았다. 눈에 담아가기라도 하겠다는 듯이…… 그러고는 젊은 부부를 향해 빠르게 말했다.

"안전한 곳으로 피신하십시오. 병사들이 쫓아오고 있습니다. 저희가 모실 수도 있지만, 저희는 그들을 다른 쪽으로 유인할까 합니다. 저기 우리가 타고 왔던 말 한 필을 두고 가겠습니다."

"잠시만!"

아이의 아버지가 손을 들어 이미 방문 밖으로 나선 일행을 불러세웠다.

"참으로 드릴 게 없으나, 제가 일하면서 쓰던 곱자가 하나 있으니 이거라도 받아주시면 마음의 짐을 조금이라도 덜 수 있겠습니다."

"아닙니다. 그럴 수 없습니다."

"아무리 가난해도 답례를 하지 못했다면 나중에 저 아이로부터 얼마나 원망을 듣겠습니까? 그러니 부디 받아주셨으면 합니다. 이유를 알 순 없으나 이 곱자는 저 아이가 그 어떤 장난감보다 아끼는 물건입니다. 하오니, 그나마 염치를 덜 수 있는 답례로 여겨집니다만."[1]

사내가 내미는 곱자는 가로 한 뼘에 세로가 한 뼘 반 정도에 지나지 않고, 너비가 한 치도 안 되는 얇은 쇠붙이였다. 목수들이 제일 먼저 챙겨야 하는 물건이기도 했다.

---

1) 성경에는 동방의 박사들에게 베풀었을 법한 답례에 대한 언급이 보이지 않는다. 요셉의 살림이 너무 가난해졌거나, 시간에 쫓겨서 그럴 여유가 없었을 것이라는 추측은 가능하다. 하지만 아무리 그렇더라도 동정녀 마리아란 점만 제외하면 당시 예수의 부모는 그냥 평범한 인물에 지나지 않았다. 또한 그들은 장차 예수가 어떤 인물이 되는지 알고 있었다고 할 수도 없다. 그런데도 답례는 없는 것이다. 이는 성경을 기록했던 이들이 성인 탄생과 관련해서는 이런 일방적인 관계도 당연하다고 여긴 탓이거나, 기억에만 의존해서 성경을 기술해야 했던 이들의 오류, 혹은 의도적인 오판이 아닐까 여겨진다. 우리 전통만 하더라도 돌떡을 나눠준 접시를 그냥 빈 채로 돌려보내는 일은 거의 없지 않았던가!

"받으시지요."

에데사가 성기의 팔을 가볍게 쳤다. 할 수 없이 성기가 곱자를 받으려고 손을 뻗으려는 순간, 주인 사내가 아이 방을 향해 돌아섰다.

"아이가 마침 잠을 깼군요."

일행은 아이의 힘에 이끌리기라도 하듯 다시 방문으로 다가갔다. 아이가 눈을 부비고 일행을 빤히 바라보며 엷은 미소를 지어 보였다. 찾아올 줄 미리 알고 있기라도 했다는 듯…… 눈을 너무 세게 부빈 걸까? 그 아이의 눈에 고인 눈물이 잠시 불빛에 비쳤다.

"얘야, 잘 됐구나. 네가 이걸 직접 드려라. 네 손님들이시고, 네가 좋아하던 물건이었으니……."

젊은 사내가 아이에게 곱자를 내밀었다. 아이가 자리에서 일어나 그걸 받았다. 그리고 아장거리는 걸음으로 다가왔다. 칼리의 아이, 야칸과 닮은 듯했다. 키나 몸집이나 걸음걸이 모두가…….

아이는 두 손으로 공손하게 곱자를 내밀었다. 그걸 받는 성기도 공손했다. 그는 우선, 아이의 조그만 손을 두 손으로 꼭 감싸쥐었다. 달하는 그 순간 아주 둥글고 큰 벽옥(碧玉) 같은 게 자신의 뱃속에 들어와 크게 한번 회오리치는 것 같은 느낌을 받았다.

성기가 이윽고 손을 빼서 곱자를 받아들었다. 그런데 아이의 손에 닿았던 곱자 부분에 무엇인가가 묻어 있는 게 눈에 띄었다. 그는 곱자를 불빛에 비추어보았다. 그건, 맑고도 밝은 선홍색 핏물이었다.

"아, 이런……!"

성기는 아이의 손을 너무 세게 쥐었던 게 아닌가 하고 가슴이 철렁했다. 그래서 황급히 아이의 손바닥을 살펴보려고 다시 아이에게 다가섰다. 헌데 아이는 벌써 방 안쪽으로 물러나고 있었다. 성기는 혹시 자기 손에서 피가 흘렀을지도 모른다고 생각하면서 자신의 손을 들여다보았다. 자신의 손은 멀쩡했다.

기적은 그때 일어났다. 인간이면서 동시에 인간의 아들이 아닌 존재, 하늘을 대리하는 존재가 보여주는 하늘의 신탁, 기적은 그 증거였다.[2]

---

2) 예수의 기적은 전도(傳道)와 더불어 비로소 펼쳐진다. 이로 미루어볼 때 기적 행사는 아무래도 야훼가 전도 이전에는 잠정적으로 금지시킨 능력이었던 것으로 보인다. 이 때문에 동방박사의 등장은 그 자체가 하나의 기적이었음에도 불구하고 드러내놓고 기적이라고는 얘기되지 않는 듯하다. 이는 야훼가 행사한 기적으로 간주하기 때문일까? 그런데 그게 혹시 아기 예수가 직접 행한 최초의 기적은 아니었을까……? 그렇게 추측하는 근거는 예수를 지상에 내는 순간부터 하늘의 뜻은 이미 예정됐던 것이며, 그 이후의 일까지 야훼가 시시콜콜 개입했다고는 볼 수 없기 때문이다.

성기가 다시 곱자로 눈을 돌렸을 때, 곱자에 묻어 있던 붉은 피는 점차 다른 곳으로 번져나갔다. 그리고 번지는 부분으로부터 색깔이 서서히 변하기 시작했다. 성기 자신이 선물로 내밀었던 바로 그 황금 빛깔이었다. 그리하여 거무튀튀하던 쇠붙이 곱자는 순식간에 누런 금척(金尺)으로 바뀌었다. 단순한 쇠붙이가 금으로 변한 것이다.

금척의 전설은 그렇게 탄생했다. 물론, 그게 시작이 아니었고, 끝 또한 아니었다.

# BC 1년

바람은 그해 세상 모든 땅 위에서 불었다.

그해 불었던 바람은 어느 씨앗이든 당장 꽃을 피게 하거나, 기껏 엎드려 기어다닐 뿐인 애벌레들을 순식간에 나비로 우화시킬 바람이기도 했다. 머리에 하늘을 이고 있어야 했던 대지는 어디서나 다소곳하게 그 바람을 받아들였다. 그리하여 바람은, 땅에서 솟아난 게 아니라 하늘이 내렸을 것이다. 땅은 오로지 소망할 뿐이고, 하늘이 그 뜻을 펼치는 법이니까.

한(漢) 제국의 수도 장안에도 바람은 불었다. 봄바람이었고, 당연히 동풍이었다. 물론 지상의 다른 어디든지 봄바람이 불리는 없고, 또 어디서나 동풍이 분 건 아니었다.

달하는 무심코 고개를 돌려 바람이 불어오는 청문(靑門) 쪽을 흘깃 바라보았다. 바람 한 줄기에도 달하의 공후가 저 홀로 스르렁, 스르렁 울었다. 바람은 벚나무까지 흔들었는지 작고 흰 꽃잎들이 그 아래 정향나무¹ 위로 춤을 추며 떨어져 내렸다. 벚꽃이 지는 쪽에서 정향나무 꽃이 피고 있다.

청문은 장안성의 동쪽 문이다. 그러니 바람은 청문 정도가 아니라 저 멀리 고향 갈석산² 자락에서부터 불어왔을 게 틀림 없다. 달하는 그렇게 믿지 않을 수 없었다. 바람이 유난히 달고 부드러운 것만으로도⋯⋯.

칼리 역시 달하의 시선을 좇아 벚나무 쪽으로 잠시 눈길을 주었다. 허나 달하의 댕기머리가 칼리의 시선을 가로막았다. 그녀의 파란 눈동자가 햇빛에 반사되어 구슬 같은 빛을 발했다. 서역 저 너머 흉노족 집시 여인³ 특유의 눈빛이었다.

― 장안의 봄은 해를 거듭할수록 호사스러워지겠지!

--------

1) 정향(丁香)나무. 우리나라 수수꽃다리의 한자식 표현. 라일락.
2) 갈석산(碣石山)의 위치에 대해서는 여러 이설(異說)이 있다. 이 글은 중국 하북성 창려현에 위치해 있는 갈석산 학설에 의거해 씌어졌다. 사기색은(史記索隱) 태강지리지(太康地理志)에는 이런 글귀가 보인다고 한다. '낙랑군 수성현에 갈석산이 있는데, (만리)장성의 기점이다.' 고조선 멸망 당시 왕검성이 이곳에 자리하고 있었다고 전해진다.
3) 집시의 기원은 정확하게 알려진 바가 없다. 최초의 집시 무리는 아리안족으로 인도 북서부 펀자브 지방에서 태동했다고 하는데 이 역시 확실한 건 아니다. 그렇다면 기원 전후 자신들의 터전을 잃고 떠돌이가 돼야만 했던 흉노족에게서 그 기원을 찾을 수는 없을까? 필자의 추측이다. 물론 집시라는 표현은 후대에 붙여졌다.

칼리도 고향 생각을 했다. 멀고도 먼, 뼛속까지 파고드는 추운 봄날의 고향 풍경이 그려졌다. 거기 비하면 장안의 봄은 아예 여름에 가까웠다. 그만큼 화사하기도 했다. 어쩌면 그건 한 제국이 무제[4] 임금 이후 해마다 영토를 늘려온 덕택이리라.

─ 우리 부족을 그가 와해시켰어. 저애, 달하의 나라 조선도 그렇고…….

칼리가 아랫입술을 지그시 깨물었다. 그러자 그녀의 입술이 더욱 붉어지며 생기를 토했다.

이른바 BC[5] 1년의 봄날이었다. 그러니 정초부터 불었던 바람 역시 아마도 봄바람이었을 것이다. 그 바람이 달하와 칼리 일행을 장안으로 불러냈다.

단상에 앉은 젊은 황제[6]가 이윽고 죽간 하나를 뽑아들었다.

가악 제전에 참가한 서른두 개 부족과 국가의 악사들이 일

4) 무제(武帝. 재위 BC 141~BC 87). 한나라 7대 황제로 이름은 유철(劉徹). 해외 원정을 펼쳐 흉노 세력을 사실상 궤멸시켰으며, 고조선을 멸망시켰다. 장건으로 하여금 비단길을 개척하게 한 인물이기도 하다. 『사기(史記)』를 지은 사마천이 바로 이 무제에게 궁형을 당했으며 우리에게 잘 알려져 있는 삼천갑자 동방삭도 당대의 재상이었다. 중국 역사상 진시황, 청나라 강희제와 더불어 가장 위대한 3대 군주 중 한 사람으로 꼽힌다.

5) before christ, 곧 예수 이전을 의미하지만 예수의 실제 탄생연도는 기원전 4년에서 7년 사이라는 연구결과가 비교적 설득력을 지니고 있다. 이 소설에서는 '예수 이전'이라는 본래 의미를 따라 그의 출생연도를 BC 1년으로 삼았다.

6) 전한의 12대 황제였던 애제(哀帝. 재위 BC 7~BC 1).

제히 황제의 손끝으로 눈을 모았다. 구름처럼 몰려든 관중들도 마찬가지였다. 황제의 손은 느리면서도 떨렸다. 떨려서 그가 부리는 위엄은 더욱 무겁고 차가웠다. 집전 내시는 황제보다 훨씬 늙었지만 그는 느리지 않았다. 그가 황제로부터 죽간을 넘겨받았다.

"백제(百濟)! 백-제! 배액-제!"

집전 내시가 목을 길게 빼고 외쳤다. 신생 국가인 백제의 기수가 벌떡 일어나 깃발을 마구 흔들었다. 거기 쓰인 '칠지편경(七支編磬)'이라는 네 글자가 그의 어깨 위에서 춤을 추었다.

기수를 따라 두 명의 백제 악사가 괴상하게 생긴 악기 하나씩을 들고 무대로 나아갔다. 곁가지 일곱 개가 삐죽삐죽 솟은 나무틀에 편경 열네 개를 매단 악기였다. 백제 왕실의 상징이라는 칠지도[7]를 본뜬 악기가 분명했다.

"동이 가운데 고구려와 신라는 경연에 불참했다고 하옵니다. 부여는 한걸음에 달려왔고, 또 다른 동이 무리도 참가했사옵니다."

_____

7) 칠지도(七支刀). 4세기 후반 무렵 백제가 일본에 전해주었다는 독특한 모양의 칼. 길이 74.9cm에 나뭇가지처럼 일곱 개의 칼날이 붙여져 있어 칠지도라고 부른다. 1953년 일본의 국보로 지정됐다. 한때 백제의 하사품인가 아니면 진상품인가를 두고 한일 양국 학자들 사이에 논란도 있었지만 현재는 백제가 일본에 하사했다는 학설이 지배적이다.

왕망[8]이 황제의 눈치를 보며 아뢰었다. 황제가 건성으로 고개를 끄덕였다. 왕망은 선왕이었던 성제[9] 말년에 섭정의 자리에 오른 인물이었지만 선왕이 죽자마자 그를 파면시킨 게 바로 지금의 황제 자신이었다. 늙은 황후의 입김이 아니었더라면 지금 이 자리에 들지도 못할 위인이었다.

그 사이, 백제 악사들이 연주를 시작했다. 연주라기보다는 사내들의 춤이고, 춤이라기보다는 무사들의 검술에 가까웠다. 그들은 발을 굴러 껑충껑충 뛰어오르며 양쪽 손의 나무막대를 휘둘러 사정없이 편경을 공격했다. 검술은 현란하고도 정확했다. 그들이 연주하는 완벽한 화음이 그걸 증명했다. 편경을 한나라 황제의 급소쯤으로 여기고 있는지도 몰랐다. 아니, 적어도 황제는 그렇게 여겼다.

"고얀 족속이로다!"

황제가 그 말과 함께 들고 있던 구슬을 톡 떨어뜨렸다. 구슬이 옥쟁반에 부딪치는 소리가 크고도 맑았다. 일부러 그렇게 만든 것이기도 했다.

---

8) 왕망(王莽. BC 45~AD 23). 전한을 멸망시키고 신(新) 왕조를 세운 인물.
9) 성제(成帝. 재위 BC 33~AD 7). 이름은 유오(劉驁). 중국 역사상 4대 미녀 가운데 하나로 꼽히는 조비연(趙飛燕)과의 로맨스로 유명하다. 조비연은 몸이 가벼워 성제의 손바닥 위에서도 춤을 추었다는 일화를 오늘날까지 남기고 있다.

"그만, 그만 멈추어라!"

집전내시가 백제 악사들의 연주를 중단시켰다. 그 명령은 내시가 아니라 지엄한 황제가 내린 것임을 모르는 사람은 없었다.

그 바람에 백제 악단은 예선에서 덧없이 탈락하고 말았다. 악사 두 사람보다도 기수가 더 낙담했는지 얼굴이 크게 일그러졌다. 그건 편경의 재질 탓일 수도 있다. 흙이나 나무, 바가지, 짐승 가죽 등으로 만들어진 타악기라면 매를 맞으면서도 노래를 하는 법이다. 헌데 편경의 경쇠는 아무래도 길들여지지 않겠다고 버티는 것 같았다. 노래는커녕 숫제 아프게 비명을 내질렀을 뿐이니까.

무대 계단을 내려가는 그들의 발걸음이 몹시 무거워 보였다. 그 걸음으로 어찌 백제까지 돌아갈 것인지, 달하는 자기 일처럼 걱정이 앞섰다.

부족장이자 제사장인 부르암이 쩝 하고 입맛을 다시더니 달하 쪽으로 고개를 돌렸다. 쇠고 성긴 그의 머리칼이 햇빛에 더욱 두드러져 보였다. 오래 앉아 있던 터라 무릎 연골이 불에 지지듯 쑤실 게 뻔했다. 그렇지만 아버지 부르암은 자기 무릎의 고통보다도 그리메 오라비의 부재를 더 염려하고 있을 터였다. 달하는 그 사실을 충분히 짐작했다. 그리메 오랍이라면 저 백제 악사들보다도 한나라를 더 증오할 사람이다.

그들 앞에 눕혀진 깃발의 글씨들이 잔바람에 파르르 떠는 게 보였다. '공무도하(公無渡河)'[10] 님하, 물을 건너지 마오. 물을 건너 내게서 떠나려 하지 마오. 그렇게 노래 부르던…….

기수 역할을 맡은 아홉이 깃발의 한 끝을 가만히 끌어당겼다. 그러자 깃발에 써진 공무도하 네 글자가 강물을 차고 오르는 물고기처럼 흰 비단 위에서 자맥질하며 꿈틀거렸다.

그리메[11]는 몇 시각째 한 동작만을 반복했다.

숙소로 배정된 장안성 북문 밖 객잔은 한없이 적막했다. 적막으로 소름이 돋을 지경이었다. 긁어대고 뜯고 퉁기고 치고 때리고 두드리던 온갖 소리들이 모처럼 사라지고 없었다.

─자, 문제의 비수는 공후[12]의 공명통과 몸체 사이를 지탱해 주는 지지대에 감추어져 있다. 한순간에 이 지지대를 뽑아든

---

10) 공무도하가(公無渡河歌). 가장 오랜 고조선의 시가. 머리가 하얀 사내가 강물을 건너다가 빠져죽자 그를 말리던 아내가 신세를 한탄하며 울부짖었다. 나루에 근무하던 진졸(津卒) 하나가 자신이 보고 들은 얘기를 아내에게 들려주자 그 아내 여옥(如玉)이 공후를 연주하면서 노래를 만들어 불렀다. 이 때문에 북한에서는 우리나라 최초의 음악가로 여옥을 꼽는다.
11) 그림자의 옛말. 여기서는 사람 이름으로 쓰이고 있다. 전체 이름은 '흰 그리메'.
12) 고조선에서 연주되던 대표적인 악기의 하나로 현재는 그 자취를 찾을 수 없으며 악기 형태에 대해서도 이설이 많다. 사단법인 고악기연구회가 여러 기록과 자료에 의거, 재현에 성공했으며 여러 차례 연주회를 열기도 했다.

다음, 비수를 둘러싸고 있는 위장된 나무 막대를 해체해야만 한다. 비수 길이는 한 자 남짓, 날의 두께는 기껏해야 한두 치에 불과한 것. 비수라기보다는 쇠꼬챙이에 가깝지. 그러니 상대를 벨 수는 없다. 오로지, 찔러야 한다.

그는 아예 눈을 감은 채 그 단순한 동작을 익혔다. 경연장 쪽에서 비파의 현을 긁어대는 소리 한 가닥이 희미하게 들려왔다.

황제가 다시 제비뽑은 죽간은 '누란(樓蘭)'[13]이었다. 서역 타클라마칸 사막에 자리한 녹주[14] 왕국이라고 했다.

깃발을 든 그들 기수가 먼저 앞서 나갔다. 반탄비파(反彈琵琶)[15]……! 비파를 거꾸로 연주할 모양이었다. 얼마나 자신이 있으면 악기를 거꾸로 연주하겠다는 걸까? 달하는 좀 더 가까이 지켜볼 요량으로 턱을 두 손으로 괴고 앉았다.

악사는 여인 넷, 그들이 각각 네 방위를 향해 섰다. 그리고

---

13) 누란(樓蘭). 타클라마칸 사막 남쪽에 있던 고대 도시국가로 AD 5세기경에 홀연히 사라지고 말았다. 20세기 초반, 스웨덴의 한 탐험가에 의해 살아 있는 듯한 살결을 가진 귀족풍 여인의 미라가 누란 유적지에서 발견돼 〈누란의 미녀〉라는 이름이 붙여졌다. 이 수수께끼 같은 발견 이후 누란을 소재로 한 숱한 문학작품이 발표되기도 했다.
14) 녹주(綠洲). 오아시스의 한자식 표현
15) 돈황 막고굴 112굴 벽화에 실제로 반탄비파를 하는 모습이 등장한다. 돈황 시내 중심가에도 이 벽화를 기념하기 위해 만든 대형 반탄비파 대리석상이 서 있다.

는 비파를 왼쪽 어깨 뒤로 사뿐히 들어올려 연주를 하기 시작했다.

그들의 연주도 백제 악단만큼이나 이상했다. 연주라기보다는 춤에 가까운, 해괴한 작태였다. 아니, 해괴할 것도 없는 단순 유치한 의도가 한눈에 드러났다. 그녀들이 두 팔을 머리 뒤로 들어올리자 얇은 비단에 가려져 있던 풍만한 가슴이 확 도드라진 것이다.

목적은 그것이었다. 구경꾼들이 탄성을 내지르며 꿀꺽꿀꺽 침을 삼키는 것만 봐도 알 수 있었다. 양쪽 발을 들어 외로 꼬곤 하는 동작도 그랬다. 엉덩이의 둥근 선이나 넓적다리의 육덕을 한껏 내보이기 위한 수단이 분명했다.

연주를, 춤을 그들 스스로 끝낼 때까지 황제는 구슬을 떨어뜨리지 않았다. 부르암은 한눈을 팔았다. 칼리는 열중했고, 젊은 불사위와 불모루 형제는 깊이 빠져든 것 같았다. 달하는 속이 좀 거북하긴 했어도 끝까지 외면하지 않고 다 보았다. 사실을 말하자면, 난데없이 그리메의 각진 몸매가 떠올라 자신의 뺨을 한 차례 물들이긴 했다.

스물일곱 젊은 황제에게도 갑작스런 육욕은 치명적일 수 있다. 그래서 황제는 들어가 쉬기를 원했고, 경연은 잠시 중단되

었다. 쉬기를 원한 게 아니라 어설프게 뜨뜻미지근해진 몸에
아예 불을 좀 붙여볼까 하고 침실에 들었는지도 모른다. 황제
는 또 자신의 옷소매를 자를까?[16]

황제의 부재에도 불구하고 가악 제전에 참가한 악사며 관중
들은 꼼짝하지 못하고 자리를 지켰다. 병사들도 움직이지 않
았다. 궁중 행사에 참여한 이들이라면 누구든지 보이지 않는
족쇄를 차고 있어야만 했다. 이따금 옷깃에 스친 현악기들이
숨죽인 듯 짧게 울고, 형형색색의 크고 작은 깃발들이 바람 속
에서 거칠게 울었다.

─무제가 죽은 지 이미 70년, 아직도 한의 위세는 하늘 높은
줄 모르는가?

기치창검의 무성한 숲을 곁눈질하던 부르암의 눈이 흐려졌
다. 그는 문득 두고 떠나온 고향 마을 여우난골[17]을 떠올렸다.
수구초심이라고 했던가? 여우난골의 여우들은 언제나 여우난
골로 돌아와 죽곤 했다. 죽음의 방식을 스스로 선택할 수 없는,

16) 고사성어 '단수(斷袖)'의 일화. 애제는 궁궐에서 일하던 미소년 동현(董賢)을 사랑
했는데, 하루는 그와 더불어 낮잠을 자다가 일어나 자신의 팔을 베고 자는 동현이 깨
지 않도록 살며시 옷소매를 자르고 일어났다고 한다. 이로부터 소맷자락을 자른다는
말은 동성애를 의미한다.

17) 백석(白石)의 시 제목에서 마을 이름을 빌렸다. '박을 삶는 집, 할아버지와 손자가
오른 지붕 위에 한울빛이 진초록이다. 우물의 물이 쏠 것만 같다. 마을에서는 삼굿을
하는 날, 건넌마을서 사람이 물에 빠져 죽었다는……'으로 시작하는 시다.

이를테면 살에 맞거나 수리에 채인 여우들은 고개만을 여우난 골로 돌린 채 죽어갔지만.

객잔 방문의 문설주에 손톱만 한 원을 그려놓은 다음, 그리메는 뒤로 멀찍이 물러나 비수를 날려보았다. 직접 찌를 상황이 아니라면 비수를 날리는 것도 괜찮을 듯했다. 쇠꼬챙이는 표적 안에 정확히 꽂혔다. 꼬챙이 끝이 이를 악문 짐승처럼 파들파들 떨었다.

다른 곳에, 또 다른 곳에 표적을 옮겨 그리면서 그는 비수를 던지고 또 던졌다. 뒤로 묶이지 않은 귀밑머리 몇 올 아래로 땀방울이 흘러 떨어졌다.

왕망이 단상 뒤쪽으로 중년의 뚱뚱한 몸을 옮겼다. 그러자 건장한 사내 하나가 그의 뒤를 그림자처럼 따랐다. 그도 칼리처럼 파란 눈이었다. 파란 눈에서 쏘아대는 짙고 푸른 눈빛이 살쾡이의 그것보다 날카로웠다.

왕망이 다른 사람들의 눈에 띄지 않게 오른손 검지를 까딱거렸다. 사내는 더 이상 왕망을 따르지 않았다. 그리고 젊은 황제가 들어간 궁궐 문 밖 스무 걸음 거리, 왕망은 거기 맨땅에 부복하고 무릎을 꿇었다.

제국 주변의 대소 국가 악공들을 불러 세계 가악 제전을 열자고 처음 제안을 했던 게 왕망의 고모였던 노 황후였다. 한의 위세를 만방에 떨쳐 보임으로써 반항과 거역의 기운을 사전에 감지하고 또 걷어내자고 했다. 조카인 왕망을 중앙 정계에 다시 불러들일 구실을 마련할 속셈이 아주 없지도 않았다. 왕망이야말로 악기의 고수였으니까. 물론 무사들이라면, 그리고 선비연하는 자들이라면 다들 가악을 한 가락씩 하는 존재들이지만.

그러니 황제가 노여워하고 있다면 왕망 자신에게도 결코 바람직한 일이 아니었다. 물론 그는 황제의 기분이 상하지 않았다는 사실을 잘 안다. 백제 악단 때문에 잠시 위태롭기는 했어도 누란의 반탄비파가 그걸 만회시키고도 남았다.

왕망은 단지 몸으로 충성심을 증명할 요량이었다.

황제는 끝내 나타나지 않았다.

봄은 봄이었다. 누란 악단의 연주가 병약한 황제에게 회춘의 기운을 조금은 불어넣은 게 틀림없다.

첫날 경연은 그것으로 끝이 났다.

숙소에 돌아오자마자 부르암은 침을 맞아야 했다.

아홉이 부르암의 양쪽 무릎 혈 자리에 깊숙이 금침을 찔러

넣었다. 아홉의 의술이라면 앉은뱅이도 벌떡 일어나 걷게 할 것이라고 부르암 자신이 칭찬한 적도 있다.

"우리도 일찌감치 탈락하는 게 아닐까요?"

달하가 부르암의 무릎에 꽂힌 침을 바라보며 사뭇 근심스런 표정으로 말했다.

"연주 실력들이 그리도 출중하더냐?"

대장장이 쇠불이 반문했다.

"그건 아니지만. 그리메 오랍은 연주에 관심이 없는 듯하고, 흉노족인 칼리가 우리를 위해 신명을 낼 것 같지도 않고……."

"묵가[18]는 버리되, 음악은 버리지 말 걸 그랬구나."

"무슨 말씀이세요?"

"한때 우리는 묵가에 들었던 적이 있다. 그게 곧 우리 부족

18) 묵가(墨家). BC 5세기경 묵자에 의해 창시된 학파. 우리에게는 겸애설로 잘 알려져 있으며, 하늘 또는 상제의 뜻에 순종해야 한다고 가르쳤다. 아울러 천하에 남이 없다는 '천하무인(天下無人)' 사상을 통해 보편적인 사랑, 차별 없는 사랑을 실천해야 한다고 주창했다. 인간의 노동을 당연시하여 노동에 적합한 검은 옷을 입도록 장려했으며 음악을 멀리하기도 했다. 한편 묵가는 전란이 계속된 춘추전국시대를 살면서 전쟁을 막기 위해 많은 노력을 기울인 것으로 유명하다. 유가와 서로 치열하게 대립한 것으로도 유명한데, 묵가는 유가의 지혜가 갓난아이보다 못하다고 조롱했으며 유가는 묵가의 평등사상을 두고 아비 없는 짐승 같다고 폄하했다. 문익환 목사는 '묵자의 하느님과 예수의 하느님은 쌍둥이처럼 닮았다'고 진술했다고 한다. 기세춘 선생은 묵가의 사상을 근거로 예수 탄생을 경배하러 갔던 동방박사들이 바로 묵가 잔존세력이었을 것이라는 흥미로운 가설을 제시하기도 했다. 이 소설 창작의 모티브는 선생의 가설에서 얻었다. (출처: 기세춘 저 『묵자』)

의 생각과 다르지 않았으니까…… 그때는 옷도 검게 입었더니라. 그래서 묵가라고 불렀다만, 묵가는 음악을 멀리했다. 근면하고 검소한 생활을 앞세웠던 터라 가악을 사치라고 여겼던 거지."

"음악 없이 일은 어떻게 하고, 전투는 어떻게 이기고, 하느님은 또 어떻게 만나죠?"

"달하야, 네 얘기가 옳다. 너다운 말이다. 허나……."

부르암이 참견하고 나섰다. 무릎 쑤시는 게 조금은 가라앉은 모양이었다.

"유가(儒家) 아닌 다른 종파를 숭상하면 죽이겠다고 무제가 협박하는 바람에 우리도 점차 묵가를 멀리했다만 묵가가 중시한 건 사람이었다. 사람이 항상 우선이었다는 말이다."

"어쨌든 이민족 군주 하나가 우리 삶을 송두리째 바꿨네요."

"그나마 우리가 아니면 묵가도 다 사라지고 없는 셈이다. 헌데 지금은 가악 얘기를 할 때가 아니다. 이젠 우리가 꼼짝없이 죽게 생겼으니……."

부르암이 고개를 쳐들며 깊은 한숨을 내쉬었다. 좌중의 낯빛이 갑작스럽게 흐려졌다.

칼리는 자기 방으로 들어가 아이에게 젖을 물렸다.

야칸은 잠이 깨기도 전에 제 어미의 젖을 힘차게 깨물었다.

칼리가 외마디 비명을 질렀다.

밖에 나갔다가 돌아오던 그리메는 칼리의 비명을 듣고 잠시 귀를 모아 동정을 살폈다. 그러고는 별일 아니라는 걸 확인했는지 일행이 머무는 방으로 들어섰다.


"넌 어딜 그렇게 겁도 없이 싸돌아다니는 거냐?"

부르암이 그리메에게 핀잔을 주었다. 그리메는 대꾸하지 않고 방 한쪽 구석을 차지한 채 고개를 외로 꼬았다.

"아버지, 칼리도 부를까요?"

"아니다. 굳이 그럴 건 없다."

부르암이 잠시 뜸을 들였다. 그 사이 아홉이 족장의 무릎에서 침을 뽑았다. 부르암이 이윽고 길게 숨을 내뱉으며 입을 열었다.

"우리에게 승냥이를 사냥하라고 한다."

"승냥이라니요?"

"쉬잇! 목소리를 낮추어라."

부족장의 놀란 눈을 대하며 달하가 숨을 삼켰다. 그리메가 재빨리 바깥 동정을 살폈다. 그럴 일도 아니었다. 악기를 두드리고 뜯고 불어대는 소리들로 바깥은 온통 난장판이었다.

"누가 시키는 일입니까?"

그리메는 굳이 목소리를 낮춰서 묻지 않았다. 승냥이가 무엇을 지칭하는지 그는 이미 훤히 알고 있는 듯했다. 오래전부터 자신이 원하던 일 중의 하나일 테니까.

"파란 눈을 가진 한나라 장수였다. 칼리처럼 흉노족으로 보였다. 그 이상은 아무것도 알지 못한다. 이름도 직책도……."

"그럼, 원하는 대로 해주죠 뭐."

"천둥벌거숭이처럼 함부로 날뛰지 마라. 사냥을 해도 우린 죽고, 사냥에 실패해도 우린 죽는다. 그들 간계에 휘말려 우리가 더 이상 길을 갈 수 없게 됐단 말이다. 죽음이 두려운 게 아니다만, 죽어서도 그게 절통할 일이다."

부족장이 다시 한숨을 내쉬었다. 늙은이들의 버릇 가운데 하나이기도 했다. 그리메는 입가에 미소를 지었다. 대장장이 쇠불과 아홉도 이미 들어서 알고 있는지 놀란 기색이 아니었다. 젊은 축에 드는 불사위 불모루 형제와 달하, 그리고 한붑,[19] 그렇게 네 사람만 벌린 입을 다물지 못했다.

"융커!…… 그는 아마 융커라는 놈일 것이다."

칼리가 방문을 불쑥 열고 들어서며 말했다.

"본래 우리 부족의 사내였고, 지금은 한 제국 북군의 호기[20]

---

19) 한은 크다는 뜻이고, 붑은 북의 고어. 그래서 그의 이름은 '큰북'이 되는 셈이다.
20) 호기(胡騎). 당시 한 제국의 북군(北軍) 편제는 5교(校)로 이루어졌다. 이중 호기

교관으로 있는 자다."

"아니, 네가 어찌?"

부르암이 놀라서 눈을 부릅떴다. 그의 흰 눈썹이 뽕잎을 갉
아먹는 누에처럼 꿈틀거렸다. 동족에 대한 걱정 때문에 일찌
감치 하얗게 쇠어버렸다는 바로 그 눈썹이었다.


융커가 왕망 앞에 부동자세를 하고 섰다. 군복을 입고 있지
는 않았어도 그는 여전히 매섭고 날카롭게 보였다.

"일은 잘 진행되고 있느냐?"

"사람들을 구했사오니 어려울 것도 없다 할 것이옵니다. 하
오나⋯⋯."

"⋯⋯?"

"강압으로 일을 받으면 누구든 신심이 생겨날 리 없습니다.
주군께서는 어찌하여 소장에게 직접 일을 맡기지 않으십니
까?"

"이미 말했다시피 우리 모두에게 위험이 클 수밖에 없는 일
이다."

"소장은 언제든 기쁘게 죽을 것이옵니다."

---

교(胡騎校)는 한에 투항한 흉노족 병사들로 구성된 기마대.

"너 하나로 끝날 수 있는 일이 아니다. 진정 그걸 모르는가?"

"……."

"그래, 물어보자. 흉노 그 계집이 장안에 나타났다고 하던데, 네가 땅을 주겠다는 약속의 말이라도 그새 흘렸던 것이냐?"

"주군께서 이미 알고 계시니 아룁니다. 칼리는 소장의 말을 듣지 않은 지가 이미 오래입니다. 불구대천의 원수로 여기고 있사온데 하물며 약속 따위를 입에 올리겠사옵니까?"

"내게 미리 고하지 않은 이유로는 충분치 않다."

"그녀가 동이족과 함께 있음을 보고 동이족의 흉심을 읽을 수 있었습니다. 하여 그녀만큼은 일부러 피했사옵니다."

"그들 무리를 함부로 입에 올리지 말라."

"송구하옵니다."

"필요하거든 흉노 계집의 머리를 돌로 쳐서 으깨어라. 내게서 도망친 계집이다. 일을 그르치지 않으려거든 명심하라."

"칼리는 아이 하나를 데리고 있었습니다. 그녀가 독립할 수 있다면 주군께서는 속국 하나를 더 거느리는 셈이 될 것이옵니다."

"뭐라고?…… 무슨 아이란 말이냐?"

왕망이 놀라 목을 틀었다. 그러자 궁궐 문 앞의 해태 조각상처럼 두터운 목덜미가 훨씬 더 굵게 드러났다.

– 인간의 욕심은 목덜미에 나타나는 것인가?

대답을 하기 직전, 난데없는 의문 하나가 융커의 머릿속을 스쳤다. 생각을 숨기듯, 융커가 머리를 숙여 조아렸다.


우리가 기련산[21]을 잃어 말에게 먹일 풀이 없고

우리가 연지산[22]을 빼앗겨 여인의 볼을 물들일 수도 없네.


칼리는 대답 대신 공후를 끌어안고 여우난골에서도 자주 흥얼거리던 그 노래[23]를 불렀다. 구슬프고도 처량한 곡조였다. 나라를 빼앗겨버린 흉노족 사내들의 설움이 거기 한 소절에 다 녹아든 듯했다.

달하는 연지산에서만 난다는 연지풀을 머릿속에 떠올려보았다. 자신도 볼에 바르곤 하던 그 연지였다. 하지만 풀의 생김새를 알 수 없으니 그려볼 수도 없었다. 언제든 칼리에게 물어볼 수는 있다. 지금은 때가 아니지만……

--------

21) 기련산(祁連山). 치렌산맥.
22) 연지산(燕支山). 연지 곤지를 바른다는 그 연지풀이 많이 났다는 중국 섬서성에 위치해 있는 산. 결혼하는 여성들이 얼굴 양쪽에 연지를 바르는 풍습은 불과 몇십 년 전까지만 해도 우리나라에 남아 있었다.
23) 흉노족들이 정복당한 뒤 실제로 불러 유행했다고 전해지는 노래 가사.

"그게 너와도 연관이 있는 일이었더냐?"

쇠불이 물었으나 칼리는 고개를 들지 않았다. 누군가가 윽
박지르듯 헛기침을 했어도 마찬가지였다. 그녀의 어깨가 가만
가만 오르내리기 시작했다. 달하는 다시 연지풀을 떠올려보기
위해 쓸데없이 애를 썼다.

부르암은 칼리가 여우난골에 처음 나타나던 때를 떠올렸
다. 세성[24]의 뒤쪽으로부터 새로운 별 하나가 휘황찬란하게 분
화하던 날 밤에 그녀는 왔다. 그리고 동굴 신당에서 몸을 풀고
아이를 낳았다. 그녀를 지켜준 이가 바로 부족장 자신이었다.

헌데, 그 별의 탄생은 무엇인가? 그리고 하늘의 뜻은 과연
무엇이란 말인가?

신탁이 내린 것인가?

아사달, 아침의 땅 조선은 하늘이 내린 나라이자 하늘의 자
손들이 다스리는 나라라고 했다. 하지만 이미 백년 전에 싱겁
게 망해버리고 말았다. 이런 게 하늘의 뜻인가?

만약 그렇다면 새 별의 탄생 역시 하늘의 뜻이어야 하리라.
다만 하늘이 그 빛을 풀어 어느 곳을 비추는가가 중요했다. 유

---

24) 세성(歲星). 목성의 별칭. 동서양을 막론하고 지배자나 임금의 탄생과 길흉을 관
장하는 별로 알려져 있다.

감스럽게도 그게 조선 옛 땅은 아니었다. 그런데 하필 자신들의 땅에서 별의 탄생이 훤히 바라보인 건 도대체 무슨 조화란 말인가?

"쇠불 박사, 저 별빛의 머리가 가리키는 곳은 예서 얼마나 멀까요?"

그 백야(白夜)의 밤에 부르암이 대장장이 쇠불에게 물었었다. 말이 대장장이일 뿐이지 그는 천문과 지리에 두루 밝아서 모두에게 박사로 불렸다. 위만이 조선 땅에 처음 망명해 왔을 때 박사 칭호가 내려졌던 것처럼.[25]

"가보시렵니까?"

쇠불이 미소를 머금은 채 반문했다. 부족장은 입을 다문 채 대꾸하지 않았다. 그러자 쇠불은 아득한 하늘에 낫질을 하듯 손가락으로 휘휘 선을 그어가며 말했다.

"예서부터 제까지 삼만 리, 제서 저기까지도 삼만 리, 저기서 거기까지 또한 삼만 리, 도합 구만 리는 되지 않을까 합니다."

"구만 리라고?"

---

25) 위만(衛滿)이 고조선으로 망명하자 고조선의 준왕(準王)은 실제로 박사(博士) 칭호를 내리고 식읍을 하사했다. 나중에 그가 위만조선을 세웠다. 오늘날 우리가 말하는 박사가 그것이다.

"이곳 동방에도 하늘이 있건만, 굳이 서방 하늘을 보고자 하십니까?"

"해 뜨는 곳에서 해가 지는 곳까지, 구만 리라……."

"하루에 백오십 리를 간다고 해도, 꼬박 스무 달이 걸립니다. 말을 타고 낙타를 부려야겠지요."

기껏해야 텅 빈 허공을 눈짐작한 것에 지나지 않으면서도 쇠불은 중간중간에 이정표라도 세워져 있는 것처럼 자신하고 말했다. 그 주먹구구 셈법이 마냥 허무맹랑하다고만은 할 수 없었지만.

문제는 거리의 길고 짧음이 아니었다. 도대체 왜 가는 것이냐고, 말이 떨어질 때부터 그리메는 구만 리 장정에 기를 쓰며 반대했다. 하늘이 나라를 내린 게 아니고, 그래서 하늘이 나라를 되찾게 해주지도 않는다며 망발을 부렸다. 그를 따르는 자들이 마을 인구의 반에 가까웠다. 물론 달하를 비롯한 나머지 사람들이야 기꺼이 앞장을 섰지만.

그 무렵 한 제국 장안에서 기별이 왔다. 가악 제전이 있으니 필히 참가하라는 일방적인 통보였다. 그리메는 그 말을 듣더니 오히려 장안으로 가자며 앞장을 섰다. 그 길이 지금 이 길이었다.

가악이라면 자다가도 벌떡 일어나고도 남을 사람이 칼리였다. 그리메는 그녀까지 끌어들였다.


"살 길은 하나뿐이다."

부르암이 가래 끓는 소리를 냈다. 오래토록 애를 끓여온 탓이리라.

"일이 더 커지기 전에 이 판 속을 벗어나야 한다. 희생이 없지 않겠지만, 그나마 그게 몇몇이라도 목숨을 부지할 수 있는 길이다."

"꺽저기탕 끓이는데 덩달아 개구리라더니, 우리가 바로 개구리 신세입니다."

아홉은 그 경황 중에도 시쳇말을 늘어놓았다. 열에서 하나가 모자라는 바람에 아홉이라는 이름을 갖게 됐다고 그는 늘 말하곤 했다. 그래서 대화를 할 때면 육두문자나 신소리, 시쳇말을 써서 그 하나를 채워야 한다고 너스레를 떨었다.

"가면 어디로 간단 말입니까? 사방팔방 한 제국의 깃발이 꽂혀 있지 않은 곳이 없는데."

말수가 적은 한붚이 근심스런 낯빛을 하고 물었다. 그러자 그의 얼굴에 새겨진 상처가 지렁이처럼 꿈틀거리는 게 보였다. 이른바 '피눈물[26]'의 그 상처였다. 오래전에 그 스스로 얼굴에 칼을 긋고 피와 눈물을 함께 흘렸다는…… 한붑은 부족장을 시중하며 장안에 왔다. '큰북'이라는 뜻의 이름처럼 평소에는 좀체 반응을 하지 않던 그였다. 그런 그도 조바심을 숨기지 못했다.

"십여 년 전 끌려가신 제사장 성기[27] 어르신이 계신 곳!…… 차제에 이 말은 누구 앞에서든 입 밖에 내지 마라. 발설하면 모두가 죽을 수 있기 때문이다. 하여튼 그분께 갈 수만 있다면 살 길이 열릴 것이다."

"그게 어딘데요, 아버지."

달하가 물었다. 낮에 뜬 달처럼, 그녀의 얼굴이 더욱 하얗게 보였다.

"옥문관[28]! 만리장성의 끝이자 서역으로 나가는 출발점이

---

26) 피눈물을 흘린다는 말은 예사로 쓸 수 없을 만큼 처절한 역사적 사실에 기초한다. 고대 유목민들은 가족이 죽임을 당하면 자기 얼굴 일곱 군데에 칼을 긋고 흐르는 피와 함께 눈물을 쏟으며 복수를 맹세했다고 전해진다. 그게 피눈물이다.

27) 성기(成己). 고조선이 패망한 후 부흥운동을 펼쳤던 실제인물로 대신을 지냈다. 소설에 등장하는 성기는 그와 동명이인으로 실제 인물의 손자로 설정돼 있다. 어쨌든 다른 등장인물들과는 달리 한자식 이름이 돋보이는데, 이 사실로 미루어 좋든 싫든 이름자까지 한나라 식으로 바꾸고 살아야 했던 당대 지식인들의 면모를 엿볼 수 있다.

28) 옥문관(玉門關). 타클라마칸 사막을 건너는 비단길은 사막의 북쪽과 남쪽으로 두 곳이 있다. 어느 곳이나 돈황을 거친 다음에 북쪽 길을 택하려면 옥문관을 지나야

다. 어차피 우리가 별을 찾아 가고자 했던 길이기도 하다."

"또 별 얘기로군요. 거기다가 우리를 버린 무능력자에게 이젠 목숨까지 맡겨야 한다고요?"

"말을 삼가라! 내가 널 키웠지만, 그분은 엄연히 네 생부시다."

그리메의 말을 자르며 부르암이 버럭 역정을 냈다. 하얗게 쇤 성긴 머리칼들이 그의 역정을 따라 솟구치는 듯했다.

"오랍은 좀 잠자코 있어봐."

달하가 그리메의 팔뚝을 잡아끌었다. 하지만 그의 팔은 달하의 힘으로는 움직이지 않았다. 그리메의 완강한 고집이 그 팔뚝에 무쇠처럼 녹아 있는 듯했다.

"도망치고 싶으면 누구든 길을 떠나십시오. 저와 불 형제는 남을 것입니다. 멍석을 깔아주는데도 불구하고 그냥 회피한다면 천추의 한이 될 테니까요. 우리는 승냥이를 잡으러 갑니다."

"미친 놈!…… 사냥이 끝나는 순간, 너희 또한 삶아진다. 이 나라를 세운 한고조 유방의 시대에 이미 그런 일이 벌어졌었다.[29] 일을 꾀한 자들이 후환을 없애려고 덤벼들 게 번연하지

---

했고, 남쪽 길이라면 양관을 통해야 했다.
29) 토사구팽(兎死狗烹)의 일화를 말하고 있다. 이 표현의 시대적 배경은 한나라 건

않느냐? 그걸 진정 모르겠느냐?"

"그렇더라도 포기할 수는 없습니다."

"승냥이 하나를 사냥해서 뭘 어쩌겠다는 것이냐? 조선 유민과 맞바꿀 셈이냐?"

"……."

그리메의 말은 들을 필요도 없다는 듯이 칼리가 자리에서 일어섰다. 한붐이 의아스런 눈길을 보내면서도 굳이 시비를 걸지는 않았다. 나라를 잃고 백성이 뿔뿔이 흩어진 데 대한 칼리의 비분이 그리메에 못지않음을 의심하는 사람은 없다.


"살 길은 하나뿐이다."

융커의 말은 부르암이 했던 말과 기묘하게도 일치했다.

그는 칼리와 눈을 마주치지 않으려고 일부러 시선을 피하곤 했다. 권위 때문도, 그렇다고 죄책감 때문도 아닌 듯했다. 전에 없이 온화한 그의 눈빛이 그걸 말해주고 있다. 독기서린 푸른 광채는 칼리 앞에서 이미 걷히고 없었다.

"고향으로 돌아가라. 길은 내가 열어주마."

---

국 초기인 기원전 196년. 한나라가 남긴 고사성어 가운데 지금까지 이 말만큼 자주 언급되는 사자성어도 따로 없을 것이다. 그 대상이 동물이든 혹은 인간이든, 모든 사냥꾼의 속성은 이렇듯 시대가 바뀌어도 변함이 없는 탓일까?

"고향? 쑥대밭이 되고 난 뒤 지금은 기껏 낙타풀이나 돋아 나고 있는 땅으로? 네가 그걸 모를 리 없을 텐데?"

"나를 욕하느라고 네 생애를 허비하지 마라. 이제 곧 폭풍이 몰아칠 것이다. 그건 미친 살육의 바람이야. 일부러 회오리바 람을 일으킨 다음에…… 그만두자. 헌데 호가[30]를 그토록 사랑 했던 네가 공후를 연주하고, 어쩌다가 동이들과 어울린 것이 냐?"

"우리와, 아니지. 너와 처지가 다를 바 없으나 그들은 부족 을 배신하지는 않는다."

"그들은 그 일로 죽게 될 것이다. 그저 티끌만도 못하 게……."

"네놈이 바로 저승사자겠지. 그리고 네 얘기는, 그들을 제물 로 날 살려보려는 것이겠지?"

칼리가 말을 맺는 동시에 소맷자락에 숨겨두었던 비수를 뽑 아들었다. 몸놀림이 제법 빨랐다. 헌데 융커는 아랑곳하지 않 았다. 칼리가 비수를 겨누었다.

"내가 고마워할 줄 알았더냐?"

"정히 죽이고 싶다면 지금 찔러라. 기회는 다시 오지 않을

---

30) 호가(胡笳). 흉노족의 전통악기로 우리나라 거문고와 비슷한 형태.

것이다.”

융커는 칼리를 부드러운 눈길로 응시했다. 목동들이 초원에서 풀을 뜯고 있는 말들을 바라보듯이…… 그들 서로가 저 야르칸드[31]의 초원에서 가장 많이 했던 일이 바로 그것이기도 했다. 함께 말을 타고 와서 풀어놓고, 그 말들이 기름진 풀들을 뜯고 있는 모습을 지켜보던 일…….

“……그 아이는 누군가?”

“네놈이 알 바 아니지. 그애를 죽일 수 있을지는 몰라도.”

칼리의 팔이 부들부들 떨렸다. 그게 전부였다. 팔 힘을 다 소진해버린 것처럼, 그녀가 비수를 떨어뜨렸다. 바닥에 떨어져 부딪치는 쇳조각 소리가 맑았다.

“칼리, 나에게 복수하려는 게 아니라면 여길 떠나야 한다.”

“복수? 복수만으로는 아무런 의미도 없지. 네가 저질렀던 반역 행위에 스스로 부끄러움을 알게 되는 날, 복수는 그때 이뤄져야 할 테니까. 그게 네 최후가 될 게다.”

융커가 희미하게 미소를 지었다. 그는 자신이 죽는 순간까

---

31) 사처(莎車)라는 이름으로 잘 알려진 고대왕국. 야르칸드가 중국 역사에 등장하기 시작한 것은 BC 2세기 후반이다. 이때 벌써 파미르 고원을 넘어가는 길을 장악하고 있던 사처왕국이 세워져 있었다. 그러나 이웃 나라들과의 전쟁으로 세력이 약화되고 1세기 말엽에는 반초(班超)가 이끄는 한나라 군대에 완전히 점령당했다.

지 칼리가 곁에 남아 있겠다는 약속으로 그 모멸어린 말들을 고쳐서 들었다.

"그들도 무사히 떠날 수 있게 해다오. 그렇게 해준다면 나 역시 미련 없이 장안을 떠나마."

"……."

"왜 대답이 없느냐?"

융커는 대꾸하지 않았다. 대꾸하지 않는 것으로 그는 자신의 진의를 드러내고자 했다. 하지만 그건 쉽지 않은 일이었다. 그래서 드러냄과 감춤의 차이가 처음부터 있지 않은 듯 보였다.


땅거미가 내리기를 기다려 부르암은 한붑을 앞세워 시전으로 나갔다.

부르암은 거기서 비단이며 차, 후추, 돌소금 등의 물품을 사서 말에 실었다. 그리고 자신이 언제나 지니고 다니던 청동 홀(笏)[32]도 짐 속에 챙겨넣었다. 부족장의 권위를 상징하는 둥근 청동막대가 바로 홀이라는 물건이었다.

--------

32) 홀(笏). 청동으로 만들어진 둥글고 긴 막대. 자료에 의하면 고조선의 부족장들은 항상 이 홀을 지니고 다녔다.

"가거라. 몸조심하고!"

"예. 어르신!"

부르암이 말고삐를 한붑에게 넘겼다. 한붑의 얼굴에 새겨진 흉터가 어디선가 비쳐든 불빛에 도드라졌다. 그의 마음 한구석으로는 지금도 피눈물이 흐르기라도 하듯…… 한붑이 크게 절하고 서쪽을 향해 떠났다.


이튿날.

첫 경연을 펼칠 악단으로 황제가 뽑아낸 죽간은 '동호(東胡)'였다. 북쪽 흉노와 동쪽 동이 사이에 위치한 오랑캐, 훗날 칭기즈칸을 중심으로 원나라를 세우고 몽골제국을 건설할 부족이었다.

"동호! 동호오! 도옹호오!"

집전 내시가 길게 동호를 연호했다.

동호 악단의 기수는 기마용 바지를 입은 젊은 여성이었다. 자리에서 벌떡 일어선 그녀가 앞으로 나아가는 대신 그 자리에서 깃발을 마구 흔들었다. 그녀에게서 전사의 풍모가 물씬 배어났다. 깃발에는 '마두금루(馬頭琴淚)'라고 씌어 있었다.

─저들은 어쩌자고 경연에 참가한 것일까?

동이 악단 사이에 앉은 그리메는 문득 그런 의문이 들었다.

경연에서 우승하면 부상으로 주어진다는 황금 백 냥이 탐이 났을 수도 있다. 아니면 한 왕실에서 연주할 수 있게 해준다는 궁중악사의 자격? 그렇지만 또 다른 꿍꿍이가 분명 숨겨져 있을 것이라고 그리메는 지레짐작했었다. 어쩌면 목숨까지 걸어야 할지도 모르는.

기수를 따라 동호의 악사 두 사람이 말을 타고 무대에 올랐다. 기수도 그렇지만 그들 두 사내는 악사로 보기에는 뭔가 좀 달라보였다. 그리메는 분명 그걸 느꼈다.

그들이 연주하게 될 악기는 마두금[33], 악기의 끝에 말머리 흉상이 달린 게 보였다. 단순히 악기를 연주하여 음악을 들려주는 것만으로 그들 각자가 타고 온 말들을 통곡하게 만든다고 한다. 관중들의 호기심이 별스럽지 않을 리 없었다. 그들은 벌써부터 목을 늘여 빼고 기다리고 있다.

이윽고 악사들이 연주를 시작했다. 그리고 얼마 지나지 않아 기적 같은 일이 일어났다. 발을 동동거리던 말들이 갑자기 체머리를 크게 한번 흔들더니 고개를 숙여 울기 시작한 것이다. 관중들 사이에서 탄사가 흘러나왔다.

---

33) 마두금(馬頭琴). 몽골족의 전통악기로 악기 상단에 말머리를 조각하여 붙인 모습 때문에 마두금이라는 이름이 붙었다. 새끼를 낳은 뒤 자기 새끼에게 젖을 주지 않는, 상처받은 어미 말을 달랠 때 연주하는 악기로 유명하다.

악사들은 황제에게도 그 눈물을 보일 속셈인지 조금 더 앞으로 나아갔다. 그러자 젊은 황제도 상체를 앞으로 기울여 말이 눈물 흘리는 모습을 살피고자 했다. 헌데 그게 눈에 잘 뜨이지 않는 모양이었다. 검은색 말이어서 눈물을 흘리는지 어쩌는지 분간이 잘 되지 않는데다가 병약한 황제의 눈 또한 흐릿했기 때문이리라.

그때였다.

악사 둘이 동시에 몸을 날려 사뿐히 말에 오르더니 거칠게 채찍질을 했다. 서정적인 곡조에 한껏 취한 채 눈물이나 흘리고 서 있던 말들이 그 순간 불침이라도 맞은 듯 놀라 울부짖으며 내달렸다.

"만방의 부족들이여, 한나라 제국을 타도하자!"

바지를 입은 여성 기수가 자리에 선 채 크게 외쳤다. 그러고는 깃대를 꼬나쥐더니 그걸 황제가 앉아 있는 쪽을 향해 있는 힘껏 날렸다. 하지만 깃대는 황제의 발치에도 이르지 못했다.

말에 올라탄 악사들도 황제 쪽으로 내달리며 마두금을 세차게 뿌리쳤다. 그러자 악기의 머리 부분이 공명통과 분리되며 한 자 반 가까운 길이의 칼이 드러났다. 말 머리의 흉상은 그대로 칼자루였던 셈이다. 그들은 곧장 황제를 향해 달려갔다.

"모두가 힘을 합쳐 황하의 물길을 돌리자! 한족을 타도하자!"

그 와중에도 동호 기수는 계속해서 외쳐댔다. 그녀의 목소리가 몹시 날카로워서 이미 목청이 찢어진 게 아닌가 하는 느낌을 주었다.

놀란 황제가 구슬을 떨어뜨렸다. 옥쟁반이 아니라 대리석 바닥이었다. 구슬은 계단 아래로 통통 튀며 굴러갔다. 장내에서는 한순간 구슬이 굴러가는 소리만 들렸다. 그 소리는 불안하면서도 평화로웠고, 청아하면서도 음울했다.

황제의 호위병들은 그때까지도 사태를 분명히 파악하지 못한 게 확실했다. 남의 일이나 되듯 그저 멀거니 쳐다보고 있었으니까.

"쏴라! 어서 쏴라!"

누군가가 다급하게 명령했다. 그걸 신호로 동호 악사들이 칼을 들어 던졌고, 호위병들 역시 화살을 날렸다. 칼이 그리는 선은 외로운 대신 단호했다. 화살의 선은, 칼에 비하면 한없이 무지한 반면 그 보폭이 넓었다. 칼이 작살이라면 화살은 그물이었다. 결국, 작살은 부질없었고 그물코는 촘촘하여 빈틈을 보이지 않았다.

"엎드려!"

그리메는 달하의 몸을 안고 땅바닥에 납작 엎드렸다. 제대로 눈을 뜨지 못한 화살들이 무대 아래로, 그리고 관중석으로 마구 날아왔다.

동호의 악사들은 고슴도치라도 된 듯 온몸에 화살 가시를 박고 쓰러졌다. 서너 대의 화살을 맞을 때까지만 해도 한제를 무너뜨리자고 외치던 그들 기수도 잠잠해지고 말았다. 때마침 불어온 봄날 동풍 한 자락에 비릿한 피 냄새가 실렸다.

그리메의 어깨 아래서 거친 숨을 몰아쉬던 달하는 어떤 알 수 없는 불안감으로 자기 아버지가 앉아 있던 자리를 돌아보았다. 다행스럽게 부르암도 엎드린 자세였다. 그런데 그의 왼쪽 어깨 위에 화살 하나가 박혀 있는 게 눈에 들어왔다. 꽂혀 있는 화살은 아버지의 어깨를 한 발로 밟고 선 의기양양한 표범처럼 보였다.

"악!"

달하가 외마디 비명을 질렀다.


부르암은 신음하지 않았다.

오래전, 지금처럼 등에 화살을 맞았던 날의 통증이 부르암의 머리에 불현듯 떠올랐다. 그 익숙한 경험 때문에 신음은 저절로 삼켜졌는지도 모른다.

"동이족 유민의 마을을 샅샅이 뒤져 세 살 이하의 사내아이를 모두 죽여라!"

벅찬 상대를 쓰러뜨린 이들은 스스로 광포해지는 법이다. 정복자들이란 지배를 받게 된 자들의 피를 내어 자신의 칼에, 자신의 몸에 칠갑을 하기 마련이다. 그게 제국의 제국다움이었고, 제국이 가는 길이기도 했다. 그렇지 않으면, 이미 미쳐버린 머릿속으로는, 아무래도 승리의 의미를 제대로 새겨둘 곳이 달리 없다고 믿을 테니까.

유아 살해[34]!

맑고 순수한 피로 칼을 벼린다. 아니, 그게 아니다. 미친 정복자들의 불안한 내면의 그림자가 땅을 온통 파헤쳐 씨앗이 발아하지 못하게 만드는 짓이다.

이십삼 년 전, 그때 그런 일이 자행되었다. 제사장이자 부족장이었던 성기 어르신의 외아들이 두 살 되던 해였다. 부르암이 그 아이를 살렸다. 등에 화살을 맞으면서…… 그 아이의 이름이 그리메가 된 데는 그런 곡절이 있었다. 숨어 살 수밖에 없는.

다행히 여우난골은 여우만 나는 고을은 아니었다. 밭을 일

--------

34) 우리나라 거의 모든 지역에 전해지는 아기장수 설화, 용마(龍馬) 설화, 우투리 설화 등은 모두 유아 살해와 연관되는 설화들이다. 서양에도 이 설화는 광범위하게 전해지고 있다. 예수 탄생에서 비롯된 유아 살해는 설화가 아닌 역사다.

구다보면 모래와 자갈들처럼 황금 알갱이들이 간간이 드러나곤 했다. 좁쌀만 한 것에서부터 도토리, 밤톨만 한 것들까지…… 황금은 먹을 수 있는 게 아니었지만 둘러서서 그걸 보기만 해도 배가 불렀다. 그렇게 고프지 않은 배가 그들을 떠나게 만든 밑천이기도 했다.

부르암은 모은 금들을 단 한 조각도 결코 밖에 내지 않았다. 한나라 지방군 소속의 산적이나 다를 바 없던 떨거지들이 풀방구리에 생쥐 드나들 듯 여우난골을 수시로 뒤지고 다녔어도 금덩이만큼은 꼭꼭 숨겨두고 빼앗기지 않았다. 그놈들 때문에 금싸라기 하나조차 함부로 시장에 낼 수는 없었던 것이다. 만약 그랬더라면 마을이 진즉 쑥대밭으로 변하고도 남았을 테니까.


"좀 어떠십니까? 아버님."

부르암을 숙소까지 업고 달려온 그리메가 가쁜 숨을 몰아쉬었다. 부르암은 모로 누운 채 그리메와 눈을 맞추었다.

"괜찮다, 아들아."

평소 같으면 자주 쓰지 않았을 호칭을 구사해서 두 사람은 서로 묻고 대답했다. 그 오붓함을, 걱정 가득한 순간임에도 불구하고, 다른 이들은 이해하여 침묵했다.

"처음 화살을 몸에 맞았을 때는 내가 너를 안고 있었는데, 두번째에는 네가 나를 업었구나."

"……."

그리메는 더 이상 대꾸하지 않았다. 부르암이 희미하게 미소를 지었다. 그게 그다운 짓이기도 하다는 생각이 떠올랐다. 잔정을 표현할수록 그는 멀어져간다. 야생의 사납고도 외로운 짐승들이 으레 그런 것처럼.

"어떠세요, 아버지?"

두 사람 사이에 벌어진 작은 틈새를 비집고 달하가 물었다. 그 사이에 아홉은 부족장의 어깻죽지에서 화살촉을 뽑아내고 서둘러 지혈을 했다. 목화솜 뭉치가 금방 검붉게 젖어들었다.

"모두, 잘 들어라. 오늘 일로……."

부르암이 숨을 몰아쉬면서 띄엄띄엄 입을 열었다.

"한나라는, 닥치는 대로 도륙을 해낼 게 분명하다. 저들은 특히, 누구보다 우리를 먼저, 노릴 것이다. 저들 일을, 우리가, 알고 있기 때문이지. 그러니 잠시도 여유가 없다. 오늘 밤 어둠을 노려, 장안을 탈출해야만 한다. 알았는가?"

"말씀을 아끼십시오."

"그래요, 쇠불 박사! 내가 이리 된 데는 하늘이, 도운 것 같소. 일이 잘되었지요. 이제 박사가 일행을, 이끄시구려. 구만

리 중에 구천 리쯤은, 이미 왔을 테니…….”

“소인이 어찌 그 일을?”

“옥문관에만 이르면, 거기서 길이 열릴 거요. 우리 조선은, 하늘이 지킬 것이니…… 그래서 나는 그 어느 때보다, 시방, 신명이 더 나오.”

부르암의 입가에 환한 미소가 번졌다. 주름진 얼굴에 고인 미소가 고향 여우난골 계곡물처럼 깊고도 환했다.

“여기서, 하늘에 제를 올릴 수 있다면, 할 수 있다면!”

일행이 그 말을 듣고 누구라고 할 것도 없이 일제히 여우난 골의 동굴 제당을 눈에 그렸다. 그 벽면에 내걸곤 하던 깃발이며 솟대까지.

깃발은 그들 스스로가 애써 만들었다. 가운데 둥근 원 하나를 그린 다음 그 원을 가로질러 직선을 그었고, 원 밖으로는 사방에 열 십(十) 자를 그려넣은 형상이었다. 해가 이글이글 타오르는 모습으로, ‘조선(朝鮮)’이란 한자의 아침 조(朝) 자 가운데 달 월(月) 자를 빼내고 나머지 글자를 변형시킨 상형이기도 했다.[35] 한나라가 눈치를 채지 못하도록, 깃발에 조선을

---

35) 현대 국가뿐 아니라 대부분의 고대 부족들은 자신들을 상징할 수 있는 부호나 문양으로 깃발을 만들어 쓰곤 했다. 잦은 전투 현장에서 피아를 구분할 표식의 필요성뿐 아니라 평시에도 자신들을 드러낼 상징물이 반드시 필요했기 때문이다. 여기 제시

새겨넣었던 것이다.

"악사는 물론이고 호위꾼과 마부까지, 경연에 참가한 동호 무리를 빠짐없이 색출하라."

왕망의 목소리가 높았다. 융커가 오른손 주먹을 제 가슴에 갖다대며 읍했다. 기대에 찬 표정이 그의 얼굴을 스치고 지나갔다.

"조정 내부에 놈들의 배후가 혹 있는지도 밝혀야 한다."

"제국에는 덧없이 한미한 것들과 부질없이 사나운 것들, 늙어 고집 센 것들과 어려서 철없는 것들만 넘쳐나고 있습니다.

---

된 도안은 주인공 무리가 부족의 결속을 위한 목적으로 뭔가 반드시 상징을 썼을 것이라는 가정 하에 필자가 순전히 상상으로 고안해본 문양이다.

하여, 주군께서 기침 한번 크게 하시면 사라질 것들뿐인데, 어찌 배후를 염두에 두시옵니까?"

"췌언이야말로 독(毒)이다."

"송구하옵니다."

"흉노 계집의 갓난아이는 누구더냐?"

"별이 분화되던 바로 그 시각, 동이족의 마을로 흘러들어가 낳았다고 합니다. 주군께서 어림하셔야 될 일인가 합니다."

"쓸데없다. 아들이란 자고로 난세에 즈음하여 아비의 군사를 대신 이끌어야 하는 존재, 그 이상도 이하도 아니다. 하물며 갓난애라니? 소용에 닿지 않거든 그 아이의 목도 비틀어라."

"시급을 요하는 일은 아닌 듯하옵니다."

"좋다. 그들 모자의 일은 네가 해결하라. 그전에 동이를 이끌고 왔던 늙은이를 불러라. 목숨을 빼앗기 전에 직접 확인해야 할 일이 있다. 그리고 때를 기다려 놈들을 흔적 없이 처치하라. 완벽하게…… 그들이 살아 있는 한 끝내 후환이다."

"명심하겠습니다."

왕망이 턱짓을 했다. 두꺼운 목살 때문에 턱이 크게 움직이지는 않았다. 융커는 왕망의 방을 나와 뜰을 가로질러 걸어나갔다. 그가 허리에 차고 있는 칼에서 순간적으로 바람이 일어 벚꽃 몇 잎을 떨어뜨렸다. 칼바람의 전조였다.

멀리서 폭죽을 터뜨리는 소리가 연이어 들려왔다.

쇠불은 불사위 불모루 형제를 데리고 숙소에서 빠져나와 소리가 들려오는 곳으로 향해 갔다.

"우리도 저걸 몇 개 사자."

"위험하지 않을까요?"

"범은 보이지 않고, 울음소리만 들려오면 겁이 덜컥 나는 법이지. 화약이란 그 비슷한 것이라고 생각하면 될 것 같다. 심지에 불을 붙이기 전까지는 그렇다는 말이다. 우리가 '불괭이'를 제대로 한번 부려볼 수 있겠구나."

불사위를 돌아보며 쇠불이 불괭이를 흔들어 보였다. 불괭이는 그가 만들어낸 발명품의 하나였다. 어른 주먹 정도 크기에 대장간의 풀무를 축소시킨 것과 모양이 흡사했는데, 손잡이를 잡고 세게 돌리면 순식간에 불이 켜지는 도구였다. 불씨를 꺼뜨린 집에서 대장간으로 불을 얻으러 오는 경우가 잦아 쇠불 박사가 그 어려움을 해결했다. 그게 불괭이[36]였다. 고양이가 눈에 불을 켜는 것 같다고 해서 붙인 이름이 그랬다.

---

36) 휘발유를 주입해서 사용하는 라이터를 연상하면 될 듯하다. 물론 필자가 머릿속으로만 제작해본 시제품이다. 허나 당대에 왜 이런 도구가 없었겠는가? 과학기술이 발달한 오늘날까지 우리가 흔히 담뱃불을 붙일 때 쓰는 라이터는 기껏 고대사회의 부시와 부싯돌을 기술적으로 개량한 것에 지나지 않는다.

"심지에 불을 붙인 뒤, 얼마나 돼야 터지오?"

"화약에 불이 닿으면 곧장 터지는 법이니 불과 사오 식, 그러니까 숨을 네댓 번 들이켤 참이겠구려."

상인이 심지의 길이를 손가락으로 재어보며 대답했다. 쇠불은 십여 개의 폭죽을 구입했다. 호기심이 강한 그는 그중 폭죽 하나를 풀어 그 안에 다져진 화약을 기어코 확인까지 했다. 화약은 말랑말랑한 진흙덩어리 같았다. 그걸 대나무에 다져넣은 게 바로 폭죽이었다.

"범의 꼬리에 불을 붙인다?"

기대에 찬 쇠불의 눈 꼬리가 잔뜩 부풀어 올랐다. 불사위는 몸을 후드득 떨었다.

봄밤은 젖은 비단처럼 부드럽다.

아니, 그 말은 앞뒤가 바뀌었다고 할 수 있다. 비단이란 게 오히려 물컹한 봄밤 같다고 말해야 옳다. 사람들은 봄밤처럼 부드럽고 감칠맛 나는 옷감을 찾다가 비단을 발명하기에 이르렀을 테니까. 어쨌거나 달하는 장안의 봄밤을 가슴으로 느꼈다.

ㅡ오랍은 봄밤도 느낄 줄 모르는 숙맥인가?

그리메는 방 안에서 꼼짝도 하지 않는다. 그 속을 모르는 건 아니다. 보나마나 그는 자기 꿍꿍이가 틀어진 걸 알고 또 다른 계획을 세우고 있을 게 틀림없다.

　－바보, 걸핏하면 어른들의 일을 반대하고 나서지만 오랍만
큼 대책 없는 사람이 또 있어?

　달하는 그리메에게 따져묻고 싶어졌다. 피를 뿌려야 한다든
가, 목숨을 걸어야만 한다는 말들이 무엇보다 그녀의 가슴을
아프게 찔렀다.

　품속에서 구리거울을 꺼낸 달하가 거울 면을 달빛에 잠깐
비춰보았다. 거울은 아무런 반응도 보이지 않았다. 동경(銅
鏡)! 달하는 누가 엿보기라도 하듯 그 청동거울을 서둘러 품속
에 찔러 넣었다. 거울의 묵직하고도 차가운 둥근 모서리가 봄
밤 같은 그녀의 젖가슴에 스쳤다.


　칼리는 자기 방에서 짐을 꾸리기 시작했다.

　짐이라고 해봐야 작은 보퉁이 하나와 공후 한 대가 전부였
다. 물론 어떤 짐보다도 더 큰 게 자신의 아들, 야칸이다. 그건
버릴 수 없는 짐이기도 했다.

　공후 역시 결코 버릴 수 없는 물건이다. 그건 이상한 일이었
다. 삼십이 가깝도록 호가만 연주했고, 호가의 선율을 아끼고
사랑했다. 그런데 이제 공후에 더 애착이 간다. 그 사실은 이따
금 그녀의 마음에 혼란을 일으키곤 했다. 마치 호가를 버리고

동이족 공후에게 투항이라도 한 것처럼…… 어떤 몹쓸 사내 하나가 오래전 한족에게 그런 것처럼.


그리메가 칼리의 방문을 두드렸다. 칼리가 문을 열고 그를 빤히 쳐다보았다.

"우리 일행은 곧 떠날 것 같다. 너 또한 살 길을 도모해야 할 것이다."

문 앞에 선 채 그리메가 말했다. 그 말은 명령처럼 들렸다.

"그쯤은 나도 안다. 나 역시 떠나려고 한다."

칼리의 음성 역시 건조하고 메말랐다. 그리메가 그 말을 듣더니 돌아섰다. 칼리도 다시 방문을 닫으려고 손을 뻗었다. 그러자 그리메가 돌아서며 한마디를 던졌다.

"그럼, 우리 곁에 바짝 붙어야 한다. 어둠 속이라 일행을 놓치기 쉽다."

"……?"

칼리의 파란 눈이 조금은 더 커졌다. 그의 말투가 아무래도 미심쩍은 모양이었다. 평소대로라면 남을 배려할 그가 아니었다. 어둔 우물 속을 들여다보듯, 칼리가 그의 눈을 바라보았다. 그리메는 더 이상 머뭇거리지 않고 돌아서서 발걸음을 옮겼다.

아홉의 비명을 듣고 그리메와 달하가 달려왔을 때, 부르암은 이미 자리에 없었다. 아홉은 뒷목에 칼등을 맞고 쓰러진 채 의식을 잃고 있었다. 그리메가 서둘러 숙소 밖으로 뛰쳐나갔지만 부르암의 자취는 묘연했다.

먼 하늘가에 별들이 돋아나고, 그 별을 닮은 불꽃들이 요란한 소리를 내며 터지는 장관이 장안대로에 펼쳐졌다. 무슨 일인가로 땅에 떨어졌던 별들이 다시 하늘로 귀천을 시도하는 것처럼.


"하 은 주 대대로, 동이족은 천문[37]에 밝았다고 들었다. 신성을 보았는가?"

왕망이 운을 떼었다. 부르암의 얼굴이 일그러져 주름살이 더욱 파였다.

"보긴 봤사옵니다만."

"네 입으로 네 목숨을 구하라. 만약 거짓을 입에 담으려고 하다가는 네 혀가 너를 죽일 것이다. 그 별의 정체를 너희는

---

37) 고구려는 이미 AD 1세기 무렵에 천문도를 바위에 새겼고, 조선 태조 때는 세계 최고(最古)라는 이 천문도를 모방하여 더욱 상세한 천문도를 제작하기도 했다. 그게 '천상열차분야지도'다. 이 천문도는 우리나라 1만원 권 지폐 뒷면의 배경으로도 등장할 만큼 자랑스러운 문화유산으로 꼽힌다.

무엇으로 풀었느냐?"

"짐작하고 계시듯, 새 천자의 탄생이옵니다."

"왕이 그 자손으로 왕통을 잇는 것인가?"

"소인이, 어찌 입에 담으오리까?"

"이미 경고한 바 있다. 네가 숨을 곳은 없다."

부르암이 낮게 신음을 토해냈다. 숙소에서는 한 번도 내지 르지 않던 신음이었다. 그래서 어깨의 통증과는 아무런 상관 도 없는 신음 같았다.

"그것은 구리가 아니라, 철이나 유리 같은, 차원이 다른 존 재였사옵니다. 만약 그게 종래의 구리였다면, 하늘이 새로 열 린다 한들 그처럼 밝지는 않았을 테지요."

"됐다! 그 시기는 언제인가?"

"이미 비롯됐을 수도 있고, 장차 일어날 수도 있는 일이옵니 다."

"어찌 그러한가?"

"작은 빛은 오히려 살피기가 용이하나, 큰 빛은 인간의 눈에 너무 밝은 고로, 그 미세한 기미를, 쉬이 읽지 못하기 때문이지 요."

"좋다! 그리 풀었다면 너희가 대응하는 바가 분명 있을 터, 그건 무엇이냐?"

"……."

왕망이 몸을 앞으로 기울여 부르암의 표정을 살폈다. 그게 그의 버릇인 듯 보였다. 대답이 궁금해지면 몸부터 기울이는…… 부르암은 잠시 생각에 잠겼다.

"있는 듯하구나."

"소인 무리는, 오로지, 그 별을 찾아가고자 했사옵니다. 나리께서 길을 열어주시면, 하늘의 기미를 제대로 살핀 연후에 고해드릴 수 있지 않을까 합니다만……."

"그래? 내가 기다리던 바이다. 네 딸이 제법 곱다고 들었다. 약조를 대신하여 그 아이를 이곳에 남겨두겠느냐? 나이가 몇이나 되었는가?"

"……열아홉입니다."

부르암이 내키지 않는 대답을 했다.

"성기란 자를 알고 있겠지? 그는 서역의 관문인 옥문관에 기거하고 있는 것으로 안다. 땅은 삭막하나 주천[38]이 멀지 않

---

38) 주천(酒泉). 중국 감숙성(甘肅省)에 있는 실제 지명. 물맛이 술처럼 달다고 알려져 있다. 이태백의 시 「월하독작」은 이런 구절로 시작된다. '하늘이 만약 술을 사랑하지 않았다면 하늘에 주성(酒星)이 있지 않았으리라. 땅이 만약 술을 사랑하지 않았더라면 땅에 주천(酒泉)이 또한 없어야 하리라. 하늘과 땅이 이미 술을 사랑하였으니 술을 마시는 일이 부끄럽지 않아라…….' 생전에 이태백은 주천이란 말만 들어도 침을 흘릴 정도였다고 한다. 두보 또한 「음중팔선가(飮中八仙歌)」라는 시에서 주천에 대해 언급했다.

아서, 예로부터 술맛이 좋은 곳이다. 내가 신표(信標) 하나를
내줄 테니, 가는 길에 그를 만나도 좋다."

"……?"

부르암은 놀라서 입을 다물지 못했다. 이자가 알지 못하는
게 도대체 뭔가? 그는 갑작스럽게 두려움이 엄습하여 흠칫 몸
을 떨었다.

"돌아가서 만사를 궁리해보라."

"……."

왕망이 병사들에게 명하여 부르암을 호위하도록 했다. 부르
암은 떨어지지 않는 발걸음을 억지로 재촉하면서 숙소로 돌아
왔다. 그는 거듭해서 몸을 떨었다.


동호의 숙소에서 세 남녀가 끌려나왔다.

융커가 거느린 병사들이 동호 무리를 심문했다. 숙소 앞마
당에 비명소리가 낭자했다. 그러나 동호족 남녀는 주눅들지
않았다.

융커는 특별히 서두르지는 않는 듯 보였다. 동호인들이 쉽
게 실토하지 않는 바람에 일의 진행이 질척거렸지만 그는 웬
일인지 포악스럽게 다그치는 눈치가 아니었다. 그는 병사들을
풀어 나머지 잔당을 쫓도록 하는 한편 숙소에 남아 있던 물품

들을 꼼꼼히 수색했다. 무기 같은, 달리 의심할 만한 것들은 없었다.

밤이 이슥해지자 경계심 많은 작은 새들이 그제야 처마 밑 둥지로 날아들었다.

그리메와 불 형제가 숙소 밖을 지키고 서 있는 병사들에게 몰래 다가가 목을 비틀었다. 목 부러지는 소리가 놀란 새들의 외마디 울음처럼 들렸다.

쇠불은 숙소 뒤편의 건물로 다가가 폭죽에 불을 붙여 안으로 던져 넣었다. 그 사이 나머지 일행이 말을 끌고 왔다. 하지만 부르암을 말에 태우는 일은 쉽지 않았다. 그는 몸을 가누지 못하고 젖은 빨래처럼 흐느적거렸다.

부르암을 간신히 말 위에 고정시키는 순간, 첫 폭죽이 터졌다. 나머지 폭죽들도 차례로 터지기 시작했다. 부르암은 그 소리에 놀란 듯 말 등에서 떨어졌다.

"어이쿠!"

부르암은 잠잠했지만 아홉이 그를 대신해서 비명을 질렀다. 대문 빗장을 열던 달하와 칼리가 달려왔다. 땅에 떨어진 부르암은 무슨 일인지 몸을 크게 한번 움쭉거리더니 바닥을 뒹굴었다.

다행스럽게도 폭죽 몇 개가 일으킨 불이 건물에 옮겨 붙었다. 부르암을 부축해 일으키는 일행의 모습이 불빛에 비쳤다. 그들은 부르암을 말에 태우기 위해 다시 안간힘을 썼다. 근처에 있던 한나라 병사들이 불이 붙은 건물 쪽으로 우르르 몰려갔다.

"아니, 아버지!"

달하가 외치는 소리가 비단결 같은 봄밤의 공기를 찢었다. 부르암은 한 자 길이의 쇠꼬챙이를 이미 자기 목에 깊이 찔러 넣은 뒤였다. 날카로운 꼬챙이의 끝이 목 뒤까지 빠져나와 반짝 하고 자기 존재를 드러냈다. 몸을 크게 움쭉댄 행동과 관련이 있는 게 분명했다.

그리메는 한순간에 일의 전말을 눈치챘다. 부족장은, 그의 의붓아버지는, 그가 다른 일을 하지 못하도록 죽음으로 막아선 게 확실했다. 그가 부르암 앞에 무릎을 꿇었다.

"아버지!"

"달하를, 네게 맡……."

숨이 막히는 바람에 부르암은 말을 다 맺지도 못했다. 그리메가 그의 손을 찾아 움켜쥐었다. 여우난골에서는 그리메와 달하의 관계가 비밀이랄 것도 없었다. 그 이름들처럼, 달과 그 그림자만큼은 누구 눈에나 띄었다. 그런데 부르암이 둘 사이를 억지로 가로막고 있었던 것이다. 아무리 가로막아도 울바자로 흙탕물이 새듯 매번 빠져나가곤 했지만.

그 사이에 쇠불 박사는 채찍을 들어 칼리가 타고 있던 말 엉덩이를 있는 힘껏 때렸다. 말이 놀라 날뛰었지만 칼리는 그 경황 중에도 고삐를 놓치지 않았다. 태어나면서부터 말에 태워져 생활해왔다는 종족이라서 확실히 달랐다. 그녀의 말이 순식간에 저 앞으로 달려나가며 어둠 속으로 사라졌다.

"가, 가……."

부르암의 혀는 이미 말을 만들어내지 못했다. 그저 신음하듯 꺽꺽거릴 뿐이었다. 하지만 그의 신음이 토해내는 의미는 확실하고도 단호했다. 쇠불은 그 뜻을 받아들여 아홉의 말에도, 불 형제의 말에도 채찍질을 해댔다. 그러고는 부르암을 향해 비로소 입을 열었다.

"소인에게 주신 명을 받듭니다. 부디, 평온하시기를!"

부르암은 이를 드러내고 환히 웃었다. 쇠불의 기원처럼 편안하고도 만족한 듯 보이는 웃음이었다. 그러나 너울거리던 불빛이 그의 얼굴을 스치고 지나는 순간, 그는 다만 벌린 입을 다물지 못하고 있을 뿐이라는 사실이 드러났다.

쇠불 박사가 성난 표정으로, 말을 듣지 않으면 당장이라도 쳐 죽일 기세로, 그리메와 달하를 일으켜 세웠다.

융커는 동호인들의 숙소에서 보고를 받은 뒤 소란이 벌어진 곳으로 달려왔다. 동이족들은 이미 자취를 감춘 뒤였다. 늙은 주검 하나만 땅바닥에 눕혀 있었다. 융커가 그 주검의 목에서 쇠꼬챙이를 뽑았다.

융커는 우선 급한 대로 눈에 띄는 기마병들에게 명령하여 동이족을 추격하게 했다. 쓸데없는 일이라는 건 그 자신이 잘 알고도 남는다. 옛적부터 말을 탄 칼리를 뒤에서 따라잡기란 그 자신도 불가능했다. 동이 일행도 예사 놈들이 아니라는 걸 그는 이미 간파하고 있었다.

불이 붙은 건물은 이미 걷잡을 수 없을 정도로 타올랐다. 희미한 달빛에도 확연히 보일 만큼 시커먼 연기가 꾸역꾸역 솟아나왔다. 입 안에 감춰진 혀처럼 불의 너울이 그 연기 속에 숨어 있다가 이따금 자기 혀를 날름거리곤 했다. 그때마다 거대한 야수가 음식을 씹는 것 같은 소리가 들렸다.

융커는 한참 동안 불구경을 했다. 일이 없어서가 아니었고, 그렇다고 화재가 시선을 끌어서도 아니었다. 그는 다만 불을 구경했다. 분수처럼 때로는 높게, 때로는 낮게 솟구쳐 오르는 불을 바라보면서 그는 누군가가 격정에 사로잡힌 채 고향 마을의 호가를 연주하는 모습을 그려보았다. 그게 융커의 예술성인지도 모른다.

한두 악장의 연주를 감상하듯, 불구경을 실컷 하고 난 뒤에야 융커는 왕망의 처소를 느릿느릿 찾아갔다.

어둠 속에서도 칼리는 머뭇거리지 않고 말을 몰았다. 뒤에 처진 아홉과 불 형제조차 그녀를 쉽게 따라잡을 수 없을 정도였다. 고향인 야르칸드, 곧 사처 쪽으로 가는 길이어서 그랬는지도 모른다. 쇠불은 죽자사자 말에 채찍을 쳐서 불 형제와 아홉에 합류했다.

그리메와 달하는 한참을 뒤에 처진 채 말을 몰아갔다. 달하가 울음을 그치지 못하는데다 걸핏하면 멈춰서서 고라니 새끼처럼 뒤를 돌아보곤 했기 때문이다. 그리메가 할 수 없이 달하의 말고삐를 잡아끌었다. 달하를 태운 말이 조금 더 거칠게 입김을 내뿜었다. 그들의 왼쪽 어깨 위 서녘 하늘가에 뜬 상현달이 그제야 안심을 한 듯 빠르게 앞서 달리기 시작했다.

"동이를 세상 끝까지 쫓아가라. 위험한 놈들이니 우리 제국으로부터 차단시킬 것이며, 나와 약속한 바가 있으니 일면 보호하라. 그럴 수 없거든 네가 먼저, 반드시 목을 쳐라."

"소장을 어찌 나무라지 않으시옵니까?"

융커가 명을 받드는 대신 엉뚱한 질문을 했다. 성격이 불같은 위인이라서 꾸지람을 앞세울 줄 알았으리라.

"나무라야 하는 건 작은 잘못들이다. 누구나 큰 잘못은 사사로이 나무라지 않는 법이다. 무엇보다, 너를 나무랄 일은 아니다."

"그들을 베기로만 한다면 두부에 대못을 박는 일보다 쉬운 일이었습니다. 때를 가려 목을 베어도 늦지 않을 거라고 믿었사옵니다."

"그렇다면, 놈들을 쫓아야 할 이유도 알고 있느냐?"

"짐작하는 바가 있사오나, 주군께서 직접 하명하소서. 소장은 단지 명을 받들 뿐이옵니다."

왕망이 비로소 미소를 지었다. 충직한 심복에 대한 만족감으로 저절로 우러난 미소처럼 보였다. 그것은 융커가 의도한 것이기도 했다.

"세상에는 결코 함께 나누어 가질 수 없는 것들이 있다. 그게 어떤 것들인지 알겠느냐?"

"알 듯하옵니다."

"신성의 기운으로 태어난 아이를 찾아 미리 싹을 자르라. 그게 네 임무의 처음이자 마지막이기도 하다. 동이 오랑캐는 그 아이를 찾아가는 길에서 네 길동무가 되는 셈이다."

"소장, 명을 받았사옵니다."

"흉노 여인은 이제 내 마음으로부터 사면하겠다. 너에게, 아니 원래 자리로 돌려주겠다는 뜻이기도 하다. 네 소용에 닿는 바대로 써라."

"……."

융커는 말없이 읍을 하고 물러나왔다. 동이족이 향하여 가고 있을 서역 하늘에 상현달이 떠 있는 게 문득 눈에 들어왔다. 그 달 아래로 한창 말을 몰아가고 있을 칼리도 달에 투영되어 금방이라도 보일 것만 같았다.

서두를 필요는 없다. 네 명으로 기마대를 꾸린다면 그리 번거롭지도 않으리라. 그는 그렇게 여기고 세 사람의 부하를 선발했다. 그리고 그들에게 필요한 물목들을 준비하라고 일렀다. 그중에는 명망 높은 한혈마[39]도 빠뜨릴 수 없었다. 흉노가 길러낸 말로, 적의 수중에 들어간 뒤로는 오히려 흉노를 쇠락의 구렁텅이에 밀어넣기도 했던 명마, 그게 한혈마였다.

"묘시에 출발할 것이다."

융커가 지시했다. 그리고 그는 숙소로 돌아가 뜨거운 물에

---

39) 한혈마(汗血馬). 혈한마로도 불린다. 달리면 피땀을 흘릴 정도로 빨랐다고 하며 관우가 타던 적토마도 한혈마였던 것으로 추측된다. 하루에 천리를 간다는 천리마도 이 말로부터 비롯되었다. 한 무제가 흉노를 제압할 수 있었던 것 역시 한혈마를 도입할 수 있었기 때문에 가능했다고 한다. 고대사회에서는 기마병의 위력이 오늘날의 전차나 장갑차만큼 위협적이었으므로 당연히 빠르고 강한 명마의 필요성이 절실했다.

몸을 담갔다.


동녘 하늘이 희붐하게 밝아왔다.

쇠불과 아홉, 불 형제와 칼리는 말에서 내려 산길을 천천히 걸어 올라갔다. 말도 쉬어야 했다.

"수염에 불이 붙었다고 해도 우리가 이렇게 빨리 내빼지는 못했겠지?"

아홉이 침묵을 깨고 말했다. 한시름 덜었다는 뜻이리라.

"비단이든 면화든, 아니면 곡식이라도 좀 사야겠다. 장사치로 위장할 필요가 있을 것 같다."

쇠불은 일행의 안위를 걱정했다.

"낮에는 말을 함부로 몰아갈 수 없겠지. 남들 눈에 띌 테니까. 그러니 아무래도 밤잠을 아껴 달려야 할 것 같다. 때마침 상현이니 다행이다. 하늘이 돕는 것이리라."

부족을 이끌어야 하는 임무를 맡게 된 쇠불은 말투까지 부르암을 닮아갔다. 그 역시 하늘이 도울 것이라고 믿고 싶어 하는 눈치였다. 하지만 표정은 어두웠다. 책임감 때문인지도 몰랐다.

야트막한 산 아래를 흐르는 도랑에 이르러 일행은 걸음을 멈추었다. 급한 대로 말들에게는 새로 돋아나는 풀을 먹게 하고, 그들도 말린 사슴고기를 뜯었다. 그리고는 말들과 더불어 거기 흘러가는 도랑물을 떠 마셨다. 새 봄, 새 새벽의 첫 도랑 물은 비릿했다.

잠시 쉬는 참에 달하는 그리메의 품에 기대어 새벽 한기를 녹였다. 그런데 몸이 녹자 언 계곡물이 풀려 흐르듯 그녀의 눈에서 또 눈물이 흘러나왔다.

"그분은 위대하셨다. 그러니, 울지 마라."

그리메가 달하의 머리칼을 쓰다듬었다. 밤새 적지 않은 땀을 흘렸을 텐데도 그녀의 몸이 뿜어내는 냄새는 싱그러웠다.

─꽃은, 꽃봉오리일 때 향기가 제일 진한가?

그리메는 그런 생각을 했다. 물론 그는 자기 자신에게서 풍기는 냄새는 맡지 못했다. 그의 냄새는 달하가 대신 맡았다. 그녀는 오래전, 자신이 아직 앳된 소녀였던 시절에 쿵쿵거리며 일부러 옷섶을 들춰가며 맡아보던 부친의 냄새를 떠올렸다. 그리메의 품에서는 그 비슷한 냄새가 났다.

─비나이다. 비나이다. 하늘이 사람을 내려 저희가 임금으로 받들고 하늘이 땅을 재어 저희가 나라를 얻었사온즉, 나라와 임금을 모두 잃은 지 어언 백년…….

동굴 제당에서 천제를 지낼 때면 아버지가 하늘에 고하는 말씀의 서두는 언제나 똑같았다. 비나이다. 비나이다. 하늘이 사람을 내려······.

천제를 지내고 집안에 들어서는 아버지 부르암의 옷섶에서도 언제나 똑같은 냄새가 났었다. 부족장은 돌 제단에 자기 이마를 아홉 번 찧고, 또 아홉 번을 절하는 구고구배(九叩九拜)를 했다. 그걸 끝내고 나면 이마에서는 항상 피가 흘렀다. 달하가 아버지의 품속을 파고들었던 이유가, 사실은, 그 피에 대한 두려움 때문이었는지도 모른다. 하지만 어쩌됐든 그게 바로 하늘의 냄새일 것이라고 달하는 믿어 의심치 않았었다.

"제단에 이마를 찧어야 했던 사람만큼 떠나야 할 이유가 간절했던 사람들도 또 없었을 거야. 안 그래, 오랍?"

"그게 무슨 말이냐?"

"됐어, 오랍. 이제 그만 가야지."

달하가 그리메의 품을 벗어나며 말했다. 오래전에 맡곤 하던 냄새 한 가닥이 달하의 마음을 조금은 진정시킨 듯했다. 그녀의 낯빛이 훨씬 밝아졌다. 아직 하늘에 남아 있는 달처럼, 그녀 자신의 이름처럼.


"언제 돌아올지 모르는 길이다. 그러니 이곳의 일은 모두 잊어라."

융커가 한혈마에 올라탔다. 검붉은 색깔의 말이었다. 군복을 입지 않은 평상복 차림이었지만 그는 여전히 무사였다. 그 위엄이 몸에서 배어났다. 아니, 오히려 더한 듯했다.

"옙!"

병사 셋도 마찬가지였다. 그들에게서도 쉽게 다가설 수 없는 살기가 뻗쳤다. 한나라 정예군 가운데서 선발된 자들이라는 자부심까지 넘쳐났다.

"가자!"

융커가 앞장섰다. 한혈마들이 답례라도 하듯 고개를 높이 쳐들고 울었다. 그 바람에 융커가 혼자 중얼거리는 말은 일행에게 들리지 않았다.

"일이 끝나는 순간이면, 나는, 그들 모두 살려두지 않으려네."

왕망은 지방에 있던 자신의 영지로 물러났다.

노 황후가 왕망을 곁에 붙들려고 애썼지만 그의 목숨을 부지케 한 것만으로도 다행이었다. 가악 경연이 그렇게 끝나버린 일에 대해서는 누군가가 반드시 책임을 져야 했기 때문이다. 책임은 곧 죽음이다. 책임과 죽음은 황제의 용상 앞에서는 서로 앞뒤에 붙어 있을 뿐, 한몸이었다. 그래서 천만다행인 것이다.

제법 번화한 고을에 이르러 쇠불 일행은 곡식과 비단을 사서 말에 실었다.

면화는 가벼운 대신 부피가 컸고, 곡류는 부피가 작아도 무거웠다. 그런데도 곡식은 사지 않을 수 없었다. 사람이나 말이나 먹어야 하기 때문이다. 비단을 사야 한다는 얘기는 칼리가 꺼냈다.

"내 말을 듣는 게 좋다. 비단은 언제든 돈으로 바꿀 수 있다. 비싸니까 조금씩 끊어 팔 수 있고…… 서역까지 나가서 팔면 값이 세 배가 된다."

아닌게 아니라 비단 값은 현지에서도 놀랄 만큼 비쌌다. 닷냥이 넘는 황금 하나를 꺼내어 바꾼 게 기껏해야 비단 스무 필에 불과했다. 서역으로 나가서 팔면 값이 비싸진다는 게 그나마 위안이 되었다.

"그리메는 기다리지 않느냐?"

칼리가 불쑥 물었다. 여전히 그녀만의 독특한 반말이었다. 말수는 적고, 목소리가 낮다. 그런데 매번 반말이다. 그런 그녀의 말끝에 부르암은 껄껄거리며 얘기한 적이 있다. 토막잠을 자면서 반으로 토막이 난 밤을 먹어야 했기 때문이라고……. 그건 그녀에 대한 안쓰러운 연민의 표현이었다.

"그리메든 누구든, 융커 놈에게 잡히면 살아남지 못한다."

칼리는 모처럼 많은 말을 했다. 비단을 사자고 했던 자기 제안이 받아들여져서 기분이 좋았을 수도 있다. 그리메를 걱정해주는 것도 보기 드문 일이었다.

"칼리, 그리메는 잡히지 않아. 잡힌다고 해도 죽을 사람은 더더욱 아니고."

불모루가 어깨를 으쓱대며 칼리를 안심시키고자 했다.

"그래, 그는 여차하면 제 그림자하고 옷을 바꿔 입을 수 있는 사내다. 그래서 이름도 그리메지."

아홉도 한마디를 보탰다. 그의 말대로라면, 한마디를 보탠 걸로 이제는 열이 됐을지도 모른다. 하지만 그것으로는 부족했는지 사족을 달기까지 했다.

"하물며 저를 따르는 달하가 곁에 있다면 아마도 지금쯤은 날개 단 범이 돼 있지 않겠느냐?"

그 말에 칼리는 입을 꾹 다물어버렸다. 오히려 그녀의 눈매가 더욱 파래지는 듯했다. 그리메를 걱정하기는커녕 갑자기 될 대로 돼라는 심사가 그 눈 꼬리에 묻어났다.

호마(胡馬)[40]는 북풍이 불어오면 고향을 향해 운다고 했던

---

40) '호마의북풍(胡馬依北風) 월조소남지(越鳥巢南枝)'. 한시외전(漢詩外傳)에 전해지는 시구로 오랑캐의 말은 북풍에 몸을 의지하고 월나라 새들은 남쪽 가지에 깃든다는 뜻. 본래는 자신이 떠나온 고향을 잊지 못하는 심성을 표현했다. 여기서 말한 호마가

가?

융커 기마대의 말들은 장안성을 벗어나자 쏜살같이 내달리기 시작했다. 느긋함으로 하여 긴장도를 한껏 높이려는 듯, 융커는 이따금 말고삐를 잡아채곤 했다. 그때마다 한혈마들은 제 능력을 맘껏 발휘하지 못하는 아쉬움으로 길게 울었다. 마답비연(馬沓飛燕), 날아가는 제비도 밟을 정도로 빠르다는 말이었으니 오죽했으랴.

성 밖 오십 리 길에는 객잔 한 곳이 문을 열고 성업 중이었다. 서역 방향으로는 첫 주막인 셈이었다. 거기서 융커는 둘러앉아 술을 마시고 있던 제국 기마병들을 보았다. 동이 일행을 추격하라고 그 자신이 파견한 병사들이었다.

"그들은 어찌 되었느냐?"

융커의 시선이 싸늘했다.

"그, 그게 밤중인데다가, 놈들이 어찌나 빠른지……."

그들의 말이 채 끝나기도 전에 융커가 몸을 솟구쳤다. 그리고 한바탕 춤을 추듯 칼을 휘둘렀다. 그의 칼은 한 치도 어긋남이 없었다. 순식간에 급소를 찔리거나 베인 병사들이 그의 칼이 선을 긋는 방향대로 널브러졌다. 모두 넷이었다.

---

곧 무제 이후 한나라에 들어온 호국(胡國)의 한혈마다.

80

"차라리 죄를 청해야 옳다. 변명은 죽음을 부르는 법이다."

이미 숨이 끊어진 병사들로부터 몸을 돌리며 융커가 중얼거렸다. 죽은 자들은 피를 흘리지 않았다. 그 대신 융커의 칼끝에서 피가 배어나왔다.

"왜, 아버지가 위대하다고 했어?"

한나절을 달려온 뒤, 달하가 문득 생각난 듯 호흡을 고르며 물었다. 이제 좀 진정이 된 게 확실했다. 그리메는 깊이 한숨부터 내쉬었다. 달하가 진정이 되고 나면 어쩌면 자신이 걷잡을 수 없는 슬픔에 빠져들 것만 같았다.

"그분은, 누구에게나 한결같은 사랑을 베푸신 분이다. 아마 모르면 몰라도 묵가의 가르침이 그런 것이었겠지. 허나 배움만으로 한결같은 사람이 되진 않는다. 그게 그분의 위대함이었다."

"그런데 왜 아버지에게 반항했어?"

"지금 와서 넌 그게 서운할지 몰라도 나는 아버지에게 그런 게 아니다. 무기력한 우리 동이족이 싫었던 것이지."

나를 낳아주신 친아버지가 아니라서 결코 그런 게 아니었다, 하고 덧붙이려다가 그리메는 그냥 입을 다물었다. 부르암을 아버지 아닌 존재로 여긴 적은 아예 없었기 때문이다.

"언젠가 오랍은, 아버지께 사과해야 될 거야. 아버지가 받아주실지 모르지만……."

"아버지는 자신의 죽음으로 내 등을 떠미셨다. 내가 그 힘으로 길을 간다는 사실, 아버지는 그걸 아시는 것만으로도 벌써 나를 용서하셨을 거다."

그리메의 말이 무엇을 의미하는지 새겨보듯 달하는 잠시 입을 다물었다. 나뭇잎을 휘젓고 지나가던 바람이 그녀의 머리카락까지 마구 흩뜨렸다. 달하는 귀밑머리를 쓸어올리며 다시 물었다.

"오랍도 묵가를 알아?"

"그저 어깨너머 들었을 뿐이지. 편협한 유가에 바득바득 맞섰고, 제 부모에게 효도한다면 이웃 부모에게도 똑같이 효도해야 하는 게 옳지 않느냐고 대들었다고 하더라. 그게 겸애(兼愛)의 시작이라고 가르쳤다던데, 어쨌거나 나는 처음부터 그게 좋았다."

"그렇지만 오랍은……."

"뭘 말하려는 거냐?"

"겸애든 사랑이든, 배웠으면서도 그걸 몰라."

가까운 산허리쯤에서 소쩍새 우는 소리가 들려왔다. 그리메는 가만히 귀를 기울였다. 소쩍새가 낮에 울고 있다면 무슨 변고가 생겼을지도 모른다. 사랑을 잃었거나 아니면 제 새끼를 빼앗겼거나…….

달하도 갑작스런 새의 울음에 말을 잃었다. 올해는 풍년일까, 아니면 흉년이 들까? 소쩍소쩍 운다면 흉년이고, 소쩍다 소쩍다 하고 세 음절로 울면 풍년이라고 했다. 그런데 세어보면 소쩍새는 두 음절로도, 세 음절로도 번갈아 울고 있다.


난주(蘭州)[41]의 나루터 주막은 몹시 붐볐다.

황하의 누런 황톳물은 석양에 비쳐 황금빛으로 반짝였다. 황하는 몸을 뒤채듯 꿈틀거리며 흐르고 있다. 거대한 황룡이 물 위를 헤엄치는 것 같다. 아니, 황하가 곧 황룡이었다.

융커는 강을 내려다보며 고향을 떠올렸다. 이제 황하를 건너면 하서주랑[42]이라는 외길로 접어든다. 그리고 그 길 어디쯤에는 주천 땅이 있다. 저 먼 고향 사처에서 건너와 한동안 그자신이 노역을 살아야 했던 곳, 밤낮을 가리지 않고 고향에 남

---

41) 기원전 1세기 무렵부터 실크로드로 향하는 길목에 위치했던 주요 요새이자 교통의 중심지. 오늘날은 감숙성의 성도로 발전했는데, 도심을 동서로 가로질러 황하가 흐른다. 이곳을 보호하기 위해 만리장성이 옥문관까지 확대되기도 했다.
42) 하서주랑(河西柱廊). 고대 실크로드의 일부분으로 난주에서 돈황에 이르는 좁은 통로 지역. 하서회랑이라고도 부른다. 주랑이나 회랑이라는 이름은 길고 비좁은 길이라는 의미로 붙여졌다.

은 칼리를 그리며 흉노의 노래를 부르던 곳, 기련산과 연지산이 멀지 않은 곳, 그리고 무엇보다 칼리가 먼 길을 마다하지 않고 찾아오기도 했던 곳!

융커의 상념 속을 비집고 왕망의 얼굴이 나타났다. 아무리 해도 피할 수 없는 얼굴이었다. 노역의 늪에서 그를 건져준 사람이 바로 왕망이었으니까. 그리고 칼리를 노리개로 삼았던 사람도…….

부하 하나가 융커에게 다가와 동이 일행은 간밤에 이미 강을 건넜다는 사실을 보고했다. 서둘러 거룻배에 오르려는 부하들을 융커가 막았다.

"오늘은 됐다. 여기서 쉬어갈 것이다."

부하들이 술과 양고기를 시켰다. 융커는 느긋한 마음으로 고기를 뜯고 술을 마셨다. 술맛은 장안과 다르지 않다. 헌데 물가에서 자란 양고기는 살이 풍부한 대신 육질은 물러 퍼걱퍼걱했다.

장안을 벗어난 이후, 사흘째 날이 밝았다.

쇠불 일행은 길가에서 벗어난 어느 작은 계곡을 끼고 모여 앉았다. 물가의 풀과 나무들은 벌써 신록이 무성해지고 있다. 물가에 자리잡은 이점을 먼저 누리고 있는 셈이었다.

쇠불은 불을 피우기 위해 애썼다. 어쩐 일인지 불괭이에서 불꽃이 잘 일지 않았다. 쑥으로 만든 부싯깃이 눅눅해진 때문이리라.

"그거, 괭이의 숨이 끊어진 게 아닐까요?"

아홉이 쇠불의 심사를 건드렸다. 그가 마른 나뭇가지를 골라 비비더니 익숙하게 불씨를 피워냈다. 쇠불은 그 불에 불괭이를 쬐어 말렸다. 그러고는 모닥불을 밟아 꺼버리고, 불괭이로 다시 불을 일으키는 데 성공했다.

"오늘만큼은 괭이로 불을 피워야 하는 이유가 있다."

쇠불이 넓적한 돌 위에 사슴고기 말린 것이며 멧돼지 육포, 생선포, 곡류와 돌소금 등을 진설했다. 그리고는 일행을 둘러보며 말했다.

"한시름 놓았으니, 부족장님을 위해 제를 올리자."

그들은 동쪽을 향해 섰다. 쇠불이 일의 자초지종을 하늘에 고했다. 그리고 부르암의 혼을 부른 뒤에 큰절을 올렸다.

칼리는 한쪽에 서서 자꾸 먼 하늘을 올려보기만 했다. 일행도 그녀를 탓하지는 않는다. 그녀도 알고 있으리라는 것을, 그녀도 부르암의 편안한 잠을 빌고 있다는 것을 모르는 사람은 없다. 오히려 그게 더 컸으면 컸지 결코 작지 않으리라는 사실도.

하지만 칼리의 마음속을 지배하고 있는 건 다른 종류의 것이었다. 고향에서부터 죽을 각오를 하고 찾아왔던 땅!…… 융커가 부족을 배신할 리 없다고, 그녀는 그 사실 하나를 증명하기 위해 그 머나먼 길을 떠나왔었다. 그 땅, 주천이 바로 지척이다. 헌데 그걸 누구에게, 어찌 내색할 수 있으랴.

같은 시각, 달하는 자신의 댕기머리를 칼로 잘랐다.

귓바퀴 바로 뒤에서 머리카락이 뭉텅이로 잘리는 소리는 야생의 딱딱한 과실을 써는 소리와 흡사했다. 달하는 그 머리카락을 동쪽으로 뻗은 소나무 가지에 걸었다.

"아버지께 육신을 얻었으니, 아버지께 그 일부를 다시 바칩니다."

달하가 두 손을 들어 눈을 가린 채 큰절을 올렸다. 그게 첫 제사였고, 제수 음식은 따로 없었다. 음식이 없어 제사상은 비었어도 제사만큼은 더할 나위 없이 경건했다.

"머리를 굳이 잘라야 했어?"

바람결에 하늘거리는 머리타래를 바라보며 그리메가 아쉬워했다. 잘려지는 순간 그것은 달하와 나뉘어져서 더 이상은 달하와 아무런 상관도 없는 것처럼 보였다. 달하 역시 전에 보던 달하는 아니었다. 머리카락 토막들을 털어내느라고 세차게 머리를 흔든 직후, 그녀는 새로 태어난 게 분명했다. 더 성숙해지고 더 고운 얼굴이, 달하의 이름으로 거기 나타났다.

"내가 바로 동이족입네 하고, 남들 시선을 끌 필요는 없을 것 같아서……."

변명하듯, 달하가 고개를 돌리며 말했다. 딴은 그렇기도 했다. 하지만 그 이유가 전부라면, 달하는 머리를 좀 잘라야 할지 어떨지를 두고 아마 백번은 더 자기에게 물었을 게 틀림없다.

머리를 땋아서 그 끝을 천으로 묶은 게 댕기다. 그냥 천 조각에 지나지 않던 것을 댕기라고 처음 이름을 붙인 사람이 바로 달하였다. 댕기, 단군 임금을 잊지 말자는 뜻이었다. '단기(檀記)'라고 일렀는데도 아이들은 입 안에 쉽게 굴려지는 대로 댕기, 댕기[43]라고 발음하곤 했다.

그리메가 다가가더니 달하의 짧아진 머리칼에 입을 맞추었다. 달하는 제 머리타래가 내걸린 소나무 가지처럼 가늘게 몸을 떨었다.

---

43) 아이들이 댕기를 묶던 풍속은 1960년대까지는 남아 있었던 것 같다. 시집가는 새색시가 연지 곤지를 바르고 댕기를 묶는 습속도 1970년대까지는 볼 수 있었다. 오늘날에는 지리산 청학동 등지에서나 볼 수 있다. ('단기'와 관련된 내용 출처: 박문기 저 『大東夷』)

# 옥문관

여름이 왔다.

사막의 여름은 단순하고도 정직했다. 뜨거운 게 단순함이라면, 변함이 없는 게 곧 정직함이었다. 먼 곳에 펼쳐진 산맥과 그 위 하늘을 제외하면 온통 붉거나 누런색 천지였다. 땅 위에 놓인 것들은 하나같이 뜨거웠다. 모래든, 낙타 잔등이든, 혹은 마실 물이든.

"더워도 참, 더럽게 덥다. 살라는 말이나 죽으라는 말이나 여기선 똑같은 말이겠다."

아홉이 옥문관의 객잔을 들어서며 불평했다.

"더러운 더위도 있고 깨끗한 더위도 있소?"

"있고말고! 우리 여우난골의 더위는 깨끗하지 않더냐?"

불사위가 묻고 아홉이 대답했다. 불사위 자신의 얼굴에도 다른 사람들처럼 때꼬장물이 흘러내렸을 게 뻔했다. 그래서 그는 더 이상 대꾸하지 못했다.

"이건 더위라고 할 수도 없다."

칼리가 아홉의 말에 토를 달았다. 그리고 그녀가 무슨 말인가를 하려고 막 입술을 떼는 순간, 낯익은 사내 하나가 그들이 앉은 탁자에 엽전을 뿌렸다.

"술은 내가 사리다."

한뵵이었다. 일행은 그를 단번에 알아보지는 못했다. 건강한 모습이긴 했어도 그의 얼굴이 온통 그을려 있었기 때문이다. 까마귀가 사돈 맺자고 졸라댈 만큼 검었던 것이다. 그건 나중에 아홉이 한 말이었다. 그을린 탓인지, 얼굴에 남은 피눈물의 흔적까지도 희미했다.


쇠불 일행이 비단을 샀던 고을에 이르러 달하는 비수 한 자루만을 남기고 자신이 들고 왔던 운검(雲劒)을 팔았다. 수달 가죽으로 만든 칼집에, 칼자루는 흰 은을 상감으로 박은 명검이었다. 함부로 버릴 물건은 아니었지만 칼 아니면 달리 팔 것도 없었다.

그리메가 운검 값으로 받은 엽전을 주고 물소 육포와 마늘,

볶은 콩, 그리고 솜옷 두 벌을 장만했다. 늘 배가 고팠고, 밤이면 한뎃잠으로 뼈마디가 오그라들 지경이었다. 피가 끓는 두 사람이 아무리 꼭 껴안고 잔다고 해도 황량한 들판의 밤은 견디기 힘들 만큼 추웠다.

"그 별은 나도 보았다."

마방 앞뜰에 관솔불을 붙이고 들어오면서 성기가 말했다. 가성(假聲)으로 잔뜩 멋을 내어 노래를 부르는 가객들처럼 그는 여전히 코맹맹이 소리를 냈다. 햇볕에 잘 타는 체질은 아닌지 한뉘보다는 얼굴이 맑고 깨끗했다. 하지만 머리는 이미 백발이었고 수염 또한 하얗게 물든 지 오래였다.

"그 별을 예의주시하는 사람은 여기 없었다. 사막이라서 어느 별이나 밝기 때문인지도 모르지. 하룻밤에만 수백, 수천의 유성우가 내리고……."

"장안에서 부르암 부족장이 죽고, 그의 딸 달하와 그리메가 뒤처졌습니다."

쇠불이 저간의 사정을 고했다. 한뉘는 객잔에서처럼 다시 눈물방울을 떨어뜨렸다.

"부르암의 통찰이 참으로 눈부셨다. 하늘의 뜻을 직접 묻고 또 봐야 한다는 그의 의지는 전적으로 옳다. 지금은 비록 비루 하나, 우리는 분명 하늘의 자손이기 때문에 그렇다. 심지어 그는 우리 앞길에 소용될 만한 것들을 챙겨 내게 보내주기도 했다. 내가 맡겨두었던 청동 홀까지…… 그가, 너희를 잘 이끌었다."

"앞날을 내다보는 안목이 탁월했지요."

"그의 영혼이 구천을 헤매지 않도록 내 하늘에 빌 것이다."

한붐이 꺽꺽대며 북처럼 울었다. 이름 그대로였다. 정이 많은 사내가 분명했다.

"그리메는 아마 무사할 것입니다."

"뒤를 쫓아오는 무리가 없더냐?"

"확인하지 못했습니다."

성기와 쇠불의 대화는 서로 겉돌았다. 성기는 자기 아들인 그리메에 대한 관심을 일부러 드러내지 않으려고 애쓰는 듯했다.

"저들은 결코 포기하지 않을 것이다. 두고 보자, 하고 한번 내뱉었다 하면 삼십 년이 흘러도 두고 보는 족속이 바로 저 한족들이다. 우리도 그런 길을 가자."

서로 만나게 된 재회의 기쁨은 그 직후에야 나누어졌다. 성기의 마방에서 모처럼 아사달의 웃음이 새어나오기 시작했다. 뜰에 켜진 불도 여우난골에서 옮겨온 듯 정겨웠다. 그 어떤 냄새라도 맡은 것인지 마방의 말 한 마리가 느닷없이 길게 울었다.

융커의 부하들은 모두 흉노족이었다. 북군 호기 병사들이어서 그랬다.

부하 중 한 놈은 어떤 동물적인 감각을 갖추고 있는 듯했다. 길 위에 남겨진 말 발자국뿐 아니라 풀잎을 뜯어 냄새를 맡거나 때로는 입 안에 모래를 한 움큼 집어넣어 맛을 보면서까지 치밀하게 그리메와 달하의 행적을 좇았다.

"놈들은 간밤에 여기서 노숙을 했습니다. 두 시진 전쯤 이곳을 벗어났으니 박차를 좀 더 가한다면 덜미를 잡을 수 있겠습니다."

융커가 땅바닥을 살펴보았다. 모래와 자갈뿐인 거친 땅이었지만 자취는 고스란했다. 볶은 콩 조각 몇 개도 눈에 띄었다.

"그래, 어떤 놈들인지 궁금해지는구나. 말에 올라라."

융커의 말이 앞서나가며 바람을 갈랐다. 채찍질을 해댈 필요도 없다. 본성에 충실한 말들은 이제 곧 피땀을 흘릴 것이다.

부하의 예측대로, 머지않아 그들은 동이족의 후미를 따라잡았다. 너울너울 춤을 추는 아지랑이 속에 그리메와 달하의 희미한 윤곽이 멀리 지평선 상에 드러났다. 그들은 흔들리며 걷는 듯했다. 아지랑이의 층이 두터워 사람 둘과 말 두 필이 걷는 모습은 꼭 신기루처럼 보였다.

칼리가 마방의 한쪽 방에 들어 야칸을 눕혔다.

아이는 갑작스럽게 잠에서 깨어나 울기 시작했다. 그녀는 아이를 안아주는 대신 그저 가만히 지켜보았다. 아이의 울음소리가 더욱 높아졌다.

"그만 울어라."

그녀가 혼잣말처럼 중얼거렸다.

"넌, 울어서도 안 된다. 죄악의 씨앗이니까."

말을 내뱉고 난 뒤 칼리는 스스로도 놀란 듯했다. 그녀가 황급히 아이를 덥석 안아들었다. 그리고 아이의 몸에 얼굴을 파묻었다.

칼리도 아이를 따라 울었다.

"오랍, 그들이 쫓아오고 있어."

"이미 알고 있다."

"어떻게 하지?"

"너 먼저 가라. 내가 뒤쫓아 가마."

"오랍을 남겨두고 나 혼자 어떻게 가란 거야? 나도 한 놈쯤은 감당할 수 있는데."

"……."

달하는 끝내 가려고 하지 않았다. 물론 가란다고 해서 갈 사람도 아니었다.

그 사이 융커 일행이 다가왔다. 그리메가 그들을 노려보았다. 오래 말을 타고 왔음에도 불구하고 그들의 등이 꼿꼿했다.

"나머지 놈들은 어디 있느냐?"

융커가 말에서 내리며 물었다. 그리고 그는 말 잔등이 만들어낸 그늘에 털썩 주저앉아 군화를 벗었다. 그리메는 안중에도 없는 듯했다. 그는 신발을 뒤집어 태평스럽게 모래를 털어내기도 했다.

"너희가 알 바 아니지."

그리메는 움직이지 않았다. 그 대신 그는 발밑의 모래를 소리 내지 않고 다졌다. 아니, 건조하고 푸석푸석한 모래는 잘 다져지지도 않았다. 모래가 자신의 몸을 얼마나 지탱해줄 수 있을지 재고 있었을 뿐이다.

"네 검술을 보고 싶다. 그저 내가 보고 싶어서 그럴 따름이니, 이 기회에 네 목숨을 스스로 구하라. 내 부하 하나를 쓰러뜨릴 수 있다면 가능한 일이다."

융커가 부하 한 사람에게 눈짓했다. 그 순간 부하가 말에서 뛰어내리며 동시에 모래를 밟고 뛰어올랐다. 말을 타고 내리는 동작이 경쾌하고도 우아했다. 하지만 그가 간과한 게 하나 있었다. 푸석푸석한 모래의 성질이었다.

병사가 몸을 솟구쳤지만 도약이 그리 높지는 않았다. 높지 않았을 뿐만 아니라 아주 미세하게 조금은 휘청거리기까지 했다. 그래서 그의 칼은 허공에서 반 자 가량 빗나갔다. 그리메는 그 순간을 놓치지 않았다. 그가 기다렸던 게 바로 그것이기도 했다. 그는 크게 몸을 움직일 필요도 없이 단순하게 칼을 뻗어 상대의 옆구리를 찔렀다. 공격은 요란했지만 방어는 극히 절제된 움직임뿐이었다.

다른 병사들 둘이 말에서 뛰어내렸다. 그러나 그들은 바로 공격해 들어오지는 않았다. 그들 동료가 어떻게 허망하게 당했는지를 알기 때문이었다. 융커가 그들을 제지했다.

"됐다. 내가 약속하지 않았느냐?"

융커가 천천히 군화를 신었다. 그리고는 똑바로 서서 그리메를 바라보았다.

"네 이름이 무엇이냐?"

"그리메라고 하지. 흰 그리메……."

그리메가 자신의 온전한 이름을 밝혔다.

"영리한 놈이로구나."

"이름이 그림자이니, 아무도 날 쉽게 베지 못할 뿐이라네."

"그렇다면 내 이름도 새겨두어라. 장차 널 벨 사람, 융커라 한다."

"이미 들어서 알고 있다. 한 치도 빈틈이 없도록 제 한 몸과 옷가지를 유독 바르게 꾸미는 자, 그만큼 집요한 자라고!"

융커는 대꾸하지 않고 그리메의 눈을 깊이 들여다보았다. 맑은 눈이었고, 따뜻한 눈이었다. 무엇보다 흔들림이 없었다. 그리메도 융커의 눈을 마주 바라보았다. 푸른빛을 발산하는 그의 눈은 매서웠다. 매섭다 못해 스스로의 빛으로 자신의 눈을 후벼파는 듯했다.

"네가 달하겠구나."

융커가 달하를 바라보며 아는 체를 했다. 달하는 칼자루 끝이 제 쪽을 향하도록 거꾸로 비수를 쥔 채 융커를 잔뜩 노려보았다. 그리고는 그리메처럼 자신의 긴 이름을 다 밝혔다.

"그래. 내가 달하다. 흐르는 달하!"

속으로 그녀의 이름을 되뇌어보듯, 융커는 잠시 침묵했다. 그런 다음에야 입을 열었다.

"약속을 지켜주마. 가라! 허나 너희의 꿈은 내가 좌절시킬 것이다. 다만 너희 모두를 한꺼번에 보내는 자비만큼은 베풀도록 하지."

융커의 눈빛이 다시 매서워졌다. 그가 먼저 말에 올라탔다.

그리메에게 옆구리를 찔린 병사는 이미 숨이 끊어진 뒤였다. 남은 병사 둘이서 시체 위에 모래를 뿌리고 그를 묻었다. 그렇게 해서 핏자국까지 사라지자 그 일은 처음부터 그리메와는 아무런 상관도 없는 듯이 여겨졌다. 그냥 사막의 무심한 모래바람이 한 생명을 삼킨 것에 지나지 않는 것처럼.

사막의 별은 맑고 고왔다. 모두가 새로 단장하고 저녁 나들이에 나선 듯했다.

보름달이 떠오르는 모습은 더욱 장관이었다. 땅을 헤치고 솟아오른 달은 처음에는 태양만큼이나 붉었고 또 이글거리기까지 했다. 달이라고 해서 그냥 노랗거나 흰 게 아니었다. 첩첩한 산골에서만 살았던 일행이 적지 않게 놀랄 정도로.

성기는 마방 뒤뜰로 돌아가 흙을 파내고 거기 숨겨진 빗살무늬 항아리에서 무엇인가를 꺼내들었다. 그것이 붉은 달 아래서 노란 빛을 뿜었다. 장차 달이 변해갈 색깔이기도 했다. 황금이었다. 일행이 여우난골에서 챙겨온 것보다 결코 적지 않은 양이었다.

"변방에서 수자리 서는 장졸들은 부패할 수밖에 없지. 아무래도 법이 멀기 때문이다. 그러니 수문장 한 사람쯤 구워삶는 건 어렵지 않을 터!"

"길은 정하셨습니까?"

쇠불이 물었다.

"관문을 지나 누란까지만 우선 가세. 거기도 여기처럼 사막 가운데 물이 흐르는 녹주라네. 거기까지만 갈 수 있다면 어느 정도 안심할 수 있지. 한나라 영향력이 그리 큰 곳은 아니니 까."

"그리메와 달하는……?"

"이거, 나머지 것들은 쇠불 자네가 고루 배분해주도록 하 게."

"저희도 이미 가지고 있는 게 있습니다."

"혹시 모르니 나누어 지녔으면 해서 하는 말이네."

성기는 그리메 얘기가 나오자 또 엉뚱한 반응을 보였다. 동 쪽에서 온 이들은 동쪽을 바라보며 묻고, 서쪽에서 오래 살았 던 사람은 서쪽을 향해 대답하는 식이었다.

"내게 생각이 있네. 맡겨두시게."

밖으로 나가려던 성기가 기어코 한마디 언질을 남겼다. 쇠 불의 의아해하는 표정이 못내 마음에 걸린 모양이었다.

"저기 저 잿빛 말은 이방의 여물로 인해 뱃속이 매우 좋지 않을 것이네. 돌소금을 충분히 핥도록 하게."

"아, 예."

성기가 아홉을 향해 말했고, 아홉이 크게 허리를 조아렸다.

"그렇게 굽실거릴 거 없네. 여긴 조선이 아니니까. 아니, 조선이라고 해도 그렇지."

성기가 어둠 속으로 사라져갔다. 그가 사라진 곳을 어둠이 빠르게 메웠다. 아홉은 어둠에 몸이 갇힌 듯 한참 동안 꼼짝하지 않고 선 채로 성기의 말을 되새겼다.


아이가 잠들자 칼리는 공후를 들고 밖으로 나섰다.

달이 손에 잡힐 듯 가까웠다. 칼리는 잠시 달하를 떠올렸다. 그건 순전히 달 때문이었다. 그렇지만 그녀가 떠올리고자 했던 건 달하가 아니라 사실은 그리메였다.

─그는 무사할까……?

칼리의 상념을 헤집고 칼리 자신이 원치 않았던 또 한 사내의 얼굴이 떠올랐다. 그녀는 그 사내를 지우기 위해 노래를 부르기 시작했다.


사내들의 초원에는 백 날 천 날 눈이 내리고

어둠이 눈을 덮으면 슬프다 늑대 울음소리뿐

사랑하는 연인들아 오늘은 어디 다 숨었는가?

바람이 울면 들리나니 떠나는 발자국 소리들…….


돌이켜보면 고향 땅 초원에서 보던 보름달도 언제나 크고 둥글었다. 칼리가 이번에는 사처의 초원을 떠올렸다. 사막 가운데 드문 초원이라서 누구에게나 어머니라고 불리던…….

─나는 지금 그곳으로 돌아가는 중인가?

칼리가 스스로에게 물었다. 그리고 자기 자신에게 다시 반문했다.

─그럴 수나 있을까?


"형제께서 마방을 비우면 내 낙타는 누가 봐준단 말이오? 말이든 낙타든 형제가 있어 걱정을 덜 수 있었거늘!"

에데사가 짐짓 역정을 가장하여 말했다. 그의 눈도 보석을 박아놓은 듯 파랗게 보였다. 돌궐 유목민이라던 그는 파미르 고원과 타클라마칸을 건너다니며 장사하는 대상의 우두머리였다.

"하하하, 낙타에 대해서만큼은 제가 대인께 배웠지요."

성기는 에데사에게 깍듯한 말투로 대하였다. 두 사람의 용모가 서로 이질적이었지만 나이는 얼추 비슷하게 보였다.

"좋습니다. 마방은 내가 인수해드리지요. 헌데 관문은 어찌

통과하려 하오?"

"그건 미리 손을 써두었습니다. 염려하지 않으셔도 될 듯하옵니다."

"어련하시겠소이까만, 은인자중하시던 형제께서 몸을 움직인다면 필시 작은 일은 아닐 터, 그게 도대체 무슨 일이오?"

"대인께 뭘 숨기겠습니까? 사실은, 별을 찾고자 하옵니다."

"별……?"

"하늘이 제 한아비의 나라를 세웠는데 그 나라를 거두어들이신 지 어언 백년이 흘렀습니다. 그런데 이번에 밝게 빛나는 신성 하나가 서쪽을 비추는 모습이 조선 옛 땅에서 목격되었고, 그 일로 제가 거느리던 부족 몇 명이 찾아왔습니다. 과연 하늘의 뜻은 무엇인지, 그게 아무리 먼 길이라고 해도, 어찌 찾아가보지 않을 수 있겠습니까?"

"아, 나라를 되찾는 일이겠구려. 그럼 그렇지!"

에데사의 얼굴이 비로소 환해졌다. 그는 대상을 이끄는 천부적인 장사꾼의 기질로 그게 자신에게 어떤 이문을 남겨줄 수 있는 일인지를 순간적으로 궁리해보았다. 그리고는 한결 은근한 눈길로 성기를 응시했다.

"혹시 내가 도울 일은 없겠소이까?"

"제 아들놈과 젊은 처자 하나가 관문에 나타날 것이옵니다.

마방을 넘겨드리는 값이라 여기시고 그들의 뒤를 봐주셨으면
합니다."

"내 그러리다. 허나 그걸로는 양이 차질 않으니 좀 더 큰 거
래를 했으면 하오. 내가 형제 일행의 뒤까지 모두 봐드릴 터이
니, 장차 나라를 세운 뒤에 재상 자리 하나쯤 내리시겠소?"

"그 무엇인들 아깝겠사옵니까만, 처지가 처지인지라 그 어
떤 담보라 하더라도 허언(虛言)보다 오히려 무게가 덜하지 않
을까 하여 부끄럽습니다."

"하하하, 농입니다. 그저 무역의 일이나 맡겨주시면 됩니다.
본래 장사치로서는 장사의 일이 최고인 법이지요. 다만 한 가
지, 진시황과 여불위[1]의 고사는 나도 들어 알고 있소이다. 큰
장사가 무엇인지 나도 헤아릴 줄은 안다는 말이외다."

"마방이나 하나 열고 있을 뿐인 구차한 소인으로서 감당키
가 벅찬 비유를 하십니다그려."

성기가 허리를 숙여 절했다. 진심이 무엇인지 살펴보기 위

---

1) 여불위(呂不韋)는 중국 춘추전국시대의 상인이며 정치가였다. 이 소설의 시대 배경
과 비교하면 약 250년쯤 전의 인물이 된다. 장사치로 지내던 시절에 볼모로 잡혀 있
던 진나라 공자의 가능성을 믿고 그를 도왔다. 후에 진나라의 태후가 되는 자신의 애
첩 조희를 그에게 바치기까지 했다. 그 후 공자가 귀국하여 진나라 왕위에 오르자 여
불위는 승승장구했다. 왕이 죽은 뒤 아들이 왕위를 계승했는데 그가 곧 진시황이다.
여불위는 그의 생부(生父)였다.

해 에데사는 깊은 눈 꼬리에 주름을 만들면서까지 성기의 얼굴을 들여다보았다. 성기가 다시 허리를 숙였다.

"마방 따위가 전부가 아니라는 것쯤은 내 이미 꿰뚫고 있었소이다. 혹시 아오? 그 별이 맘에 들면 내가 그냥 사버릴지?"

에데사가 말끝에 껄껄 웃었다. 크나큰 거래를 성사시키고 난 뒤의 흡족한 웃음 같았다. 하지만 성기는 웃을 수 없었다. 웃음이란 마음 한구석에 여유가 깃들기 시작하는 순간의 자기 표현 방식이다. 만약 그게 아니라면 그 웃음은 가짜다. 성기에게는 여유를 가장할 여유조차 없었다.


그리메와 달하는 잠자코 융커와 한 길을 갔다.

두 사람은 포로로 잡힌 게 분명 아니었다. 그렇다고 길동무도 아닌 기이한 형태로 그들은 옥문관을 향하는 길에 서로 동행했다. 융커는 그리메와 달하를 미끼로 동이족 무리를 따라잡을 속셈이었고, 그리메는 그리메대로 어찌됐든 손해볼 게 없다는 계산을 했다.

"너희 또한 노인들이나 입에 담는 그 별을 믿는 게냐? 내가 상관할 일은 아니다만, 젊음을 낭비한다는 생각은 들지 않느냐?"

작은 객잔에 이르러 허겁지겁 밥그릇을 비우는 그리메를 건너다보며 융커가 물었다. 그리메는 대꾸하지 못했다. 융커의 말이 백번 옳았기 때문이다. 그렇다고 그의 말에 수긍을 해줄 수도 없는 노릇이었다.

"미혹이 깊구나. 동이족의 하찮은 미신이 내 주군까지도 미혹시켰구나!"

달하는 융커가 비아냥거리는 소리를 새기며 입을 삐쭉거렸다.

그녀만 해도 생각이 달랐다. 그녀는 구만 리 길에 동행하게 해달라고 아버지 부르암에게 끝없이 졸랐었다. 설혹 길 위에서 죽을지언정 그 편이 더 낫다고 고집을 부리기도 했다. 달하가, 어떤 의미에서는, 융커가 말한 젊음을 제대로 누리고 있는지도 몰랐다. 융커가 말한 의미는 그게 아니었지만.


사막의 밤은 추웠다. 해가 떠오르자마자 불볕더위가 맹위를 떨칠 것이라는 사실이 믿어지지 않을 정도였다.

날이 새기 전, 새벽 오한에 몸을 맡긴 채 성기 일행은 옥문관을 빠져나갔다. 달이 아직 제 빛을 잃지 않고 있을 무렵이었다. 칼리도 그 일행에 들었다.

성루에서 일행을 지켜보던 수문 조장은 칼집을 들었다가 내려놓는 시늉을 했다. 신호에 따라 수졸들은 그냥 못 본 척했다.

수졸 가운데 한 놈이 칼리의 미색에 반해 그녀를 잠시 희롱한 게 전부였다.

"이봐, 아이 얘기는 없었는데?"

수졸이 칼리의 가슴을 툭 쳤다. 그 순간 칼리가 놈의 손목을 잡아 비틀었다. 놈이 손목을 움켜쥐며 쓰러지는 것과 동시에 칼리도 관문을 빠져나오는 데 성공했다.

"대가리를 삶았는데 귀는 익지 않은 것인가?"

아홉이 혀를 끌끌 차며 말했다. 신소리를 해댈 만큼 안도감이 들었던 것이리라.

"아니라네. 귀든 코든 제대로 익었다는 뜻이지. 그래서 음식 투정을 부려보는 게 아닌가?"

한붓도 적이 안심이 되는 모양이었다. 그는 터번[2]을 두른 머리 위에 모자까지 쓰고 있어서 우스꽝스럽게 보였다. 그래도 웃는 사람은 없었다. 사막에 대한 알 수 없는 두려움 때문이었다.


부르암과는 달리, 불모루가 입은 부상은 그나마 평온하던

---

2) 터번(turban)의 기원에 대해서는 분명하게 전해지는 바가 없다. 다만, 사막 기후에 유용한 것으로 봐서 사막 동방 지역에서 유래한 것으로 보인다.

그들 노정의 질서를 깨뜨렸다.

불사위와 불모루 형제는 젊은 나이에 비해 신중하고도 과묵했다. 그들은 누군가가 따로 뭔가를 묻지 않으면 먼저 입을 여는 법이 없다. 아마 그리메가 옆에 있다면 달랐을지도 모른다. 그리메라면 죽고 못 살 정도로 따랐으니까.

옥문관에서 누란까지 가는 길에서는 좀도둑들이 이따금 출몰했다. 놈들은 세력이 클 때는 대상의 후미를 끊어 낚아채는 공격을 감행하기도 하지만 대부분의 경우에는 뒤에 낙오한 자들이나 털어가며 입에 겨우 풀칠을 하고 사는 무리들이었다. 그래도 물론 경계를 늦출 수는 없었다. 아마 어쩌면 불 형제의 말수가 더욱 적어진 건 그 때문이리라. 그들 무리로부터 일행을 보호할 책임은 당연히 불 형제의 몫이었다.

옥문관을 빠져나와 처음 사막 가운데서 밤을 새기로 했던 저녁나절, 놈들이 습격을 해왔다. 모래바람이 불어 확실히 헤아려볼 수는 없었지만 열 놈은 되는 듯했다.

불사위가 모래를 끼얹어 우선 모닥불부터 껐다. 불 앞에서 작아져 있던 눈동자를 다시 키울 필요가 있다. 놈들은 어둑어둑한 땅거미 속으로 다가왔기 때문에 훨씬 유리할 게 뻔했다. 불모루는 제사장 성기와 쇠뿔 박사를 무리의 가운데로 모셨다. 그나마 작은 막대기 하나조차 들고 싸울 위인들이 못 되었기 때문이다.

칼리는 아이를 성기에게 맡기고 앞으로 나섰다. 성기든 쇠불이든, 따질 경황이 없었을 것이다. 그렇게 해서 야칸은 처음으로 성기의 품에 안기게 되었다.

불 형제도 그렇지만 칼리가 펼친 활약은 참으로 눈부셨다. 여자의 몸 어디에 그런 무술이 숨겨져 있을 수 있는지 경이로웠다. 그녀는 때로 종다리처럼 수직으로 몸을 솟구치기도 했고, 또 때로는 사막의 뱀처럼 모래 위를 기기도 했다. 그녀가 종다리 되어 벤 자가 하나, 그리고 뱀이 되어 거둔 목숨이 또 하나였다.

불 형제는 두 사람이 힘을 합쳐 모두 셋을 베었다. 아홉과 한붑도 제 몫을 충분히 했다. 작대기는커녕 부지깽이 하나 들고 있지 않았던 그들은 좀도둑들의 얼굴을 향해 쉬지 않고 모래를 끼얹었다. 도둑들이 허망하게 깨진 건 전적으로 그들이 뿌려댄 모래 때문이었을 수도 있다. 놈들은 제대로 눈을 뜨지 못했던 것이다. 아홉과 한붑은 심지어 눈을 싸쥐고 엎드려 있던 도둑 한 놈을 덮쳐서 목을 비틀기까지 했다.

"내가 모래를 뿌리기를 정말 잘했지?"

"이 사람아, 내가 먼저 뿌려댔어."

잔당이 물러가자 아홉과 한붑이 서로 먼저라고 무용을 다투기 시작했다. 충분히 그럴 만한 가치가 있는 일이었다. 하지만 그들보다 더욱 큰 공을 세운 칼리는 땀을 닦고 숨을 고르더니 그냥 별 일도 아니라는 듯 성기의 품에서 다시 아이를 받아들었다.

"얘야, 네 엄마를 보면 알 수 있다. 너는 나중에 큰일을 해낼 인물이 될 것이다."

아이를 넘겨주면서 성기가 아이를 향해 대신 치사를 했다. 말하자면, 제사장의 예언인 셈이었다. 부족 일원이라면 제사장의 예언을 그냥 흘려듣는 일은 결코 없다. 무섭고도 엄한 신탁(神託)으로까지 받아들이는 법이다. 칼리는 단순한 공치사로 그 얘기를 들어넘겼다.

불모루는 무심코 자기 왼쪽 옆구리에 손을 갖다댔다. 그 손에 진득한 액체가 만져졌다. 그 순간 날카로운 불 꼬챙이에 찔리는 듯 깊고도 아득한 통증이 다가왔다. 통증이란 늘 그렇다. 그걸 의식할 겨를이 있을 때만 본래 모습이 드러난다.


옥문관에 도착하자마자 그리메와 달하는 체포되었다.

관문에 소속된 병사들이 떼로 몰려와 그 둘을 묶어 끌고 갔다. 그들은 이내 감옥에 갇혔다. 흙은 드물고 모래가 많은 감옥이었다. 바닥에 귀를 대고 누우면 모래가 서로 몸을 비비는 것 같은 소리가 가물가물 들려왔다.

– 모래도 사막에서는 몸을 섞는가?

그리메는 그 밤에 부질없고 쓸데없는 생각을 했다. 먼저 앞서간 이들의 소식이 걱정되고, 무엇보다 그들이 그리웠기 때문인지도 몰랐다.

달하는 걱정하지도 않았고, 헤어진 이들을 그리워하지도 않았다. 걱정하지 않은 것도 그리메 때문이고 그리워하지 않는 것도 그리메가 곁에 있기 때문이었다. 달하는 오히려 그리메와 함께라면 죽어도 괜찮을 것 같다는 생각을 했다.

마땅히 할 일이 없어지자 달하가 품에서 청동거울과 비수를 꺼내었다. 융커의 배려 때문인지는 몰라도 관문의 병사들은 그리메와 달하를 수색하려고도 하지 않았고 칼을 압수하지도 않았다.

달하는 오랫동안 자신의 얼굴을 거울에 비춰보았다. 자신의 눈에도 낯설게 느껴지는 얼굴이 거기 낯설게 들어와 움직일 줄을 몰랐다. 그 얼굴을 치우듯 그녀가 이번에는 거울을 뒤집었다. 그러자 동그란 거울 뒷면 가득히 천문도가 나타났다. 삼백오십 개의 별을 일일이 새기고, 별과 별 사이에는 붉은 선을 그어 예순여덟 개 별자리를 표시했으며 적도와 황도까지 그려 넣은 천상의 별자리!…… 여우난골을 떠나오기 전에 쇠불 박사가 정교하게 새겨준 천문도였다.

달하가 비수를 들어 거울 면 한쪽 구석에 무엇인가를 추가로 새기기 시작했다. 동그란 원과 그 안을 가로지르는 선분 하나, 그림은 점차 어떤 형상을 닮아갔다. 달하가 그곳에 자그마하게 새긴 것, 그것은 자신들이 여우난골 제당에 내걸었던 바로 그 깃발이었다.


융커와 관문 수문장이 마주앉았다.

융커는 젖은 물수건으로 얼굴의 땀을 천천히 닦아냈다. 수문장은 융커의 안색을 살피느라 안절부절못했다.

"성기라는 이름의 동이족 마부가 지금 어디 있소?"

"그자는 왜 찾소이까?"

수문장은 짐짓 여유를 부렸다. 융커가 그의 표정을 살피듯 잠시 눈을 맞추었다.

"장안에서 반란을 도모했던 자들이 그를 찾아왔을 것이오."

"성기?…… 아, 그자는 사흘 전 말발굽에 채여 죽었다는 보고를 받았소이다."

"시체는 확인을 했소?"

"부하 장졸들이 보고했으니 틀림이 없겠지요."

"그자를 불러오시오."

융커가 명령했다. 그 명령은 단호하고도 엄하게 들렸다. 오래 지나지 않아 수문 조장 한 사람이 불려왔다.

"사실대로 말하라. 성기와 그를 찾아온 동이족들은 어디 숨었는가?"

"성기는 이미 죽었고, 동이족에 대해서는 소장이 모르는 일이오."

수문 조장은 발뺌부터 했다.

"그렇다면 시체는 어떻게 처리했느냐?"

"이곳 장례법에 따라 사막에 멀리 내다버렸으니 아마 지금쯤은 짐승이 살을 발라먹고 곤충들이 뼈를 갉아먹었겠지요."

"성기는 그렇다 쳐도 이 작은 고을에 이방인 여럿이 나타났는데 모른다는 게 말이 되는가?"

"소장은 모르는 일이오이다."

"저놈 손가락을 잘라라. 바른 말을 할 때까지 하나씩 더 자르도록 하라."

융커의 부하들이 달려들어 수문 조장의 새끼손가락을 거침없이 칼로 내리쳤다. 수문 조장의 비명소리가 유난히 컸다. 누군들 신음 없이 손가락 하나가 잘려나가는 고통을 견뎌낼 수 있을까? 하지만 부패한 자들의 고통지수는 그렇지 않은 사람들보다 훨씬 클 수 있다.

"아, 이런!……"

에데사가 무릎을 치며 탄식했다. 수하를 시켜 그리메의 행방을 확인케 했는데 그들은 이미 감방에 갇혀 있다고 했다. 설상가상으로 한나라 최고의 무술교관이 관문에 와 있다는 소식을 들은 그는 상황이 아주 좋지 않다는 사실을 직감했다.

"비단옷과 터번을 내오너라."

에데사는 수하에게 호화스런 의상을 준비하도록 이른 다음 반지와 팔찌, 목걸이 등의 값비싼 장신구로 자기 몸을 치장했다. 그리고는 관문 안으로 들어가 융커를 면대했다.

"사람을 살까 하고 왔습니다."

그는 다짜고짜 협상의 운을 떼기 시작했다. 융커의 파란 눈이 한순간 빛을 뿜듯 더욱 파래졌다. 무료하기 짝이 없는 사막의 오후였다.

"그대는 나를 아는가?"

"물론입지요. 한 제국 북군 교관을 모를 정도로 바보는 아닙니다."

"그렇다면 사겠다는 건 둘 중에 하나겠지. 그리메 아니면 수문 조장, 어느 쪽인가?"

"둘 다입니다. 그리고 또 한 처자가 있을 테지요. 그러니 합쳐서 셋입니다."

"이해할 수 없군. 그들 모두 어디에 필요한가?"

"둘은 제게 필요하나, 나머지 하나는 장군님께 소용되지 않을까 합니다. 수문 조장이 그렇습니다."

"어찌 그러한가?"

"만약 거래를 받아들이신다면, 수문 조장의 목은 장군님께서 임의로 치지 못하실 것입니다. 장군님의 거래가 거래라면, 수문 조장의 거래도 거래이기 때문이지요."

"……."

융커가 에데사의 얼굴을 가만히 바라보았다. 대단한 협상가가 분명했다. 수문 조장 따위는 안중에도 없으면서 협상 대상에 끼워넣음으로써 거래 전체를 성사시키려 하고 있다. 똑같은 도둑인데, 큰 도둑이라고 해서 작은 도둑을 처벌할 권리는 없다, 그는 그렇게 주장하고 있다. 그리고 이 거래가 사소한 거래가 아니라는 점을 은근히 내세우기도 한다. 무엇보다 흥미를 불러일으키는 수완이 탁월했다.

"그래, 어떤 조건을 제시할 참인가?"

"낙타 세 필입니다."

"낙타라면 이미 우리도 구하려던 참이다."

"낙타가 있어도 사막을 가기란 쉽지 않을 것입니다. 무사히 사막을 건너게 해드리지요."

융커는 잠시 궁리해보았다. 자신 역시 사막 출신이나 다를 바 없으므로 사막을 건너는 게 특별히 걱정되지는 않는다. 그래도 밑질 게 없는 장사인 건 분명했다. 물론 그 자신이 이문을 따지는 장사치는 아니었다. 그런데다가 그리메와 달하를 옥에 가둔 건 그냥 임시방편에 지나지 않는 일이기도 했다. 아직은 죽일 때가 아니어서 때가 되면 같이 동행하고자 했던 것이다.

"다른 길라잡이를 구할 수도 있을 텐데?"

융커가 속마음을 숨기고 말했다. 말하자면 그는 흥정을 하고 있는 셈이었다.

"감옥에서 일단 풀어주고 난 다음에는 언제든지 그들의 목을 치셔도 좋습니다."

"어찌, 그런 거래를 하는가?"

"선택의 폭을 넓혀드리고자 합니다. 장군님은 저와 같은 장사치가 아니기 때문이지요. 그리고 수문 조장이 받은 뇌물, 그것이라면 지금이라도 압수가 가능하리라고 봅니다."

"나는 금은보화를 모르는 숙맥이다."

"아옵니다."

에데사는 거래가 진즉에 성사됐음을 알았다. 흥정에 일단 반응을 보인 고객을 놓치는 건 치욕이라고 여겨왔던 그였다.

융커는 첫 제안 때부터 이미 흥미를 보였다. 그런 사내들은 직선적이면서도 피가 뜨겁다. 그게 그의 강점이자 맹점이 되기도 한다. 에데사는 첫눈에 융커의 단면을 읽었다. 물론 그게 전부는 결코 아니라 해도.

– 내가 어쩌다 이 길에 나서게 됐지?

그리메는 옥사에 갇힌 이후로 계속해서 어떤 상념에 사로잡혔다. 죽음 따위가 두려운 건 아니다. 죽을 고비에 이르렀다는 생각은 해본 적도 없다. 어쩌면 감옥에 갇히면서 몸은 정작 편해졌기 때문인지도 모른다.

돌이켜보면, 그리메는 별 따위에는 조금도 신경을 쓰지 않았다. 그는 나라를 직접 되찾고자 했다. 불사위와 불모루 형제를 비롯한 젊은 친구들에게 가혹할 정도로 무술 훈련을 시킨 이유가 그것이었다. 때가 되면 부족장이 동굴 제당에 숨겨둔 황금을 훔쳐 무기나 양식을 구할 계획이었다. 그런데 그 별 하나 때문에 온통 뒤죽박죽이 되고 말았다.

– 에휴!

그리메의 입에서 신음소리 같은 한숨이 새어나왔다. 이제는 돌아갈 수도 없이 너무 멀리 와버렸다. 문득 아버지 부르암의 얼굴이 떠올랐다. 껄껄거리며 웃는 얼굴이다.

– 결국, 그의 뜻대로 돼가는 것인가?

지금 와서 돌아간다는 건 종족을 배신하는 것과 다를 게 없다는 생각이 든다. 그들을 지켜야 한다. 하지만 아무리 그렇더라도 헛된 일에 목을 매는 종족들을 지켜주는 일, 그게 도대체 세상에 태어난 한 사내의 일생이 되어야만 하는지는 알 수 없었다.

"자네가 그리메인가?"

옥사 밖에서 누군가가 아는 체를 했다. 그리메가 돌아보니 눈이 움푹 패고 수염이 텁수룩한 장년의 이방인이 그를 내려다보았다. 그가 입은 통치마 비슷하게 생긴 괴이한 비단옷이 몸을 움직일 때마다 절로 하늘거렸다.

# 누란

누란…….

더러는 선선(鄯善)이라고도 부르는 땅이 이윽고 나타났다. 또 신기루인가 했지만 진짜 녹주였다. 쇠불조차 농담을 할 만큼 고대하던 오아시스.

"나라 이름이 왜 선선인지 알 만하다."

누란국은 작지만 기름진 땅이었다. 도시에는 넓은 호수까지 있어서 사막 가운데 놓여 있던 어떤 커다란 빈 그릇에 갑자기 음식이 가득 채워진 듯하다. 한 제국의 지배를 받고 있기는 해도 그 영향력은 미미했다. 너무 먼 데다 흉노의 세력이 완전히 물러간 건 아니기 때문이다. 그래서 그런지 누란 왕국은 이방인들에게 밝고 활기찬 인상을 주었다.

불모루는 누란 땅에 이르러 제대로 치료를 받기 시작했다. 물론 그전에도 아홉이 정성을 다해 그를 보살폈기 때문에 상처가 크게 악화되지는 않았다. 그의 옆구리에는 한 뼘이 조금 못 되는 자상이 나 있었다.

불모루를 제외하고 나머지 일행은 모처럼 한가하고도 편안한 시간을 만끽했다. 아홉과 불사위는 번화한 거리에 나가기를 즐겼고, 쇠불과 한뉩은 저자에 자주 나갔다. 성기는 낙타시장에 들렀다가 객잔에 돌아와서는 나무토막을 깎아 뭔가를 조각했다. 칼리는 공후를 켜면서 노래하거나 연인들로 북적이는 호숫가를 저 혼자 거닐다가 돌아오곤 했다.

그 짧은 몇 날의 행복감, 그것은 그들의 고단한 잠 속으로 파고든 한 조각 달콤한 꿈 같았다. 오직 하나, 소식을 알 수 없는 그리메와 달하에 대한 걱정이 끊일 날이 없었지만 그들은 애써 그리메를 믿고자 했다. 그만큼 행복한 날들은 그전에도 없었고, 그후에도 다시 찾아오지 않았다.


"네 부친은 동쪽 끝에서 오고, 나는 서쪽 끝에서 와서 우리가 옥문관에서 만났다. 그 뒤로 네 부친과는 오늘날까지 형제로 지내왔다. 오죽했으면 전에 없던 호칭, 형제란 말을 내가 처음으로 쓰기 시작했겠느냐?"

에데사가 그리메와 달하의 손에 각각 낙타[1] 고삐를 넘겨주었다. 낙타는 끊임없이 입을 우물거렸다. 눈매가 선하게 보이는 어미 낙타들이었다. 그리메가 고개를 숙여 에데사에게 절하고 낙타에게도 아는 체를 했다.

"낙타 등에 앉아 그냥 졸고만 있어도 누란으로 데려다줄 것이다. 뒤를 걱정할 필요는 없다. 그러니 이놈들에게 굳이 채찍을 쓰지 않아도 된다."

"은혜 입은 바가 참으로 큽니다."

"아니다. 네 부친이 이미 셈을 끝낸 것들이다."

에데사는 달하에게 다가가 터번과는 좀 다르게 보이는 베일을 얼굴에 씌워주었다. 가벼우면서도 밝은 색상의 비단 제품이었다. 달하가 또 한 차례 변신을 거듭하는 순간이기도 했다. 댕기머리에서 단발로, 다시 베일로…… 그리메에게는 터번만을 내밀었다. 버드나무 가지로 얼기설기 엮은 패랭이를 이미 쓰고 있기 때문이다.

----

1) 형이면 형이고 동생이면 그저 동생이지만, 아랍권에서는 독특하게도 형제라는 호칭을 즐겨 쓴다. 이 애매한 호칭의 유래는 이슬람교에서 유래된 것으로 알려져 있으나 확실하지는 않다. 물론, 영어 brother를 단순 직역한 것에서 어원을 찾을 수도 있겠다. 하여튼 역사상 처음으로 이렇듯 두루뭉술한 호칭을 구사해야만 했던 이들은 누굴까? 필자는 그게 에데사 같은, 이민족의 나라들을 끝없이 넘나들어야 했던, 그래서 만나는 사람들에게 붙임성 있게 굴어야만 했던 상인들이었을 것이라고 추측한다.

"함께 가지 않으시는지요?"

달하가 베일에 대한 답례라도 하듯 물었다.

"너는 아마도 이 세상에서 가장 강한, 최초의 여자가 될 것 같구나. 그러니 걱정하지 마라. 나는 할 일이 아직 남아 있다. 다시 만날 것이다."

에데사가 달하의 어깨에 손을 얹으며 고개를 끄덕였다. 별스럽게도 에데사는 걸핏하면 대화 상대의 손이나 어깨, 때로는 얼굴까지 매만지는 버릇이 있는 듯했다. 그리메는 그게 좀 불편하게 여겨졌다. 하지만 그게 그들 종족 일반의 습성이라는 사실은 미처 알지 못했다.

에데사는 왔던 길로 말머리를 돌려 돌아갔다. 그를 배웅하던 달하가 이윽고 고개를 쳐드는 순간, 그리메는 달하를 보고 어떤 형상이 떠올라 웃음을 터뜨릴 뻔했다. 베일을 터번처럼 둘러쓴 얼굴이 영락없는 도토리였다. 머리에 깍지 하나씩 깊숙이 눌러 쓰고 익어가던 갈석산 기슭의 그 도토리!

융커 일행도 누란을 향해 발걸음을 옮기려고 나섰다.

그리메와 달하의 낙타가 지나간 발자국은 새벽 어스름에도 확연히 드러났다. 일행의 시선을 따돌리듯 에데사가 큰 소리로 외쳤다.

"장군님께서도 터번을 두르시지요. 보기보단 머리가 서늘하다오."

융커 역시 사막에 대해서는 알 만큼 아는데도 불구하고 에데사는 부러 참견했다. 삿갓을 쓴 융커는 아무런 반응도 보이지 않았다. 그가 쉬이 고집을 꺾을 위인이 아니라는 것쯤은 짐작하고도 남을 일이었다. 그래서 에데사는 융커의 부하들을 향해 다시 주문했다.

"물이 떨어지고 난 뒤, 자기 오줌을 모래에 뿌려버리는 사람들은 죽을 수 있소이다. 허나 터번에 적셔 머리에 쓴다면 그만큼 오래 버틸 것이니 잊지 말구려."

사막이 아닌 북쪽 초원 출신의 병사 둘은 긴장한 표정이 역력했다. 신발 끈을 다시 조이는가 하면 터번을 거듭 매만졌다. 그들이 타고 있는 낙타 한 마리가 입을 벌려 하품을 했다.

"신발도 내가 신은 게 아마 나을 것이오. 모래가 들어가 발을 자꾸 깎아댈 테니 말이오."

"이제 그만 출발하라!"

융커가 민망해진 듯 짜증 섞인 목소리를 냈다. 그러나 에데사는 굴하지 않았다.

"마지막 한 방울의 물이 남았거든, 마시기보다는 입 안에 담아두구려. 할 수 있다면 입 안에 담아두는 것보다는 터번에 뿌리고."

말을 마친 에데사가 낙타를 일으켜 세웠다. 그의 낙타가 성큼성큼 앞서 나가기 시작했다. 미리 충분히 물을 마셔둔 낙타의 뱃속에서 계곡물이 출렁거리는 소리가 들려왔다.

새벽빛을 받은 사막은 흰 비단폭처럼 보였다. 옷감으로 쓰기 위해 넓은 공터에 가득 진열해놓은 비단, 사막을 여러 차례 오갔던 에데사는 늘 그렇게 생각했다. 그렇게 많은 양의 비단을 쌓아두고 장사를 하고 싶다는…… 지금은 그 비단 따위와는 비할 바 없이 가치가 큰 어떤 다른 장사를 하기 위해 길을 떠나고 있다는 느낌이 자꾸 기어올랐다.

"그대는 무엇을 팔고 사는가?"

융커가 에데사의 상념 한가운데로 불쑥 뛰어들며 물었다. 그가 에데사와 낙타 머리를 나란히 했다.

"말과 낙타, 그리고 비단이며 보석 유리 소금 후추, 장사치가 가리는 물목이 있을 리 없지요. 더러는 산과 강을 사고팔거나, 또 사람을 매매하기도 하고."

"사람까지 취급한단 말인가?"

"세상에서 이문을 가장 크게 남길 수 있는 장사가 바로 사람 장사라오."

"……"

"한나라에도 노예장사가 있지 않던가요?"

"딴은 그렇군."

"허나 소인이 사고파는 건 노예가 아닙니다. 영웅호걸과 공경대부 같은 대인들뿐이오이다."

"그들을 누구에게 판단 말인가?"

"그냥 소인이 사두는 것이지요."

융커는 무슨 말인가를 더 물으려다가 입을 다물고 말았다. 매매가 아니라 적당한 인물을 골라 투자한다는 얘기에 다름 아닐 것이다. 성기나 혹은 그리메 등에게 이미 투자를 했다는 뜻일 수도 있다. 그는 결코 함부로 얕볼 장사치가 아니었다.

– 이자가 혹시 낙타 세 마리로 나를 샀다고 여기는 것인가?

스스로 묻고 난 융커가 고개를 흔들었다. 부질없는 기우에 지나지 않았다. 때마침 사막을 뜨겁게 달구게 될 그날의 태양이 융커의 등 뒤로 떠올랐다.


누란은, 누구든 서로 만날 수 있게 만들어진 왕국, 그런 녹주처럼 보였다.

거리에는 숱한 인종들이 흘러넘쳤다. 생김새도 옷차림도 각양각색이었다. 백인이며 흑인 황인에 매부리코며 납작코, 노랑머리, 흰머리, 빨강머리……

그리메와 달하 역시 누란에 들어서자마자 어렵지 않게 쇠불 일행과 재회했다. 서로 약속하지는 않았어도 먼저 도착한 이들이 성문 근처 객잔에 들었고, 나중에 온 이들은 성문 쪽부터 기웃거리다가 우연찮게 조우할 수 있었던 것이다. 물론 그러지 않았더라도 서로가 만나기를 학수고대하는 이들은 기어코 만나는 법이다. 서로 잡아끄는 인력 때문이다.

"하늘이 도왔구나!"

쇠불은 하늘에 감사를 드렸다. 박사면서 대장장이인 그는 언젠가부터 그렇게 변해 있었다. 걸핏하면 하늘을 우러러보았고, 하늘이 자신들을 돕는다고 말하곤 했다.

"네가 그리메로구나. 넌 달하!…… 아비가 아들을 알아보지 못하겠구나."

손짓발짓을 섞어가며 곱슬머리 이방인과 대화를 나누고 있던 성기가 다가와 말했다. 그리고 그리메와 달하의 어깨를 동시에 껴안았다. 주름진 그의 얼굴이 일순 환하게 펴졌다. 하지만 그리메의 표정은 달랐다. 그는 애써 웃으려고 하지도 않았고, 자기 생부를 마주 껴안지도 않았다.


재회를 기념하는 잔칫상은 푸지고도 오졌다.

양 한 마리가 통째로 삶아졌고, 누란 특산의 포도로 담근 술도 한 동이 들였다. 후춧가루와 돌소금도 사람 수만큼 놓였다. 눈으로 구경한 적이야 없지 않았어도 성기를 제외하면 일행 모두가 전에 맛보지 못했던 특별한 술과 요리였다.

"조상님들이 삼대에 걸쳐 적선한 대가를 손자인 내가 오늘에야 받네그려."

그냥 지나칠 아홉이 역시 아니었다. 그가 침을 꿀꺽 삼켰다. 누군가의 뱃속이 꾸르륵거리는 소리가 고기 비린내 위에 요동쳤다.

"무슨 적선을 하셨답디까?"

한붑이 경어를 구사하면서까지 아홉의 말에 토를 달았다. 믿고 안 믿고를 떠나서 아무래도 말을 좀 섞음으로써 자기 입맛을 더 돋게 하려는 수작이 분명해 보였다.

"어허! 이게 무슨 복 달아날 소리인가? 아무 말 말고 어서 드시게."

받아치고 눙치는 아홉의 익살에 모두가 웃음을 터뜨렸다. 변죽을 치는 그 솜씨도 솜씨지만 다시 한 자리에 만났다는 사실은 그만큼 일행을 흥겹게 만들었다.

"하하하, 한붑이 졌네."

쇠불이 끼어들어 판정을 내렸다. 통째 삶아진 양을 보면서 그도 동요하고 있다는 증거였다. 물론 여우난골에서 지낼 때는 범이며 멧돼지 사슴 늑대 고라니 등의 큰 짐승을 잡아 통째로 삶거나 굽던 일쯤은 그야말로 일상다반사에 지나지 않았었다. 그런데 길을 떠나온 이후 이제 그런 일들은 까마득히 먼 과거의 일처럼 돼버렸다. 기억에도 아스라한.

누가 이기거나 지거나 대화는 그저 양념에 지나지 않는 게 확실했다. 일행 모두는 굴우물에 말똥이라도 쓸어넣듯 진득한 둥 고기를 뜯고 술을 마셨다. 조금은 역겨울 수도 있는 양고기의 누린내가 그들의 입맛을 더욱 자극했다.

"모두 꼼짝하지 마라!"

일행은 소스라치게 놀라 얼어붙었다. 문을 박차고 들어선 건 융커와 그의 부하들이었다.


누란 성문을 통과하자마자 에데사는 융커 일행과 헤어져 어딘가로 황급히 낙타를 몰았다. 그는 마음이 급해져서 자기 수하가 길을 놓치고 낙오됐다는 사실조차 알지 못했다. 누란의 저잣거리는 그만큼 많은 사람들로 붐비기도 했다.

에데사는 그 길로 누란의 포청을 찾아갔다. 그리고는 관리 하나를 구워삶기 시작했다.

"여긴 너희 영토가 아니다. 이국땅에 들어와 뭘 어쩌겠다는 것인가?"

사태를 알아차린 쇠불이 융커를 똑바로 쳐다보며 사리에 맞는 말을 했다. 그리메와 불 형제는 재빨리 칼을 빼들고 맞섰다. 사막 좀도둑들과의 대결에서 한몫을 해냈던 아홉과 한붑도 두 눈을 모로 뜨고 그들을 노려보았다.

"융커, 이제 보니 넌 바보에 지나지 않는구나."

칼리가 앞을 가로막고 나섰다. 양고기 기름으로 그녀의 입술은 번들거렸다.

"넌 나서지 마라."

융커가 칼리를 애써 외면했다.

"너야말로 불청객이 아니냐? 너는 옥문관에서 돌아갔어야 옳다. 한나라를 벗어난다면 어디서 환영을 받겠느냐? 끈 떨어진 꼭두각시 신세가 되지 않기 위해서라도 너는 거기 악착같이 붙어 있어야만 한다. 네가 참으로 그걸 모르느냐?"

"네가 성기란 자인가?"

칼리의 말은 귓등에도 담지 않는 듯 융커가 쇠불을 향해 물었다. 뭐라고 답해야 할지 난감해진 쇠불은 입을 열지 않았다. 그때 성기 본인이 자리에서 일어섰다.

"그 이름의 주인은 바로 날세."

"그렇다면 먼저 죽어줘야겠군. 장안에 신표로 보낼 게 필요하거든."

"자네와 나는 지금 이 자리가 초면인데, 어찌 그런 억지 인연을 지으려는가?"

"원했든 원치 않았든, 우리 주군에게 소용되는 일이기 때문이지."

"자네 주군이라니?"

"그건 알 거 없다. 허나 다른 동이들은 염려하지 않아도 된다. 아까 말한 것처럼 신표 하나가 필요할 뿐이니까."

융커가 칼을 빼들었다. 칼리가 한 발 더 앞으로 나서고, 그리메가 그녀의 옷소매를 잡아 뒤로 끌어당겼다. 그러자 그녀가 발악하듯 외쳤다.

"네 이놈!"

그녀의 목소리는 앙칼지게 떨려나왔다. 소리를 지르기 전부터 성대가 파열된 것처럼.

"우리 부족의 원수가 된 것도 모자라 이제는 이들까지도 끌어들이려는 수작이냐?"

비로소 그 순간 융커가 칼리를 똑바로 응시했다. 영락없이 초원을 배회하는 한 마리 늑대의 눈빛이었다. 늑대는 늑대였으되, 무리에서 이탈하여 홀로 헤매는 그런 늑대!

"이게 칼리 너에게 고향땅을 되돌려줄 수 있는 유일한 길이다. 동이의 왕족을 베고, 동이족들이 구하고자 하는 것까지 제거하면…… 그러니, 아니다. 더 이상 나서지 마라."

칼리는 그게 무슨 뜻인지 미처 헤아리지 못한 것처럼 보였다. 믿고 안 믿고의 문제 이전에, 도대체 무슨 난데없는 뚱딴지 같은 소리인지 모르겠다는 표정이었다.

"나는 그의 아들이다. 그러니 나 역시 네가 말한 그 잘난 왕족이 되는 셈이다. 나를 베지 않고 그만을 벤다면 아무런 의미가 없다는 말이기도 하다. 어떠냐? 밖으로 나가서 먼저 나를 베어보겠느냐?"

그리메는 몸이 근질근질해지는 모양이었다. 그렇지 않다면 왕족을 일부러 자처하면서까지 대결을 청할 그가 아니었다. 아버지란 존재가 군이 필요한 시기도 아닌데다가 어린 시절 이후 줄곧 떨어져 지냈기 때문에 생부인 성기조차 마음으로는 다 인정하지 않는 그였기 때문이다.

"뜻밖의 수확이군."

융커가 회심의 미소를 지었다. 그리고 그가 기꺼이 앞장을 서서 밖으로 나갔다. 건장한 사내의 옷자락이 펄럭이면서 일으킨 바람이 모든 이들의 후각에 다시 양고기의 비린내를 실어 날랐다. 하지만 고기에 시선을 두는 사람은 없었다.

앞서 나간 자가 객잔 마루의 난간을 딛고 날아올랐다. 그리고 뒤를 따르던 자도 한 쌍의 새처럼 날렵하게 그를 따랐다.

앞섰던 자는 자기 뒤를 이어 난간이 우지끈 밟히는 소리에 칼을 길게 뒤로 뻗었다. 뒤따르는 자는 내려가는 가속도 그대로 곧장 앞으로 검술을 펼쳤다. 날아올랐던 자가 어느만치 내려오고, 뛰어내린 자가 잠시 공중에 머무르게 된 순간 그 둘의 높이는 허공에서 정확한 일직선을 이루었다. 두 사람의 칼은 그때 처음으로 부딪혔다. 그게 칼들의 첫 인사였다.

수인사는 말 그대로 인사로만 끝이 났다. 때아닌 찰나에 누란 포청의 병사들이 들이닥쳐서 이제 막 시작된 그럴싸한 구경거리에 침을 삼키던 이들을 향해 재를 뿌려버린 것이다. 병사들은 심지어 객잔에 있던 모든 이들의 무장을 해제시키기까지 했다.

누란 병사들의 한 발 뒤쪽에서 에데사가 손을 흔들면서 미소를 지어 보였다.


"은혜가 참으로 크오이다."

객잔 대청에 마련된 술상을 앞에 두고 성기가 에데사를 향해 공손히 읍을 했다. 그 동작에는 진심어린 감사의 뜻이 담긴 듯했다. 에데사도 일어나 팔을 들고 가슴에 댄 채 고개를 숙였다.

"형제께서 나 같은 장사치에게 하실 말씀이 아닙니다. 이미 셈이 끝난 일이 아니더이까?"

"그렇게 말씀하시니 더욱 몸 둘 바를 모르겠습니다. 장사 치라고 자꾸 스스로를 낮추시는 것부터 그러하니 제발 그 말씀만이라도 거두어주셨으면 합니다."

"아닙니다. 장사치가 제 이름자이고, 장사치가 제 벼슬이기도 합니다. 그러니 자랑이 아닌 적이 결코 없었습니다."

"아이들을 불렀습니다. 절도 받고, 술도 한 잔 받으시지요."

"참, 그렇지요!"

에데사가 그리메와 달하 쪽을 건너다보았다. 입성은 비록 거칠망정 그 자태가 고왔다. 손을 대기만 해도 푸른 물이 배어날 것 같은 눈부신 젊음이 에데사의 눈에 들어왔다. 그가 말없이 그리메와 달하의 어깨를 동시에 껴안았다.

"절이든 술이든 받기 전에, 청이 하나 있어 말씀을 드려야겠습니다."

"뭐든……."

성기가 넉넉한 미소를 지어 보였다. 그 부탁이 무엇이든 기꺼이 승낙을 하겠다고 이미 작정한 표정이었다.

"저 아이, 그리메를 제게 아들로 주십시오."

에데사가 거침없이 말했다. 그리메 아니라 그리메가 머리에 눌러쓰고 있는 헌털뱅이 버들가지 패랭이 하나 달라는 말도 그렇게 쉽게는 못 했을 터였다.

성기의 얼굴에 당황한 기색이 확 번져났다. 아직은 그리메를 따로 만나서 부자의 정도 제대로 나눈 적이 없다. 그것은 부르암으로부터 아들을 아직 돌려받지 못했다는 의미와도 상통한다. 적어도 성기의 마음속에서는 그랬다.

─헌데 이번에는 에데사가 아들을 달라고 한다?

성기가 남은 세 사람의 얼굴을 번갈아 바라보았다. 놀란 건 달하도 마찬가지였다. 그녀의 귓불이 순간적으로 붉게 변했다. 그리메는 말이 없고, 에데사는 만면에 웃음기가 가득했다. 성기는 그가 혹시 농을 하고 있는 건 아닌지 살펴보려고 애썼다.

"아주 빼앗지는 않을 것입니다. 이 여정이 끝날 때까지, 그러면 충분합니다."

장사꾼답게, 에데사는 흥정하고 타협하듯 한 발을 물러섰다. 그 거래를 받아들인 건 그리메였다.

"좋습니다. 제가 아들이 돼드리죠."

그리메가 그렇게 선언했다. 그의 말도 시원시원했다. 그래서 버들가지 패랭이 하나쯤은 얼마든지 내어줄 수 있다는 말처럼 들렸다. 그리고 그는 한마디를 덧붙이기까지 했다.

"목숨을 바쳐 아버지로 모시겠습니다. 그리고 목숨을 바쳐 이뤄내는 큰 장사를 배우고 싶습니다."

그의 말은 단호했다. 그래서 그 말과 함께 이제 다시 누구도 거래를 물릴 수 없게, 계약은 이미 진즉에 성사된 것처럼 들렸다.


융커가 술 한 동이를 놓고 객잔 평상에 앉았다.

그가 투숙한 객잔은 동이 일행의 객잔에서도 멀지 않았다. 마당에 포도나무 덩굴[2]을 올려 햇빛을 가린 자리였다. 그는 아주 조금씩, 그리고 천천히 술을 마셨다.

"억울하옵니다."

융커의 부하 가운데 눈이 작은 사내 하나가 술잔을 입에 털어넣고 나서 쓰디쓴 침을 삼켰다. 그들이 마시는 술도 포도주였다.

"아니다. 그럴 것 없다."

융커가 부하를 진정시켰다. 실제로 그의 생각은 달랐다. 굳이 베고자 했던 게 아니었고, 또 지금이 아니더라도 기회는 얼마든지 있을 것이기 때문이다. 그는 오히려 일이 재미있게 풀려간다고 믿었다. 앞으로의 여정이 심심찮을 것 같아서 다행

---

2) 타클라마칸 사막 일대의 포도는 고대부터 명성이 자자했다. 오늘날에도 많은 양의 포도가 생산되고 있으며 포도주 산업도 활발한 편이다. 이러한 역사성을 살려 '누란(樓蘭)'이라는 상표를 붙인 포도주도 판매하고 있다.

이기도 했다.

"융커를 만나러 왔다!"

융커가 술 한 잔을 막 비우고 있을 때, 칼리가 그렇게 외치며 객잔 마당으로 들어섰다. 그녀 혼자였다. 융커의 맞은편에 앉았던 부하들이 일어나 자리를 비켜주었다. 하지만 칼리는 앉지 않았다.

"그게 무슨 말이었느냐?"

융커는 대답 대신 술을 들어 천천히 들이켰다. 사막의 무더운 공기에 섞인 포도주 향이 칼리의 코에도 조금 스며들었다.

"이제 와서 네가 부족이라도 다시 불러모으겠다는 것이냐?"

"한 무제 시절에 이릉(李陵)이란 장수가 있었지."

융커가 입을 열기 시작했다. 그의 목소리는 차분하면서도 힘이 넘쳤다. 확신하는 게 있기 때문일 것이다. 칼리는 여전히 선 채로 그의 얘기를 들었다.

"그는 뛰어난 무장이었지. 별동대 오천을 이끌고 우리 흉노의 강병을 무찔렀다. 허나 돌아가는 길에 대군을 만나 포위되자 자기 부하들의 목숨을 구하기 위해 임시로 항복했지. 그때 우리 대군을 이끌었던 장수가 바로 내 고조부셨으니까, 이건 확실한 얘기라고 자신할 수 있다."

"……"

"화가 난 무제가 이릉의 일족을 몰살시키려 했고, 사마천(司馬遷)이란 자가 나서서 그를 변론하다가 궁형을 당했다는 얘기쯤은 너도 아마 알고 있을 것이다."

"하찮은 고사 한 토막 속에 네 비겁함을 숨기려는 수작이겠지."

"······."

융커는 바로 대꾸하지 않고 술잔을 다시 입으로 옮겼다. 포도나무 잎사귀 몇 개가 만들어내는 그늘은 위대하다고밖에는 달리 표현할 말이 없었다. 불과 그 몇 잎이 모여 작열하는 태양빛을 차단했다.

"그게 불과 백년 안쪽의 일이었고, 나는 내 고조부에게 언제나 부끄러웠다. 이 순간에도 나는 자결을 꿈꾸곤 한다. 허나 끝내 그러하지 못하는 것은······."

융커가 스스로 말을 잘랐다. 칼리는 더 이상 추궁하지 않았다. 그 대신 추궁하지 못하는 안타까움이 또 다른 어떤 말들을 가슴속에서 자꾸 만들어냈다.

─너는 확실히 바보다. 그 이릉이란 장수는 나중에 우리 군주의 사위가 되고, 왕의 칭호까지 얻었다고 하지 않더냐? 그 얘기를 꺼내려면 너 또한 이미 왕이 돼 있어야 하지 않느냐?

칼리는 그 말을 입에 담지는 않았다. 태양빛은 포도 잎사귀로 가려졌을망정 지열은 여전히 뜨거웠다. 칼리는 주렁주렁 매달린 포도송이를 바라보면서, 인생도 이와 같을 것이라는, 밑도 끝도 없는 엉뚱한 생각을 했다. 햇빛 아래서는 누구나 뜨겁게 달구어진다. 빗속에서는 누구나 몸이 젖듯이…… 융커, 난데없이 그가 가엽다는 느낌이 들었다.

객잔 뒤편 포도나무 그늘은 짙었다.

그리메는 작은 바구니 하나를 짜는 데 열중했다. 포도나무 덩굴은 거칠어서 그걸 다듬는 데 여간 품이 많이 드는 게 아니었다. 저녁나절에 한뷸이 와서 어깨를 툭 쳤다.

"뭘 만드시는가?"

"칼리의 아이가 힘들어할 것 같습니다. 칼리도 그렇고."

"이런! 아이의 요람을 만드는군. 자네 아이 사랑은 각별한 데가 있지."

"때때로 아이들이 곧 하늘이 아닐까, 그런 생각이 들 때가 있습니다."

"내 귀가 모래바람에 다 뭉그러진 모양이네그려! 자네가 하늘 운운하는 소리를 듣다니……."

그리메가 머리를 긁적거렸다. 한뷸도 그리메의 일을 도왔다.

"그나저나, 칼리는 어디까지 동행을 하겠다는 걸까? 우리에게도 여간 짐스러운 게 아닌데."

"글쎄요."

언젠가 한번은 일행이 모여 정식으로 논의해야 할 문제이긴 했다. 물론 그녀가 마냥 짐스럽기만 한 것은 아니다. 무엇보다 서슬이 시퍼런 융커로부터 조금이나마 방패막이가 돼주는 것만으로도 그 역할은 충분했다. 물론 그게 언제까지 갈는지는 알 수 없는 일이다. 융커가 기어코 칼리를 베는 일이 생길는지도.

그리메는 난데없는 그 생각으로 몸을 떨었다. 그는 그 순간 뭔가 알 수 없는 살기를 느끼고는 주변을 둘러보았다. 하지만 강한 햇볕에 점령당한 주위는 그저 고즈넉했다.

─이게 도대체 무슨 일이지?

그리메는 자신의 직감을 의심했다. 빗나간 적이 많지 않았기 때문에 더욱 의심했다.


같은 시각, 쇠불과 에데사는 낙타 시장에 나갔다.

말은 더 이상 쓸모가 없을 지경이었다. 뾰족한 말발굽은 내디딜 때마다 모래 속으로 푹푹 빠져들었고, 말은 그때마다 깊은 한숨을 내쉬었다. 사람보다 더위를 더 탔고, 그 사실을 아는 것처럼 큰 눈망울에 낭패감이 자주 비쳐들곤 했다.

"낙타 시세는 어떤가요?"

쇠불이 에데사를 돌아보며 물었다.

"마리당 튼튼한 암말 일고여덟 필쯤은 쳐준다오. 어미 양으로 치면 대략 사오십 마리 정도, 그리하면 얼추 셈[3]이 되오?"

"글쎄, 여전히 가물가물합니다."

"쉽게 말하면, 남의 손을 타지 않은 젊은 여자 둘쯤 되는 값이라오. 이제 감이 잡히오?"

"하하하, 진작 그리 말씀해주지 않으시고…… 이제 비로소 훤해집니다."

두 사람은 농담을 나누며 시장에 들어섰다. 농담은 그걸 나누는 사람들을 서로 가깝게 만들어준다. 두 사람이 그날 이후 가까워진 것도 그 때문이었으리라.

"에데사라는 내 이름은 내 고향 마을 이름과 같지요. 헌데 고향 에데사에 실제로 낙타와 여자를 바꾼 친구가 한둘이 아니었소. 그때 낙타 한 마리에 여자 둘이 거래 적정가인데, 낙타를 둘로 쪼갤 수 있겠소? 그러니 여자 둘이라 함은 자매를 말하지요. 나이든 언니와 어린 동생, 둘을 데려오는 값으로 낙타

---

3) 낙타 가격은 시장마다 제각각이지만 낙타를 주로 거래하는 도회지에서는 현재 한 마리당 보통 수백만 원 넘게 매매되고 있는 실정이다. 본문에 제시된 가격은 사막에서 물물교환을 하던 시대에 실제로 적용된 가격이다.

한 마리를 준다는 말이오."

"아, 그렇군요. 저도 나중에는 낙타나 길러야겠습니다."

"허허허, 그러시구려."

그들은 농담으로 즐거웠다. 해가 지는 게 보였다. 그날 석양빛은 유난히도 붉었다. 선혈이 뚝뚝 솟아나듯 붉은 석양이었다.

해가 지면서 조금은 선선한 바람이 한두 줄기 섞여서 불어오자 아홉은 싫다는 불모루를 이끌고 밖으로 나갔다.

말 그대로 바람이나 쐬고 오자는 유혹이었다. 그래야 상처도 빨리 낫는다고 떠벌이기까지 했다. 가끔 습관적으로 옆구리에 손이 가긴 했지만 불모루의 상처는 점차 가라앉고 있긴 했다. 젊은 피가 도는 몸이라서 회복도 확실히 빨랐다.

아홉이 말한 유혹의 반쯤 정도는 사실 핑계에 지나지 않았다. 누란 저잣거리 뒤쪽에 번성하고 있는 유곽이 목표였다.

"널 기다리면서 깎은 것이다. 받아라."

객잔에 남아 있던 성기는 품속에서 나무 조각상 하나를 꺼내 달하에게 내밀었다. 달하는 엉겁결에 그걸 받아들었다. 짚신짝만 한 나무토막에 새긴, 공후를 연주하는 여인상[4]이었다.

"아!"

달하는 낮게 탄성을 질렀다. 조각은 정교했고, 균형이 잘 잡혔다. 한두 번 깎아본 솜씨가 아닌 듯했다. 무엇보다 거기 새겨진 여인의 얼굴이 놀랍게도 자신을 닮은 듯했다. 그리메도 고개를 기울여 조각상을 쳐다보았다.

"가혹한 옥문관 시절 내내, 그런 걸 깎으며 견뎌왔다. 그런데 급히 오느라고 하나도 챙기지 못해서 새로 깎은 것이다."

성기가 십사 년 세월을 한마디로 응축해서 말했다. 달하는 가슴이 먹먹해짐을 느꼈다.

"고맙습니다. 아버님!…… 소중히 간직하겠습니다."

달하가 아버님이라는 호칭을 썼다. 달리 어떻게 불러야 할지 알 수 없었기 때문이다. 아니, 단순히 알 수 없어서가 아니었다. 자신의 아버지에게 그리메 오랍이 아버지라고 불렀던데 대한 마땅한 도리이기도 했다. 그뿐만이 아니다. 지금은 아버지를 새로 만나고, 아버지를 새로 얻는 시기라는 생각도 들

--------

4) 공후는 하프(harp) 형태의 발현악기로 와공후, 수공후, 대공후, 소공후 등 여러 형태로 제작 연주되었던 것 같다. 중국에서 발굴된 수나라 시대의 토용(土俑) 연주상에 나타난 공후는 소공후다. 등장인물 성기가 조각했다는 공후 연주상은 이 유물보다 5백년 이상 앞서는 것이다.

었다. 그리메가 에데사에게 그런 것처럼.

"네가 그동안 천무[5]의 일을 잘 해냈다고 들었다. 그 고마움을 달리 표할 수가 없더구나. 여기 오는 도중에 아버지까지 여의고."

눈빛에 자애로움을 가득 담아서 성기가 달하를 위로했다. 그녀가 허리를 숙여 다시 고마움을 표시했다.

"넌, 내게 혹시 화가 나 있는 게 아니냐?"

성기가 이번에는 그리메를 향해 물었다. 조각상을 만져보던 그리메가 그걸 슬그머니 내려놓고 허리를 바르게 폈다.

"그럴 일이 없습니다."

"숨길 것 없다. 불가항력적인 일이었지만 부족과 가족을 버렸고, 이제 와서는 너를 팔아버린 셈이 됐으니……."

"저도 이해하고 있습니다. 에데사 대인의 일도 제가 선택한 일이었으니 염려하실 건 없습니다."

"그도 저도 아니라면 네 안에 남은 앙금은 도대체 무엇이

---

5) 천무(天巫)라는 호칭을 처음 상정해보았다. 여성이 언제부터 무당의 일을 전담하게 됐는지는 확실치 않지만 제정(祭政)이 분리되는 시점을 염두에 둘 수는 있을 것 같다. 그 이전에는 당연히 통치자가 곧 하늘의 대변자이자 대리인이 되는 제사장을 겸했기 때문이다. 그게 천군(天君)이다. 그렇다면 BC 1세기 이후, '달하' 같은 인물들이 우리 역사상 최초의, 국사에 참여할 만한 권력을 지닌 전문 무당은 아니었을까? 그리하여 '성기'는 천무라고 칭한 것이다.

냐?"

"……."

그리메는 좀체 속마음을 내비치려 하지 않았다. 대답을 기다리던 성기는 그가 아직 마음을 열 준비가 되지 않았다는 사실을 인정해야 했다. 그래서 그는 화제를 바꾸었다.

"장사에는 진정 뜻이 있는 것이냐?"

"이제야 비로소 먼 길을 가는 이유를 찾은 듯합니다."

"그래, 그것도 좋겠지. 헌데 그리 말하는 걸 보니 여태까지는……."

성기는 스스로 말을 집어삼켰다. 다시 처음의 화두로 돌아가고 있다는 느낌 때문이었다. 하지만 그는 적어도 실마리 하나쯤은 잡았다는 확신을 했다. 자신의 아들은 처음부터 이 장도를 맘에 들어하지 않는다는 사실, 그것이었다.


객잔 중노미를 통해 전해받은 쪽지를 읽고 그리메는 밖으로 나섰다.

사막의 서쪽 끝으로 해가 막 지기 시작했다. 하루 일을 다 끝내버린 사람처럼 해는 밝고 맑은 기색으로 함지 속으로 떨어져갔다.

"앉게! 술이나 한잔하자고 불렀네. 그마저 없으면 견딜 수 없는 곳이지.”

융커가 그리메를 맞이했다. 그리메는 잠시 망설이다가 허리춤에서 칼집을 풀어 탁자 한쪽에 내려놓았다. 석양 무렵에 자신을 엄습했던 살기가 머리를 스쳤지만 그는 개의치 않았다.

“사막은 처음이겠지?”

융커는 가까운 아우라도 대하듯 살가운 어투로 물었다.

“그래서 배우는 게 많다. 여기 술은 어떤가?”

“왕망이라는 내 주군은 입버릇처럼 말했다. 사막 가운데 주천이 있으니, 이는 곧 땅이 마시고자 몰래 파묻은 술항아리라고. 멋지지 않은가?”

“술이야 마시겠지만, 나는 멋진 걸 추구하는 사람은 아니라네.”

“그 말이 사실이라면 자넨 애늙은이겠군. 그럼, 뭘 좇아 이렇듯 멀리 헤매는가?”

융커는 그제야 고개를 들어 그리메를 응시했다. 그리메는 그의 시선을 피하듯 술잔을 들어 입으로 옮겼다. 그리고 입맛을 다시며 융커를 바라보았다.

“나 자신이 옳다고 여기는 것들이지. 아니면, 옳았으면 하는 것들!”

“자네는 아직도 선악인가? 아직도 선악의 저울추에 매달려 있는가? 옳고 그른 것 따위는 애초에 없네. 있다면 경우에 따라 바뀌는 것일 뿐."

"위험하기 짝이 없군."

그리메가 빈정거렸다. 입가를 스치고 지나간 웃음이 그걸 증명했다.

"사내는 무슨 일을 할 수 있느냐가 더 중요한 법이야. 성을 쌓고 도로를 내고, 바로 그런 일들 말이지. 아무것도 해내지 못한 사내에게는 늙은 노파들조차 침을 뱉는다네. 계집이 아니라 처음부터 사내였기 때문이고, 사내들을 향한 기대치가 컸기 때문이지. 내가 내 주군을 따르는 이유도 그것이라네. 그에게는 열정이 있거든."

"권력을 쫓아다니는 거라고, 왜 솔직히 털어놓지 못하는 건가?"

이번에는 융커가 침묵했다. 그도 술잔을 들어 마셨다. 그리메는 그런 융커를 가만히 살폈다. 그 역시 칼을 풀어놓았지만 그 어디에도 빈틈은 보이지 않았다. 융커는 융커대로 자신을 낱낱이 꿰뚫어보는 그리메를 의식했다.

"아니라고 할 순 없지만, 그게 또 전부는 아닐세. 내가 추구하는 건, 나 자신이 매 순간 나에게 내리는 어떤 명령들이라네."

"철저히 현실을 추구한다는 얘긴가?"

"현실적일 때도 있고, 그렇지 않을 때도 있지."

"그 점도 현실적이라고 할 만하군. 어쨌거나 칼리를 버릴 때는 어느 쪽이었지?"

그리메가 또 빈정거렸다. 그의 입가에 엷은 미소가 번졌다.

"이미 기울어지는 걸 붙드는 거, 그건 참으로 낭비다. 그럴 때면 난 차라리 베어넘기는 편이지."

"당신 칼의 기질을 나도 조금은 짐작하고 있다네."

"그런가? 고백 하나 하지. 내 칼이 상대에 가 닿는 서늘한 순간만큼은 나는 늘 눈을 감곤 한다네. 베는 일이 늘 괴롭기 때문이지. 그게 또 내 방식의 온정이기도 하고."

"이제 자네의 칼로 누구에게 온정을 베풀려고 하지?"

대답 대신 융커는 말없이 술잔을 비웠다. 그리고는 술잔을 빙그르르 돌려 바닥에 떨어뜨리더니 그게 땅에 닿기 직전 발끝으로 가볍게 톡 차 올렸다. 바닥에 떨어져 깨질 뻔했던 술잔은 그리메의 술잔과 어깨를 나란히 맞대고 섰다. 마치 술이라도 권하려고 일부러 내민 것처럼…… 물론 융커는 술을 따르지는 않았다. 그가 말했다.

"자네에게서 오늘 많은 걸 들었다. 동이의 검이 어떤 것인지…… 그래서 답례로 말해주고자 한다. 내가 최후로 베려고 하는 건, 너희가 찾아나서는 바로 그것이다."

그리메가 잠자코 미소를 지었다. 융커는 눈에 보이지 않는 것을 베끼겠다고 한다. 아직 그게 무엇인지 알 수 없으니 보이지 않는 것이나 마찬가지다. 그리메는 그 답답함 때문에 별 수 없이 침묵했다.


아홉이 불모루를 앞세워 유곽으로 들어섰다.

형형색색의 유리구슬을 전시해놓은 보석함처럼, 그만큼 다양한 이방인 여성들이 거기 진을 치고 있었다. 아홉, 그 자신의 이름보다 더 많은 수효의 인종이었다.

"꽃이 한번 떨어진 다음에는 나무를 기어올라가 다시 피진 못한다네. 사람에게도 다 때가 있다는 말일세."

"아저씨나 들어가보세요. 전 괜찮으니까."

"이런! 사람도 본래 고깃덩이라서 다른 먼 고기들을 섭취할수록 큰 보약이 되거늘!"

"하하하, 아저씨도 참!"

"내 이름이 가진 숙명이려니 생각하게. 하여튼 자넨 여기서 죽은 듯이 꼼짝 말고 기다리고 있어야 하네. 응?"

"알았어요. 걱정하지 마세요."

아홉은 그의 팔을 벌써부터 낚아채고 있던 금발의 여자에게 이끌려갔다. 아홉은 한순간, '죽은 듯이'라고 내뱉은 말을 후회했다. 죽음으로부터 위협을 받고 있는 사람들끼리는 죽음을 입에 올리지 않는 법이다. 말이 씨가 된다는 속담 때문이다. 말에는 실제로 씨가 있다. 사람들의 입속이나 머릿속 같은 곳에 담겼다가 언젠가는 발아하는…… 하지만 아홉은 금세 그 일을 잊었다.

불모루는 유곽 대청에 앉아 오가는 사람들을 구경했다. '사람 구경'이라는 표현을 정말이지 실감할 수 있는 곳이었다. 생김새뿐 아니라 언어, 머리 모양, 옷차림 할 것 없이 모두가 구경거리였다. 그는 사람 구경에 넋을 잃었다. 그래서 그의 곁을 오가는 이들을 의심하지 않았다.

융커의 부하 가운데 뱁새눈을 가진 자가 불모루의 뒤로 몰래 다가왔다. 융커에게 억울하다고 말하던 바로 그자였다. 그가 불모루의 옆구리에 비수를 들이댔다.

"앞장서라. 아무 소리 말고……."

뱁새눈이 비수를 들이댄 부위는 공교롭게도 전에 상처를 입었던 바로 그 자리였다. 불모루는 우선 시키는 대로 한 다음에 기회를 노리려고 작정한 채 놈을 따라 밖으로 나섰다.

"넌 누구냐?"

뱁새눈은 대꾸하지 않고 불모루를 유곽 뒤뜰로 끌기만 했다. 우멍한 놈이 틀림없었다.

구불구불한 어떤 나무 한 그루를 지나치는 순간, 불모루는 더 이상 기회는 없을 것이라고 여기고 놈의 손을 뿌리쳤다. 하지만 그건 그의 생각뿐, 놈이 한순간 더 빨리 불모루의 옆구리를 사정없이 긋고 말았다. 전에는 전혀 느낄 수 없었던 격렬한 통증이 불모루를 휘청거리게 만들었다.

"끄윽!"

불모루의 신음은 안으로 잠겨들었다. 첫 번째 공격에 이미 치명상을 입었다는 증거였다. 뱁새눈은 그걸로 그치지 않고 빠르게 난도질을 거듭했다. 만약 유곽 뒤꼍을 돌아 들어오던 하녀 하나가 아니었더라면 도륙을 하고도 남았으리라.

"아악!"

하녀의 비명소리는 컸다. 그 순간 뱁새눈이 비수를 버리고 달아나기 시작했다. 하녀가 종종걸음을 치면서 몇 걸음 놈의 뒤를 따랐다. 그러면서 마구 외쳐댔다.

"사람이 죽었다! 저자가 사람을 죽였다!"

뱁새눈은 붐비는 저잣거리로 들어섰다. 하지만 오가는 사람이 너무 많아 제대로 뛰지 못하고 갈팡질팡해야만 했다.

하녀가 내지르는 쇳소리는 시끌벅적한 저자에서도 행인들의 귓속을 날카롭게 파고들었다. 길을 가던 행인 하나가 그 순간 발을 뻗어 힘들이지 않고 놈의 발목을 걸어 낚아채는 데 성공했다. 무슨 인연인지는 몰라도, 불모루가 전에 씨름을 할 때면 곧잘 구사하던 호미걸이, 이방인 사내가 쓴 기술은 바로 그 것이었다.

성기 일행이 현장을 찾았을 때, 불모루는 이미 숨이 끊어진 뒤였다.

일행이 받은 충격은 컸고, 슬픔은 그보다 훨씬 더 컸다. 쌍둥이 형제인 불사위는 더 말할 나위가 없었다. 그는 아예 식음을 끊었다. 그리고 그날 이후, 불모루가 연거푸 두 번씩이나 공격을 받았던 바로 그 옆구리 부위가 끊어지는 듯 아프다며 얼굴을 일그러뜨리곤 했다.

융커가 감옥을 찾아갔다.

살인자에 대한 조사가 제대로 이뤄지지 않은 상태였기 때문에 면회가 쉽지는 않았지만 융커는 기어코 옥리를 윽박질러 뜻을 관철시켰다. 한 제국의 위세가 아주 없지는 않았다.

"그건 살인에 지나지 않는 일이었다."

"알고 있사옵니다."

일상사를 얘기하듯, 두 사람의 음성은 무심했다.

"잘잘못을 따지려는 게 아니다. 다만 주군의 일이 세상에 누설되면, 우린 살아 있더라도 산목숨이 아니다. 무슨 뜻인지 아느냐?"

융커가 사내를 똑바로 바라보았다. 부하는 이내 고개를 숙였다.

"잘 알고 있사옵니다."

"오냐. 그럼 됐다. 네 가족의 일은 걱정하지 않아도 된다."

융커가 뒤돌아섰다. 옥리는 자신이 받은 보수에 비해 면회가 너무 빨리 끝나버린 사실에 안도했다. 죄수와 그를 찾아온 사람 사이에서 어떤 미심쩍은 일들이 벌어진 것도 아니었다.

새벽이 밝아오기 전, 살인자는 스스로 목을 매달았다. 그의 목을 옭아맨 노끈은 얇은 비단 천을 꼬아 만든 것이어서 눈에 잘 띄지도 않았다. 허나 건장한 사내 하나를 매달 수 있을 만큼은 질겼다. 비단은 역시 비단이었다.

그 시각, 융커와 그의 부하가 묵었던 객잔 방은 이미 깨끗이 비워져 있었다.


아침 햇빛을 받고 사막은 다시 금가루를 뿌려놓은 듯 빛났다. 피를 머금은 빛이기도 했다.

어미 낙타는 연신 제 새끼를 혀로 핥고, 간간이 하늘을 보면서 울었다. 제 등에서 불모루의 시신을 내린 뒤부터는 더욱 그랬다. 눈물이 쉴새없이 떨어져 놈의 눈썹은 지붕 처마에 빗물이 떨어지듯 했다. 하지만 새끼는 넓은 사막 가운데로 나오자 몹시 신이 난 듯했다. 천생, 사막에서 살아갈 동물이었다.

불모루의 시신은 하얀 비단에 덮인 채 모래 위에 놓였다. 일행은 그 주변에 모여 섰다. 성기가 앞으로 나아가 동쪽을 향해 두 손을 들어 절하기 시작했다. 그는 옛적 부르암보다 동작이 더 크고 느리게 천천히 아홉 번을 절했다. 절이, 마치 춤처럼 우아했다.

"우리가 이렇듯 한 마음으로 보내나니, 불모루, 이제 네가 왔던 곳으로 가라."

성기가 불모루의 시신을 내려다보며 말했다. 불사위는 그 앞에 무릎을 꺾으며 털썩 주저앉았다. 아홉도 울음을 터뜨리며 그 옆에 엎드렸다. 어미 낙타가 또 한 차례 길게 울었다.

쇠불이 손으로 모래를 파서 시신 위에 덮기 시작했다. 그리메도 곧 그를 따라했다. 이어서 한붑과 달하, 에데사, 칼리도 합세를 했다. 불사위와 아홉은 뒤늦게, 제 눈물과 함께 모래를 덮었다.

불모루가 모래에 덮이는 모습을 바라보던 에데사의 수하가 새끼 낙타의 고삐를 잡아당겼다. 그리고는 칼을 들어 그 낙타

터럭 한 올 만큼의 망설임도 없이 목 아래 급소를 찔렀다.

어린 새끼 낙타는 좀전의 불사위처럼 무릎을 꺾으며 무너져 내렸다. 그리고 네 발을 하늘로 치켜들고 버둥거렸다. 하지만 그것도 잠시, 움직임은 더 이상 없었다. 그러자 어미 낙타가 성큼성큼 달려와 죽은 제 새끼를 가로막고 섰다.

"어서, 덮어버려라!"

에데사의 명령은 어미가 울부짖는 소리에 파묻혔다. 그의 수하가 황급히 모래를 끼얹었다. 어미 낙타는 무서울 정도로 버티며 물러서지 않았다. 아무리 채찍질을 해도 소용없었다. 할 수 없이 일행은 어미 낙타의 발밑으로 모래를 뿌려야 했다.

"어찌 이런 일을……?"

달하가 그 참혹한 광경 앞에서 치를 떨더니 급기야 모래바닥에 이마를 갖다댔다.

"낙타는 제 새끼가 묻힌 곳을 절대 잊지 않는 동물이다. 훗날 이곳에 돌아와 불모루의 시신을 거둬 제대로 장사[6]지내자."

성기가 달하를 일으켜 세웠다. 그게 물론 초원에서라면 가

---

6) 고대 유목민 병사들이 실제로 사용한 방법이다. 전우애가 탁월했던 그들은 광활한 초원이나 사막 가운데서 병사가 죽으면 어미 낙타가 보는 앞에서 새끼를 죽여 무덤 위에 던져두었다. 그리고 훗날 어미 낙타를 끌고 와서 근처에 풀어주면 그 어미가 슬피 울부짖으며 새끼가 묻힌 장소를 정확하게 찾아내곤 했다고 한다.

능한 일일지도 모른다. 하지만 사막의 모래는 금세 바람에 파헤쳐지고 굶주린 사막의 짐승들이 곧 찾아올 것이다. 그게 아니더라도 사막에서는 모든 게 순식간에 바스라지고 만다. 강렬한 햇빛의 식성 때문이다. 그러니 새끼 낙타의 죽음은 훗날을 위한 이정표라고 할 수 없다. 불모루의 저승길이 외로울까봐 동행하라는 이른바 순장(殉葬)의 대상이라면 몰라도.

사막에서 돌아오는 길 내내, 성기는 달하의 손을 꼭 움켜쥐고 걸었다.

달하의 눈물은 쉬이 그치지 않았다. 불모루 때문인지, 아버지 부르암에 대한 그리움 때문인지, 그도 아니면 새끼 낙타 때문인지는 알 수 없었다. 군이 분류할 필요도 없는 일이지만.

"우리 아사달은 어쩌다 망해버린 건가요?"

한참을 걸어나오던 달하가 눈물에 젖은 소리를 냈다. 가죽으로 짠 신발 속으로는 모래가 바람처럼 드나들었다. 그녀의 가죽신은 짚신을 닮은 것으로 사막을 오가는 사람들이 주로 신는 신발이라고 했다. 어쩌면 달하는 끊임없이 발밑을 드나드는 모래에 신경을 쓰느라고 오래 울 수 없었는지도 모른다.

"어쩌다 그랬느냐고? 어디서부터 얘기해야 될지 모르겠구나."

본래 그랬던 것처럼 성기 역시 코맹맹이 소리를 냈다. 그래서 달하의 젖은 목소리와 어울려 영락없이 진짜 아비와 딸 같았다.

"그래! 조선은 대륙의 문명을 일으킨 샘물이었다. 하늘이 우리를 길렀고, 우리는 그 보답으로 천하 만물을 아끼고 두려워했다. 나 아닌 남을 자신처럼 사랑했지. 그게 바로 우리 힘의 원천이었다. 너도 알고 있는 얘기지?"

"예, 아버님."

"저들이 언젠가부터 천자(天子)를 들먹이기 시작하더라만 저들은 본래 하늘에 제사를 지내지 않았느니라.[7] 천제는 우리가 앞서 시작했지. 천자가 무엇인지 아느냐? 아비를 하늘이라 여기고 어미는 땅이니 그게 곧 천자였다."

"……!"

"하늘을 두려워하면서 공경했다는 말이다. 사람의 도리가 거기서 정해졌던 것이지. 허나 어느 구석에서부턴가 우리에게 자만심이 싹터 자라나게 되었다. 하늘을 잊기 시작했지. 흰 옷,

---

7) 천제(天祭)를 지내는 풍속은 본시 북방 유목민족의 전통이었던 것으로 알려져 있다. 정착민족이었던 한족은 유목민족을 통합한 뒤에 비로소 이 문화를 흡수했던 것으로 보인다. 가장 직접적인 근거 가운데 하나, 천제를 올리는 삼한의 전통에 대해 『삼국지 위지동이전』은 '미신'이라고 폄하했다.

희고 순수한 마음들을 잊기 시작한 것이란다."

"예, 아버님."

"그건 참으로 한순간의 일이라고 할 수 있지. 허나 그 대가는 컸다. 조선은 그렇게 망했다. 최후의 숨통을 끊은 게 한 무제였을 뿐이지."

성기가 길게 한숨을 내쉬었다. 그 한숨 속에는 수많은 백성들의 한숨까지 다 녹아 있는 듯했다. 그만큼 무거웠다.

"묵가의 대문을 막아 길을 끊어놓은 것도 무제라고, 장안에서 들었어요."

"그랬지. 무제는 흉노를 쳐서 북쪽을 열고, 서쪽으로 나가 비단길을 열게 한 장본인이었다. 그래서 세계는 그로 인해서 일부가 닫혔고, 또 일부는 열렸다고 할 수도 있겠지."

"……"

어디가 열리고 또 닫힌 곳들인지 찾아보기라도 하듯 달하가 먼 하늘가로 고개를 돌렸다. 눈물로 씻긴 때문인지 달하의 눈이 더욱 또렷하고 맑게 보였다.

"묵가에 대해 들었다고 했느냐?…… 묵가의 검은 옷은, 사실 우리 흰 옷에 비할 바가 되지 못한다. 나는 옥문관에서 그걸 깨쳤다. 상제(上帝)의 일이며 상제의 뜻에 부합하는 삶을 일목요연하게 잘 정리해서 가르쳤을 뿐, 묵가가 번개라면 아사달의 세상은 긴 하루 해 같은 것이었다."

"알 듯합니다. 그런데 아버님과 함자가 똑같은 할아버님 성기(成己)[8] 대장군은 어떤 분이셨죠?"

"아!……"

보다 사실적으로, 또 빼놓지 않고 들려주려면 어떻게 말을 꺼내야 할지 성기는 잠시 궁리해보았다. 자신이 선조들에게 들었던 대로 먼저 그려보고, 또 회상해보는 게 나을 듯했다. 그래서 그가 잠시 말을 멈추었다.


"보시오, 동방삭(東方朔)[9]……! 허리 굽은 낙락장송처럼 서 있지만 말고 지혜를 내시오. 날고 긴다는 우리 장수 여섯 명이 차례로 조선을 공격하고도 아직 굴복시키지 못하였소. 어찌하면 좋겠소?"

한 무제가 동방삭에게 역정을 냈다. 꾀 많은 명재상이라고

<hr>

8) 앞에서 등장하듯, 성기는 고조선의 실제 인물. 대신(大臣)이었던 그는 고조선이 함락되고 많은 이들이 투항하는 가운데서도 백성들을 이끌고 최후까지 저항한 인물이다.

9) 동방삭(東方朔). 우리에게는 삼천갑자 동방삭으로 잘 알려져 있는 인물. 한 무제 때 대부(大夫) 벼슬을 했다. 전설에 따르면 서왕모의 복숭아를 훔쳐먹어 죽지 않게 되었다고 하고, 또 저승사자를 잘 대접했다고도 한다. 마고가 동방삭을 잡으려 계교를 꾸몄는데, 냇가에서 숯을 씻었다. 동방삭이 이를 보고 내가 삼천갑자를 살았으나 검은 숯을 씻어 희게 한다는 이야기를 듣지 못했다고 하며 접근하자 마고가 잡아갔다. 경기도 용인에서 발원하는 탄천(炭川)은 이같은 전설로 붙여진 지명이라고 한다.

두루 이름을 떨치고 있었기 때문에 더욱 닦달하고자 했을 것이다. 동방삭이 허리를 조아렸다.

"폐하! 조선을 치기 전에 먼저 일곱 사람의 목을 치소서. 저들 패장 여섯, 그리고 이렇듯 주청 드리는 소신까지 합쳐서 일곱이나이다."

"그래. 패장들을 모두 들라 해라."

오래지 않아서 조선 공격에 실패했던 대장군 여섯이 불려왔다. 그중에는 늙어서 이미 갑옷을 벗은 자가 있고, 이제 스물이 갓 넘은 자도 보였다. 무제는 그들 모두를 계단 중간에서 참수하도록 했다. 붉은 선혈이 흰 눈에 엉겨 붙었다. 몇 줄기는 계단 아래로 흘러내려 붉은 고드름이 열렸.

"동방삭은 죽여달라고 간청하는데도 또 살아남았네그려."

"저러다가는 필시 삼천갑자를 살고도 남지."

계단 아래에 매달린 붉은 고드름을 바라보며 무제의 신하 두 사람이 수군거렸다. 조선은 그 직후 멸망했다. 할아버지 성기 대장군의 항거가 계속됐지만 허사였다. 그 이름만 고손자에게 이어졌을 뿐이다. 피의 고드름은 아사달의 왕검성에도 열렸다.


"백 년이 길게 느껴지느냐?"

달하를 돌아보며 성기가 물었다.

"엊그제 일인 듯 생생하옵니다. 아버님."

"그래. 우리에겐 아니다. 그 사이 부여와 고구려 백제 신라가 들어섰고 우리는 그 어디에도 들지 않은 채 백년이 흘렀어도, 우리에겐 아니다."

"다시 되찾을 수 있을까요?"

달하가 조심스런 어조로 물었다. 사막의 건조한 기후 때문인지 그녀의 목소리에 끼어 있던 습기는 이미 말라버린 듯했다.

"구만 리 역시, 그래서, 우리에게는 먼 곳이 아니다."

성기가 엉뚱한 대답을 했다. 백년이 불과 한 나절에 지나지 않는 것처럼, 구만 리가 그저 이웃집으로 떠나는 마실 길이나 되는 것처럼…… 하지만 달하는 그게 무슨 뜻인지를 알고도 남을 것 같았다.

달하는 문득 갈석산에서부터 지금껏 지나온 길이, 그리고 세월이, 그렇게 짧게 여겨졌다. 그녀가 이를 악물었다.


한데 모아놓은 낙타 눈물만큼, 누란에도 비는 내렸다.

성기 일행이 누란을 벗어나던 그날, 장안에서는 한 제국의 열 번째 황제였던 애제가 스물일곱 젊은 나이에 죽었다. 여름이 끝나가던 팔월의 일이다. 융커와 그의 부하가 누란을 몰래 빠져나간 그 이튿날이기도 했다.

그날 왕망은 노 황후의 부름을 받고 다시 장안으로 돌아왔다. 신임 황제는 평제[10]였고, 그의 나이 불과 일곱이었다.

왕망은 황제의 섭정 자리에 올랐다. 애제의 죽음을 둘러싼 숱한 억측과 소문은 왕망에 의해 단 하루 만에 진정되었다. 그가 섭정이 되어 처음 한 일이 그것이다. 두 번째 한 일은 살인죄를 저지르지 않은 자들과 더불어 반역을 실제로 도모하지 않은 자들에 대한 일대 사면이었다.

융커와 그의 부하는 그 사실을 알지 못했다. 그리고 그후로도 영영 알 기회를 얻지 못했다. 물론 성기 일행의 경우에도 다르지는 않았지만…… 아무도 모르는 그 사실이, 아무것도 알 수 없었던 사람들에 의해 역사로 만들어졌다.

10) 평제(平帝). 전한(前漢)의 마지막 황제. BC 1년에 권력이 막강했던 대사마(大司馬) 왕망(王莽)의 추대에 의해 황제가 되었으며, 5년 후 왕망의 딸과 결혼했다. 그러나 평제는 결국 왕망에게 독살 당했다고 전해진다. 평제가 죽음으로써 왕망은 그 뒤 제위를 계승한 어린 황제를 대신하여 섭정(攝政)을 했다. 고구려는 이때 2대 유리왕의 치세 기간이었고, 백제와 신라는 시조인 온조와 박혁거세가 각각 다스리던 시기였다.

# 타클라마칸

바람은 늘 불어왔다.

천지 사막에 바람이 없을 때는 모래가 서로 몸을 부딪치고 비벼서 바람을 일으키는 것 같았다. 모래가 움직이면 그게 곧 바람이기도 했다. 그러니 바람이 곧 모래였고, 모래가 또 바람이기도 해서 둘은 늘 함께 다가왔다. 그게 모래바람이었다.

모래바람은 가혹했다. 그 단순한 표현 말고는 달리 할 말이 없을 지경이었다. 그 앞에 서 있을 수가 없고, 한순간이나마 눈을 뜰 수도 없었다. 모래바람이 잠잠해졌다가 또다시 불어올 때까지, 살갗은 불에 덴 듯 쓰라렸고 뼈마디가 온통 욱신거리기 일쑤였다. 아픔은 그렇듯 쉽게 적응될 수 있는 게 아니었다.

다행스럽게도, 사막의 모래바람은 무엇이든 만들었다. 시시

때때 움직이는 산을, 죽음의 바다를, 끝없는 심연을 만들어 보이기도 했다. 무엇보다 사막이 만드는 것 중의 으뜸은 신기루였다. 신기루는 인간의 몸이 스스로 통증을 진정시키기 위해 만들어내는 꿈이었다.

타클라마칸[1]!

그 이름은 곧 죽음이다. 한번 들어가면 다시 돌아오지 못한다는 뜻 자체가 이름으로 굳어졌다고 했다. 하지만 죽음치고는 달콤했다. 바로 신기루 때문이었다.

일행은 타클라마칸을 건너기 시작했다. 그 이전까지 경험했던 사막은 작은 모래 한 줌에 지나지 않을 정도로 넓은 사막이었다. 다행히 그곳을 여러 차례 오갔던 에데사가 그들을 이끌었다. 아니, 그들 앞에는 언제나 신기루가 있었다.


"아들아!"

에데사가 그리메를 부른다. 그는 이름 대신 항상 그렇게 부르곤 했다. 아마도 그 호칭 자체를 즐기고 있는 게 분명했다.

"쇠불 박사는 싱싱한 나뭇잎을 뜯어 터번 속에 넣더구나. 나

---

1) 타클라마칸(Taklamakan)은 '들어서면 나올 수 없다'라는 뜻이다. 중앙아시아의 사막으로 남쪽으로는 쿤룬산맥(곤륜산), 남서쪽으로는 파미르고원, 서쪽과 북쪽으로는 톈산산맥(천산)에 의해 경계가 정해진다.

도 처음 목격하는 일이다만 괜찮은 방법인 듯싶다. 모두에게 일러라."

"알겠습니다."

그리메가 다른 이들에게 들리도록 큰 소리로 에데사의 뜻을 전했다.

"목이 마르다고 자꾸 물을 마셔대지 말고, 차라리 입에 물고 가라고 일러라."

그리메는 그 말을 전하려고 낙타 머리를 돌렸다. 그 순간, 멀리 사구를 넘어 뒤따라오는 낙타들이 보였다. 그 풍경은 아지랑이 너울에 잠겨 몹시 희미한데다가 또 불꽃 연기처럼 저절로 흔들렸다. 하지만 눈을 씻고 보나마나 융커와 그의 부하가 분명했다.


"저기, 놈들이 가는 게 보입니다."

융커의 부하가 굳이 하지 않아도 될 보고를 했다. 낙타는 모두 세 마리다. 에데사로부터 받은 바로 그 낙타들이었다. 모두 건강했고, 무엇보다도 순한 놈들이어서 융커는 그나마 걱정을 덜었다. 이랴 저랴 하고 간섭을 할 필요도 없었다. 가만 내버려 두어도 용케 길을 찾아간다.

"조급할 거 없다. 이쯤 거리를 유지하고 따라가면 된다."

융커도 사막에 대한 두려움이 아주 없다고는 할 수 없었다. 그런데 이번만큼은 왠지 뒤가 든든하게 느껴졌다. 에데사 때문인가? 그는 스스로에게 물어보았다. 칼리 때문인가?…… 그로서는 알 길이 없었다. 허나 분명한 건, 그들 그림자라도 있어 외롭지 않다는 사실이었다.

융커에게도 사막은 그랬다. 모래바람의 위력보다도 더 무서운 게 그 끝간 데 없는 외로움이다.


낮과 밤, 사막의 그것은 이상했다.

끝도 없이 동일한 풍경 속을, 일행은 하루에 한 번씩 극한을 오가며 갔다. 낮에는 뜨거운 불볕 아래 밀쳐지고 밤이면 극한의 추위 속으로 내동댕이쳐졌다. 변화하는 것은 오로지 그것뿐인 듯했다. 아마도 신기루는, 그 혼란이 빚어내는 꿈이었을지도 모른다.

그들은 때로는 밤에, 때로는 낮에 이동했다. 낙타를 타고 갈 때도 있고, 그냥 걸어갈 때도 없지 않았다. 사람뿐만 아니라 낙타 역시 애틋한 마음으로 보살펴야만 했기 때문이다. 그놈들이 쓰러지면 사람도 쓰러져야 한다.

가까이하면 할수록, 낙타는 연민을 자아내는 동물이다. 쉬고 있을 때나 잠을 잘 때면 놈들은 항상 무릎을 꿇었다. 자나 깨나 주인을 공손하게 섬기듯…… 낮 동안의 그 고열 속에서 물을 마시는 일도 없었다. 그대신 낙타풀이라는 고약한 식물을 만나면 어김없이 다가가서 그걸 뜯어먹는다. 쇠불 박사가 머리 위에 넣는 바로 그 풀이었다. 그런데 이 풀은 가시가 많고 또 날카롭기도 하다. 그래서 낙타의 혀나 입천장에서는 늘 피가 흐르곤 했다.

"낙타가 하루에 백리를 간다고 하셨지요?"

나른함으로 눈빛이 풀린 에데사를 향해 성기가 물었다. 모닥불 때문에, 그리고 텁수룩한 수염 때문에 에데사나 성기나 별반 달라 보이지 않았다.

"그렇지요."

"대상을 상대로 곳곳에 마방처럼 낙타방을 열어두면 그 또한 장사가 되지 않을까 생각됩니다. 적어도 삼백 리 상거에 말입니다."

"하하하, 식견이 남다르십니다만, 곳곳에 사적(沙賊)이 출몰하는 바람에 쉽지는 않은 일이지요."

"사적이라고요?"

오랜만에 아홉이 입을 열었다. 불모루의 일로 아홉을 원망할 수는 없다고 일행이 이미 오래전에 합의를 했음에도 불구하고 그는 계속해서 침묵해왔다. 그가 밉지 않은 건 물론 아니었다. 하지만 일행 하나가 사라질수록 남은 자들이 소중하고 고마웠다.

"산에는 산적, 바다에는 해적, 그리고 사막에는 당연히 사적이지요."

"아하!"

누군가가 탄사를 내질렀다. 사적의 뜻을 알았다는 것인지, 아니면 미처 염두에 두지 못했던 사적이라는 존재에 대한 두려움 때문인지는 알 수 없었다. 어쩌면 그는 머지않아 닥치게 될 사적을 예감했는지도 모른다.

"박사님은 왜 이런 고생길을 자원하셨어요?"

달하가 쇠불에게 위로의 말을 대신 했다.

"천무의 일까지 팽개치면서 넌 왜 따라나섰는데……?"

"하늘을 살피는 일도 나이가 들면 곧 끝날 테고, 산골에서 그저 짐승 가죽이나 벗기며 살다가 늙을 수는 없잖아요."

"너에게도 역시 유목민의 피가 흐르고 있구나. 나는 세상천지 개명된 문물을 보고 싶었다."

쇠불이 싱긋 웃었다. 달하도 밝게 미소를 지어 보였다. 그 반대편에 앉은 칼리는 뭔가 생각에 골몰한 듯 어둠 속을 오래 응시했다. 하늘의 별들이 보석처럼 빛났다.

그날 밤, 성기는 모든 이들에게 공식적으로 박사의 칭호를 내렸다. 공식이 될 수 없는 공식이었다. 허나 대부분이 기뻐하고 반겼다. 그게 뭔지 모르는 칼리를 빼면, 진작부터 박사였던 쇠불까지 크게 환영할 정도로.

칼리는 이따금 사막으로 나가 앉아 공후를 연주했다.

가만 들어보면 칼리의 공후는 밤하늘에 뜬 별들의 말을 하나하나 담아내고 있는 듯했다. 희미한 작은 별들은 꿀벌처럼 잉잉거리며 옹알이를 했고, 어떤 별들은 새처럼 소리 높여 우짖었다. 그런가 하면 동서를 가로지르는 은하수는 고향 갈석산 자락 아래 패수(浿水)처럼 우렁차게 흘러갔다.

칼리의 가락 속에는 일행이 찾아 떠나는 그 신성의 말도 들어 있었다. 그 별은 일행을 따뜻하게 위로했다. 하루의 고단함을 잠재우고, 앞길에 대한 희망을 안겨주곤 했으니까.

"칼리, 넌 공후 박사구나. 지금껏 이런 연주를 들어본 적이 없다. 참으로 신묘하니 저 하늘의 선녀들이 승천하면서 연주하는 가락인가 싶구나."

성기는 자신이 표현할 수 있는 최고의 찬사를 보냈다. 그럴 만도 했다. 적어도 그는 칼리의 연주 속에서 오래전 떠나왔던 고향 산천을 절절하게 보았고, 또 앞날에 대해서도 들을 만큼 들었다. 찬사는 그에 합당한 답례였다.

"내가 아니라, 너희 공후가 하는 일이다."

칼리는 그녀답지 않게 겸손했다. 함께 더불어 먼 길을 가는 이들에 대한 감사나 배려가 담긴 말이었다. 칼리의 공후 소리는 그 마음이 있어 더욱 감미로웠다.

성기를 제외한 이들은 다른 생각을 했다. 연주에 대한 평가가 인색하다는 뜻이 아니다. 연주와는 별개로, 성기가 칼리를 재차 박사로 부름으로써 정식 일행으로 받아들이는 것이 아닌가 하는 점에 주목했다.

융커는 작은 모닥불 앞에 꼿꼿이 앉아 귀를 기울이곤 했다. 그에게도 칼리가 연주하는 공후 가락은 들려왔다. 그의 표정은 늘 메마르고 건조했다.

헌데 더러는 융커의 손가락도 미세하게 움직이곤 했다. 거문고 같은, 술대를 쓰는 악기라도 연주하듯…… 그래서 얼핏 보면 칼리의 공후에 맞춰 융커가 또 다른 악기를 합주하는 것처럼 보였다.

칼리의 공후가 유난히 별들의 말을 곧이곧대로 담아내던 날 새벽, 융커가 일행 앞에 나타났다.

"부하가 전갈에 물렸다. 약재를 좀 얻고 싶다."

융커 역시 수염이 텁수룩하게 자라 있었다. 그렇지만 그는 변함없이 반듯한 인상이었다. 그런 그가 약재를 얻으러 왔다고 말하자 일행은 어이없어 서로 얼굴을 돌아볼 뿐이었다.

"나누어드려라."

에데사가 그리메를 돌아보며 턱으로 약재 상자를 가리켰다. 그때 융커가 약값이라도 지불하듯 뭔가를 그리메 앞에 툭 던졌다. 그 순간 그리메의 얼굴이 벌겋게 달아올랐다. 장안을 탈출하던 날 밤에 부르암 부족장의 목에 찔려 있던 바로 그 쇠꼬챙이였다.

융커의 행위는, 융커 쪽에서 보면, 순전히 선의에서 비롯했다. 쇠꼬챙이의 정체를 파악한 순간 쇠불이 자책하면서 탄성을 내지른 것만 봐도 알 수 있는 일이었다. 아무리 경황이 없었다고 하더라도 그것 하나 제거하지 못하고 떠나온 일이 내내 마음에 걸렸던 것이다. 융커의 의도 역시 쇠불의 생각과 다르지 않았다.

그리메의 생각은 물론 달랐다. 그건 용서할 수 없는 모욕이었다. 짐짓 태연함을 가장하고 남의 상처를 들쑤시는 일에 지나지 않았다. 자질구레하게 이유를 설명하려 들지 않는 사내들의 선심은 그래서 늘 마찰을 낳게 된다.

쇠꼬챙이는 아침 햇빛을 기다려 몸을 말리려는 사막의 독사처럼 보였다. 누군가가 자신을 건드리면 와락 솟구쳐올라 목덜미를 물 기세였다. 부르암 부족장이 그렇게 자해했던 것처럼…….

그리메는 한참 동안 꼬챙이를 내려다보았다. 그걸 들어 융커의 목에 꽂아주고 싶은 마음이 갈증처럼 일었다. 하지만 그는 용케 인내하고 발로 모래를 모아 그걸 덮은 뒤, 쓰디쓴 미소를 지어 보였다. 그리고 주머니를 열어 약재 대신 소금 한 움큼을 덜었다.

"자, 이걸로 소독이나 좀 해보시지."

그리메는 흙장난을 하는 아이들처럼 손가락 사이로 소금을 흘려보냈다. 소금은 모두 모래에 섞였다. 그 모습을 지켜보던 에데사가 직접 나서서 약재를 덜어 융커에게 내밀었다. 그리고 그는 멋쩍은 표정을 짓고 있던 그리메에게 다가가 느닷없이 냅다 뺨을 후려쳤다.

누구도 예상하지 못한 일이었다. 그리메도 설마 하고 서 있다가 호되게 당하고 말았다. 그는 순간적으로 몸을 움찔하며 방어태세를 취했지만 이내 스스로를 진정시켰다.

"사막에서 숱한 사람이 목숨을 잃었지만 인정이 모자라서 죽어간 사람은 없다. 아니, 없어야 한다. 이게 사막의 법이다. 네가 흘린 소금을 한 톨도 남김없이 모두 주워 담아라."

금방이라도 그 눈가에 서릿발이 돋아날 것 같은 차디찬 얼굴이었다. 그리메는 할 수 없이 몸을 굽혀 소금을 주워담기 시작했다. 그 모습을 내려다보던 융커의 입가에도 미소가 흘렀다. 그는 뒤돌아가려다가 잠시 발을 멈추었다.

"타클라마칸이 끝나기 전, 저자와 일합을 겨루기를 소망한다. 만약 그가 나를 베지 못한다면, 나는 살아서 당신들을 결코 베지 않을 것이다. 어떤가?"

융커는 융커대로 자신의 본심이 무시되고 왜곡된 사실을 용납하지 못했다. 그게 또한 사내들의 자존심이라는 것이었으니까. 그런데 그의 말은, 분노에 사로잡혀 뱉어진 것이라고 하더라도 얼른 이해하기가 힘들었다. 그리메가 그를 쓰러뜨린다면 갈등은 저절로 끝나게 된다. 그런데 융커가 이긴다고 하더라도 나머지 일행을 해치지는 않겠다고 한다.

"그래, 좋다! 당신이 이긴다면 약재는 무엇이든 걱정할 문제가 아니다."

에데사의 셈은 역시 빨랐다. 일이 어떻게 되든 손해볼 게 없다. 그게 그의 일차적인 계산이었다. 그렇다면 새로 얻은 아들은? 물론 아들을 잃을 수는 있다. 그러나 그건 아들의 운명이다. 하늘은 어느 시점에선가 인간의 희생을 분명 요구하게 된다. 그 대상이 누구인지, 그게 언제인지는 하늘만이 결정할 일이지만.

에데사도 어느 때부턴가 하늘을 믿기 시작한 것일까? 그 역시 험한 길을 오가는 대상의 한 사람으로서 사막과 고원 같은 대자연 앞에서는 그냥 하찮은 미물에 지나지 않는다. 하늘에 의존하지 않을 수는 없는 존재다. 아니, 하늘을 믿고 안 믿고의 문제가 아니다. 이미 그 자신 스스로 하늘과 관련된 일에 깊숙이 발을 들여놓았다.

그날 밤, 누란의 사막에서 불모루와 함께 순장됐던 새끼 낙타, 그 어미가 죽었다. 불사위는 옆구리가 아프다면서 아무것도 먹지 않았다.

"우리에게 쓸데없는 동정을 보이지 마라. 특히 저 아이에게는."

칼리는 그리메를 멀리했다. 그리메는 이따금 낙타풀을 뜯어 날카로운 가시들을 하나하나 제거한 뒤 그걸 자신이 만든 야칸의 요람 위에 얹어주곤 했는데 그것조차 타박했다.

"네 안의 어딘가는 정말이지 크게 뒤틀려 있구나. 넌 그걸 모르느냐?"

한번은 그리메가 섭섭함을 감추지 않고 발끈했다. 그때도 칼리는 지지 않으려고 대들었다.

"선무당 같은 소리 지껄이지 말고, 저 약해빠진 것이나 돌보아라."

"⋯⋯."

칼리가 달하를 가리키지는 않았지만 달하말고는 그 말을 들어야 할 사람이 없었다. 달하는 조금 멀리 떨어져 있어서 듣지 못한 듯했다.

아닌게 아니라 달하는 사막의 모래폭풍과 고열로 인해 거의 곤죽이 될 때도 없지 않았다. 한번은 폭풍에 휘말려 공중을 마구 날아다니는 자갈에 얻어맞아 얼굴뿐 아니라 온몸에 멍이 든 적도 있다. 그때 달하는 심한 몸살을 앓으며 일행의 발목을 붙잡았는데 그게 못마땅했었던가?

칼리의 말이 일리가 있긴 했다. 야칸은 건강했고, 아주 꿋꿋하게 잘 버텨냈다. 성기가 표현한 것처럼 장차 위대한 어떤 일을 해낼 수 있을 만큼.


드문드문 구슬을 꿰어놓은 목걸이처럼, 사막 곳곳에는 오아시스가 박혀 있다. 놀랄 만한 일이고, 신비스럽기조차 했다. 그리고 그 모든 오아시스는 하나하나가 다 왕국이었다.

일행은 위리(尉犁)를 거쳐 구자(龜玆), 악수까지 지나왔다. 그곳들이 있어 목숨을 부지하는 게 가능했다. 이제 마지막으로 소륵(蔬勒), 곧 카시카르였다. 타클라마칸이 끝나는 곳이자 파미르 고원의 출발점이 되는 곳, 칼리의 고향도 지척이었다. 물론 그 지척이 천릿길이지만.

고향을 떠났던 이들을 반기듯 하늘에는 보름달이 떴다. 전에 보았던 달보다 더 크고 더 붉고 더 이글거리는 달이었다. 칼리는 제 고향 소유의 달이라도 되는 듯 전에 없이 달맞이까지 나갔다. 홀로 동쪽 모래언덕에 올라간 일이 곧 달맞이였다.

달하는 모처럼 동경을 꺼내어 하늘 이곳저곳을 비추어보았다. 허나 동경은 여전히 아무런 반응도 없다. 여우난골에서 신성 분화를 목격하던 밤에는 수많은 사람 앞에서 푸른빛을 뿜어대며 별똥별을 우박처럼 쏟아지게 했던 거울이었다. 그런데 그 뒤로는 그저 캄캄한 청동 조각으로 돌아가 꼼짝도 하지 않는다.

"나도 좀 볼 수 있겠느냐?"

성기가 동경을 받아들고 이모저모 살폈다.

"천문도가 아주 상세히 새겨져 있구나. 그런데 이건 뭐지?"

성기가 가리킨 건 옥문관 감옥에서 달하가 따로 칼집을 낸 무늬였다. 해 뜨는 나라를 잊지 말자며 여우난골에서 그들 스스로가 제작해서 걸어놓던 깃발 형상.

"우리끼리만 통하는 부적이나 신표를 정하려다가 깃발까지

만들게 된 문양입니다."

"아, 그랬었구나. 무슨 뜻인지 한눈에 봐도 짐작이 간다."

성기가 고개를 끄덕거렸다.

"헌데 본래 우리가 쓰던 왕실 문양[2]은 따로 있었단다. 동그란 태양 아래로 산자락이 펼쳐진 것 같은 모습이었지. 자, 여길 봐라."

성기가 모래바닥에 그 문양을 그려 보였다. 달하는 크게 놀랐다. 두 개의 문양이 차이는 있었지만 두 그림 모두 태양이 그려져 있다.

"둘 다 예쁘네요, 아버님."

"아니다. 너희 생각이야말로 전적으로 옳았다. 만약 전부터 우리가 사용하던 왕실 문양을 썼다면 아마 한나라가 가만두지 않았을 게다."

그 문양을 제안하고 또 직접 그리기도 한 분이 아버지 부르

---

2) 역사학자 신용하 교수가 발표한 논문을 거칠게나마 소개하면 이렇다. 종래 중국의 학자들은 산동성 일대 대문구문명(大汶口文明)권에서 발굴된 팽이토기에 새겨진 그림을 한자(漢字)의 기원적 도문(圖文)이라고 간주해왔다. 이 문양의 아래 부분에 있는 산을 생략한 채 '아침 단(旦)'이나 '하늘 호(昊)', 또는 '빛날 경(炅)'의 기원이라고 보는 것이다. 하지만 그것은 글자보다는 고조선의 '아사달 문양'으로 봐야 한다는 게 신용하 교수의 학설이다. 아닌게 아니라 아사달에서 '아사'는 아침, '달'은 산이나 땅을 뜻하는 우리 고어인데, 이 그림은 놀랍게도 아사달이 뜻하는 모습과 그 형상이 일치하는 걸 알 수 있다. 한편, 대문구문명(BC 3450~BC 2450)은 홍산문명(BC 4700~BC 2900) 등과 더불어 동이족에 의해 세워진 대표적인 문명으로 알려져 있다.

암이라고 말하려다가 달하는 그냥 입을 다물었다. 그게 자랑이 될 수는 있다. 하지만 아버지를 떠올리면 가슴이 먹먹해질 게 뻔했다.

　—아버지, 잘 계세요? 우리가 시방 제대로 길을 가고 있나요?

　더 희미해지기 전에 부친의 얼굴을 다시 기억에 새겨넣기 위해 달하는 부르암의 얼굴을 떠올리고자 했다. 그러다가 그녀는 흠칫 놀라 몸을 후두둑 떨었다. 한순간 그녀의 뇌리에 스친 건 아버지 부르암이 아니라 제사장 성기의 얼굴이었다.


　그 시각, 그리메는 약재 한 봉지를 품에 넣고 지나온 길을 혼자 되짚어갔다. 허리에는 그의 분신처럼 여전히 칼 한 자루를 매단 채…….

　그리메가 가져간 약재는 그저 인사치레 같은 것에 지나지 않았다. 융커의 부하는 이미 죽었다. 에데사가 따로 준비했던 치료제도 전갈에게 제대로 동맥을 물린 그를 살려내지는 못했다.

　"사막이 곧 끝난다고 들었다. 그래서 내가 왔지."

　"오냐. 오늘쯤이면 나타날 줄 알았다. 보름달이 네 젊음을 충동질했겠지."

야생의 짐승들처럼 두 사내는 인사를 나누었다. 그게 사내들만의 인사법이기도 했다.

　"요사한 말로 지난번 약재 값을 대신할 생각이라면 듣지 않겠다."

　"웬걸! 약값은 이미 쇠꼬챙이로 지불한 걸로 아는데?"

　"……."

　어디나 다를 바 없는 모래뿐인 사막이지만 융커가 앞장서서 걸음을 옮겼다. 그는 늪처럼 푹푹 빠져드는 사막을 반듯이 걸어갔다. 손에는 칼 한 자루만을 움켜쥔 채로.

　앞이 너르게 트인 개활지에 이르자 앞서 가던 융커가 조용히 발걸음을 멈추었다. 그의 그림자도 그 자리에 가만히 누웠다. 융커의 발에 모래가 밟히는 소리를 귀담아들으며 걷던 그리메도 그만큼의 거리를 사이에 두고 섰다.

　그리메는 융커의 발자국이 평소보다 안쪽으로 조금 더 휘어져 있었음을 떠올렸다. 그건 엄지발가락에 힘을 주고 있다는 증거였다. 모래를 밟고 차오를 때 자세가 흐트러지지 않게 하려는 의도이기도 했다. 그렇다면 그는 먼저 공격해올 게 틀림없다.

　―나 같으면 방어를 하면서 틈을 보겠네.

　그리메는 누가 묻지 않는데도 혼자 속으로 말했다. 그 자신의 다짐이기도 했다. 그는 전처럼 발뒤꿈치에 힘을 모으고 기다렸다. 방어하기에 좋은 자세였다. 하지만 오래 서 있을 수는 없는 게 흠이다.

"어서 공격하라, 융커!"

날이 새기 전까지 서둘러 하늘을 횡단해야 하는 달도 잠시 가던 길을 멈추었다. 그리메는 힐끗 그 달을 쳐다보았다. 걸음을 멈추긴 했어도 달은 지상의 일에 특별히 관심을 가지고 있는 것처럼 보이지는 않는다. 그 순간 융커가 몸을 솟구쳤다.

그리메는 숨을 깊게 들이마시면서 상대가 가까이 다가오기를 기다렸다. 들숨의 정점에서 잠시 숨을 끊었다가 방어 동작과 더불어 날숨을 내쉴 것이다. 그렇게 하면 몇 배쯤은 더 강한 힘을 낼 수 있게 된다. 그런데 그게 오산이었다. 공격해 들어오던 융커는 악기 연주를 엇박자로 바꾸듯 동작 하나를 첨가함으로써 그리메의 호흡을 흐트러뜨렸다.

"푸으읍!"

그리메의 입에서 저절로 비명소리가 새어나왔다. 그건 또한 안도의 한숨이기도 했다. 융커의 첫 공격을 기껏 한 치 안으로 피하자마자 저절로 나온 뼈마디 소리이기도 했다.

"제법이구나!"

융커가 미소를 지으며 찬사를 보냈다. 그의 말에는 진정성이 담긴 듯했다.

"너무 성급하지 않은가?"

본심을 숨긴 채 그리메가 반문했다. 사실은 자신이 했어야 할 말을 융커가 한 것 같았다. 그리고 융커가 해야 할 말을 자신이 해버린 것 같은 느낌이 들었다.

고수는 고수를 알아보는 법이다. 자신이 어떤 초식 하나를 선보였을 때 그에 대응하는 방식 하나만 봐도 확연히 드러나는 법이다. 두 번을 보자고 하거나, 세 번을 확인하려는 자는 그 어떤 분야에서든 고수가 아니다.

융커도 상대를 쓰러뜨리기가 쉽지 않다는 걸 단번에 알았다. 하지만 고수는 좋은 고수를 만나기를 또한 열망하기 마련이다. 싸움은 그 때문에 중단되지 않는다.

─그래. 최선의 방어는 공격이지.

그리메는 소극적인 방어 대신 최선의 방어책을 쓰기로 했다. 그는 칼끝을 뒤로 숨긴 채 모래 속에 엄지발가락을 박았다. 상대가 정자세를 취하고 있는 게 눈에 들어왔다. 반격을 하겠다는 뜻이었다. 칼을 사선으로 비껴 든 그의 몸 어디에도 빈틈은 보이지 않았다. 노려볼 만한 곳이 있다면 오직 한 군데뿐이었다.

몸을 날렸다가 내려서면서 그리메는 땅에 칼끝을 찔러 박았다. 땅이 아니라 융커의 발등이 목표였다. 허나 융커는 남은 손에 쥐고 있던 칼집을 들어 그리메의 칼을 완강하게 뿌리쳤다. 그 바람에 칼은 모래 속에 박히고 말았고, 그 순간 융커가 다시 칼을 들어 그를 내리쳤다. 그리메가 가까스로 그 칼을 튕겨 냈다.

공방을 거듭하고, 때로는 정면으로 부딪쳐가며 두 사내는 서로 물러서지 않았다. 더러는 거친 심장의 박동소리가 상대의 귀에 들리고, 이마에서 떨어진 땀방울이 상대의 얼굴에 튀기도 했다.

두 사내는 한참을 싸운 뒤에야 한숨을 돌리곤 했다. '한참' 이란 예로부터 삼십 리를 걸어간 사람들이 쉬면서 간식을 찾을 만한 시간(一站)이라고 한다. '한숨' 역시 삼십 리를 걸어가 큰 숨을 내쉬는 시간(一息)이다. 한참이 한숨인 것이다.

두어 차례 한참의 시간이 흐르고, 두세 번 한숨을 내쉬는 사이에 달이 지기 시작했다. 넋놓고 두 사내를 지켜보던 달은 어쩌면 다급해진 마음에 서둘러 제 갈 길을 재촉했는지도 모른다. 그 사이 승패는 나누어지지 않았다.

다만, 그리메가 융커에게 목숨을 빚지는, 해괴한 일이 일어났다. 장소를 옮겨가며 대결하다가 그리메는 갑자기 모래 늪으로 빠져들고 말았다. 그 순간 융커가 자신의 칼집을 그리메

앞에 던졌던 것이다. 그리메는 그걸 밟고 몸을 솟구쳤다.

그 일 때문에, 승패와는 상관없이 결투가 끝났다. 그리메는
그제야 약재 봉지를 꺼내서 융커에게 던져주었다. 약값이 목
숨 값이었다.

# 파미르

무엇 하나가 끝나는 자리에는 그 무엇과 정반대의 무엇이 존재한다.

사막을 건넌 이들에게 타클라마칸은 그 사실 하나를 입증했다. 소륵이 그랬다. 소륵이라는 왕국 이름은 물이 많아서 붙여진 이름이라고 했다. 메마른 사막이 자신의 옆구리 끝에 거대한 물주머니를 숨기고 있었다. 파미르 고원에 등을 기댄 소륵은 눈부시도록 푸르렀다.

칼리의 눈동자는 소륵에서 더욱 푸르게 물들었다. 그러나 그녀는 허둥대는 기색이 역력했다. 달하가 그걸 놓칠 리 없었다.

"여기쯤 도착하면 좋아할 줄 알았는데 어쩐 일이냐?"

"산하는 그대로일망정 나라마다 모두 옛 나라가 아니다. 즐거울 게 무엇이겠느냐?"

"연지산이란 곳은 어디냐?"

달하가 화제를 바꾸어 물었다. 우리가 연지산을 빼앗겨 여인의 볼을 물들일 수도 없네, 하고 부르던 칼리의 노래가 생각난 때문이었다.

"지나온 게 언젠데…… 옥문관을 떠나기 전에 이미 물었어야 했다."

"그곳에서 널 만난 적이 없지 않으냐?"

달하의 반문에 칼리의 얼굴이 싸늘하게 굳어졌다. 그래도 여태까지는 칼리의 대답에 그럭저럭 성의 같은 게 담겼다고 할 만했다. 칼리의 심중을 고려하면 그렇다는 뜻이다. 헌데 달하는 그걸 미처 다 헤아리지 못했다. 헤아릴 수도 없는 일이었다.

"맞다. 넌 사내하고 단둘이 뒤처졌지. 그래, 그때는 연지 발라가면서 낯짝을 분장할 궁리만 하고 있었겠다."

"말조심하라."

"그래서 지금도 연지산을 찾는 게 아니냐?"

"네가 어쩌다가 융커라는 사내에게 배신을 당했는지 알겠다. 문제는 바로 너였겠구나."

"이런!……"

칼리가 발끈해서 칼을 빼들었다. 그 순간 칼리 옆에 서 있던 그리메가 그녀의 손목을 툭 쳐서 칼을 떨어뜨렸다. 그리고는 분을 참지 못하고 씩씩거리는 달하를 이끌고 자리를 피했다.

"미친년, 제 고향에 가까워졌다고 텃세를 부리는 거야?"

"……"

"우리 고향 여우난골에서 우리가 텃세를 부렸다면 또 몰라."

"……"

달하는 그리메에게 손목이 잡혀 끌려가면서도 투덜거렸다. 융커와 대결하고 돌아온 뒤부터 계속 말을 잃고 지내왔던 그리메는 여전히 입을 열지 않았다. 그가 융커를 베지 못했을 뿐만 아니라 융커 역시, 사정이야 어찌됐든, 그를 베지 못했으므로 이제 부족 일행의 안위는 다시 그 자신의 책임으로 돌아왔다. 그 무거움이 한동안 그의 입을 굳게 다물게 했는지도 모른다.


"잘 알고 있을 것이다만……"

에데사가 칼리를 향해 입을 열었다. 성기가 근심스런 낯빛으로 에데사 옆에 섰다.

"네 고향 사처는 여기서 남쪽이다. 우리는 서쪽으로 곧장 나아가 저 험준한 고원을 넘으려고 한다. 고생길이 열려 있지. 그러니 어떠냐? 고향으로 돌아가겠느냐?"

"……"

대답 대신 칼리가 성기 쪽을 바라보고 입술을 물었다. 도움을 청하는 것인지, 아니면 헤어짐을 직감하고 아쉬워하는 것인지 알 수 없는 입술이었다. 다만 벽옥 같은 푸른 눈은 언제라도 울음을 터뜨릴 준비를 하고 있는 듯 보인다. 그래서 칼리에게는 모진 말 한마디 하지 못했던 성기였다. 워낙에 그 위인이 누구에겐들 마음에 상처를 주는 말을 할 수 있었으랴만.

"네가 어떤 쪽을 선택해도 좋다. 함께 가고자 한다면 그리할 것이다."

칼리가 머뭇거렸고, 성기는 온화한 말투로 그녀를 떠보았다. 그렇게 결정해주기를 은근히 원하는 것처럼 들리기도 했다.

"마음은 벌써 고향에 가 있다. 내 머리는 고향에 돌아가지 말라고 요구하지만."

칼리의 대답은 솔직했다. 마음이 흔들리고 있다면 그것도 그녀답지 않지만, 또 그런 속내를 드러내는 것도 그녀답지 않게 솔직했다.

"하지만 고향으로, 내 고향 사처로, 돌아가겠다."

칼리가 띄엄띄엄 자신의 뜻을 밝혔다. 에데사와 성기는 더 이상 대꾸하지 않았다. 여태껏 그랬던 것처럼 그녀가 남는다고 하더라도 크게 부담될 것 같지는 않다. 반대로 그녀가 사라진다고 해도 아쉬울 것은 없다. 혹 야칸이라면 몰라도…… 야칸, 그 아이는 그들 모두의 마음속에서 크고 있었으니까.

융커는 사처 쪽을 오가는 소륵의 관문 거리를 헤매고 다녔다. 혹시나 고향 소식을 들을 수 있을까 하는 한 가닥 기대 때문이었다.

고향을 떠난 지 그도 벌써 십년이 넘었다. 그 때문에 저자를 헤매는 동안 그의 가슴은 내내 두근거렸고 또 두렵기까지 했다. 고향은 그에게도 컸다. 아니, 그 누구에게보다도 더.

- 칼리가 사처 쪽을 향해 떠났다? 그리고 그리메가 동행을 했다?

융커가 혼자 반문했다. 그리메라면 믿을 만했다. 하지만 저자에서 확인한 소문들을 종합해보면 사처는 돌아갈 곳이 아니었다. 세력이 약화된 이후 이웃 나라들과의 전쟁에 매번 져서 숱한 동족들이 끌려가거나 죽임을 당했고, 그 뒤로도 기근으로 죽어가는 자들이 해마다 부지기수라고 했다.

- 칼리여, 그대 고향의 이름으로 기다리라. 사처여, 그대 가장 아름다운 초원의 빛으로 융커의 최후를 준비하라. 허나 지

금은 아니다. 융커가 그대 사처를 빛나게 만든 뒤…….

관문에 기대어 선 채 융커가 중얼거렸다. 그의 눈이 사막 먼
쪽을 향해 세모꼴로 찢어졌다.


"우린 본시 산 속에 태를 묻어온 사람들이라서……."

낙타시장을 찾아가는 길에 쇠불이 운을 떼었다. 성기와 에
데사, 쇠불, 그리고 아홉이 동행한 길이었다. 에데사는 낙타 한
두 마리쯤은 말로 바꾸는 게 좋겠다고 제안했다. 산길에는 아
무래도 말이 유리하다는 얘기였다.

"산을 두려워하지는 않습니다만, 저 고원을 넘으면 어딘가
요?"

"안식[1]이지요. 그전에 대월지[2]를 지나야 할 테고……."

에데사가 쇠불과 성기를 차례로 돌아보며 대답했다. 길은
안내하지만 목적지는 자신이 알 수 없지 않느냐고 말하는 듯
했다.

---

1) 안식(安息). 파르티아(Parthia)의 중국식 표기. 서아시아에 있던 이란족의 왕국. 대
월지와 함께 중계무역이 번성했던 곳이다. 특히 한에서 생산되는 비단을 로마에 팔았
는데, 흔히 수십 배 이상의 가격으로 판매했다고 전해진다. 이들 왕국의 방해 때문에
한나라와 로마가 직접적인 교역을 하지 못한 것으로 알려져 있다. 물론 기원 전 1세기
무렵의 일이다.
2) 대월지(大月氏). 사마르칸트(Samarkand)의 중국식 표기. 중앙아시아 지역에 있던
터키계 민족의 왕국.

"산 넘어 산이라더니, 차인 발에 곱 채고 무릎 결리는데 발목 삐기구먼."

아홉이 뒤따라오며 혼자 구시렁거렸다.

"우리 달하의 청동거울이 잠잠한 걸로 봐서 아마 방향이 틀리지는 않았을 것 같은 생각이 듭니다. 그러니 계속 서쪽으로 길을 잡으면 될 듯한데……."

성기가 자신 없는 목소리를 냈다. 그럴 때면 그에게서는 더욱 코맹맹이 소리가 새어나왔다. 하얗게 센 머리, 그리고 텁수룩한 수염 가운데서 울려나오는 코맹맹이 소리는 아무래도 서로 격이 맞지 않았다. 그래도 다른 일행에게는 묘한 울림을 주곤 했다. 우물 저 깊은 곳을 휘돌아 들려오는 소리처럼.

그날 일행은 낙타 한 마리를 주고 말 일곱 필을 받았다. 손해가 아닐 수 없지만 그게 소륵의 장사 기준이었다. 산을 넘는 자들에게는 말 값을 높여 부르고, 사막으로 나가려는 이들에게는 낙타 값을 올려 받았다.


"에데사 대인께서 전하라고 합니다. 고원을 넘어 대월지국, 그보다 더 멀리로는 바그다드 쪽을 향해 갈 것이라고……."

저녁 무렵이 되어 에데사가 데리고 다니던 수하가 융커를 찾아가 말했다. 젊고 깡마른 그의 얼굴에 돋아난 성긴 수염이 융커의 날카로운 눈초리 앞에서 조금 떨리는 듯했다.

"알았네."

"낙타 한 마리를 말로 바꾸고, 혹독한 추위에 대비하라는 얘기도 전하라고 합디다."

"고맙다고 전해주게."

"그럼, 물러갑니다."

"그리메가 칼리와 동행한 걸로 아네. 사처까지 가는 것인가?"

젊은 총각은 서둘러 발길을 옮기려고 하다가 다시 뒤돌아섰다. 할 수 있는 말을 최대한 절약하고 있던 총각은 그 질문에 잠시 곤혹스런 표정을 지었다.

"괜찮네. 사실대로 말해주게."

"하루나 이틀로 끝날 것입니다. 그 사이 칼리의 마음이 변하거든 함께 돌아오라고 했으니까요. 만약 변하지 않으면 그리메 혼자 돌아오겠지요."

말을 마치고도 총각은 가만히 서서 기다렸다. 그럼에도 불구하고 더는 묻지 말아달라는 표정이 역력했다. 한 하늘을 머리에 인 채 더불어 살 만한 사람이 아니라는 생각이 거듭 들었기 때문이다. 융커도 말이 없었다. 그는 칼리가 과연 어떤 결정을 내릴지 점을 쳐보는 것처럼 보였다. 그러다가 총각을 향해 물었다. 그의 눈길은 어느새 은근한 눈길로 바뀌어 있었다.

"자네도 장사를 하는가?"

"……?"

"돈을 벌고 싶겠군. 그렇지 않은가?"


어둠이 내리자 그 어둠과 한몸인 추위가 어김없이 사막을
덮쳤다.

칼리와 그리메는 사막 가운데서 모닥불을 피웠다. 그러자
곤륜산이 불을 얻어 쬐려는 듯 가까이 다가섰다. 소륵에 올 때
는 천산을 오른쪽에 두고 왔는데 이제 오른쪽으로는 곤륜산이
병풍처럼 펼쳐진다. 그 둘이 서로 어깨를 겯고 있는 지점이 바
로 파미르 고원이다.

"네 고향 사처는 어떤 곳이냐?"

그리메가 나직한 음성으로 물었다. 모닥불만큼이나 따뜻한
말투였다. 시비를 걸고자 하는 게 분명 아니라는 뜻이 담겼다.

"강이 흘러가는 곳으로 너른 들녘이 펼쳐져 있고, 초목이
자라나 꽃이 피고…… 사람 사는 데가 다를 것이 무엇이겠느
냐?"

칼리의 음성도 부드러웠다. 모닥불 때문인지도 몰랐다.

"옥문관에서 다시 길을 바꿔 사막 아랫길로 왔더라면 네 고

향을 경유했을 텐데……."

"그때는 그럴 경황이 없지 않았느냐?"

"하긴 그랬겠다."

"왜, 나를 배웅하는 게 싫은 것이냐? 그럼 지금이라도 그냥 돌아가라."

"싫다고 한 적은 없다만 네가 아니라, 네 아들 야칸을 배웅한다고 여기면 될 것이다."

"변명할 필요도 없고, 억지를 부릴 것도 없다. 나나 내 아들은 굳이 보호하지 않아도 된다는 걸 너 또한 잘 알고 있지 않느냐?"

"그래, 알았다. 그쯤 해두자."

부드러운 어조로 시작된 대화는 금세 꺼끌꺼끌하게 바뀌고 말았다. 칼리의 화법이 원래 그랬다. 그 대가로 그들은 한동안 말을 잃어야 했다. 타닥타닥 하고 모닥불 타는 소리가 유난히 컸다. 두 사람은 서로 말이 없이 불이 타는 모양을 오래 지켜보았다.

"너희 여우난골은 참 좋았다. 사람들은 모두 다정다감하고……."

침묵을 깬 건 칼리였다. 그리메는 대꾸하지 않고 그녀가 하는 얘기를 들었다.

"모르는 사람을 부를 때도 으레 가족 간의 호칭을 사용하더라. 언니나 아우, 이모라든가, 할머니 할아버지라든가. 그게 좋았고 또 부러웠다."

"……."

그리메는 마음속으로 반발심이 이는 걸 눌러 참았다. 그에게는 대수롭지도 않은 얘기였다. 그럼 나이 든 이들을 할아버지라고 하지 않고 그냥 노인이라고 부르는 사람도 있을까?

"왜 말이 없느냐?"

"너와 다투기 싫어서 그렇지."

"다투기 싫다고?"

"……."

그리메는 정나미가 떨어진 듯 여전히 말을 아꼈다.

"참으로 다툴 일은 따로 있다. 무엇인지 아느냐?"

칼리가 정색을 하고 물었다. 그리고는 그리메의 대답 같은 건 들어볼 필요도 없다는 듯이 빠르게 쏴댔다.

"어디 한번 묻자. 정녕 나를 떼어놓고 싶은 거냐? 너는 왜 함께 가자는 말 한마디 없는 것이냐?"


쇠불이 에데사를 향해 물었다.

"대인께서는 지금껏 이 길을 몇 번이나 왕복하셨습니까?"

에데사가 셈이라도 해보듯 객잔 창밖을 바라보았다. 소륵의 객잔은 넓고 깨끗했다. 같은 사막이긴 했지만 지나온 길의 그곳들보다는 비교할 수 없을 정도로 공기가 맑았다. 산이 가깝기 때문이리라.

"이게 네번째 길이지요."

"대단하십니다그려. 많이 다닌 분들은 몇 번이나 오갔을까요?"

"글쎄요. 열대여섯 살이 되기 전에 첫길을 떠난다고 하더라도 불과 대여섯 번이면 제 나이가 되고 말지요."

"평생을 길 위에서 보내게 되겠군요."

"그렇지요. 길이 없으면 길을 내면서까지 어떻게든 길 밖으로 나가지 않으려고 노심초사를 하게 됩니다. 길이 곧 집이니까요."

애기를 듣는 사람들은 새삼 탄복했다. 길이 곧 집이라는 말에 이르러서는 꿈을 꾸듯 그들의 눈동자가 흐려졌다. 하늘을 나는 새들보다 훨씬 더 광활한 지상의 삶, 인간이 과연 평생을 그렇게 살 수도 있을까 싶었다.

달하는 마음속으로 그 광활한 삶을 동경했다. 달하라는 이름이 자기 이름이 틀림없다면, 그리고 그 이름이 어떤 운명에 의해 지어진 것이라면 자신에게도 그 피가 흐르고 있을 게 분명하다고 믿었다. 어느 때부터 한 자리에 정착하여 살다가 떠나기를 그냥 잠시 잊고 있었을 뿐, 그러다가 다행히 기억을 되살려 허겁지겁 다시 이 길에 나선 것이라고.

"눈이 내리기 전에 고원을 넘어야 한다면서 그리메 오랍은 왜 보내셨어요?"

달하는 엉뚱한 얘기를 하고 말았다. 자기 가슴속의 평온을, 들끓어 오르기 시작하는 열정을 스스로 깨는 말이기도 했다.

"그래, 그렇잖아도 그 얘기를 하려던 참이다. 우리는 내일 새벽에 길을 떠난다. 이틀이나 사흘쯤 뒤처진다고 하더라도 그리메는 우리를 너끈히 따라잡을 것이다."

에데사는 달하의 조바심 따위는 눈치 채지도 못하고 태평스럽게 대꾸했다. 그러자 달하의 얼굴이 순간 발그레하게 물들었다.

"그리메 오랍이 없으면 누가 우리를 보호해주죠?"

"보호?…… 융커가 약속하지 않았느냐? 그의 약속이라면 믿을 수 있을 게다. 그는 목적지에 도착할 때까지는 누구보다 든든한 보호자가 돼줄 거라고 믿는다. 물론 거기 떨어진 별을 보는 순간 생각이 바뀌겠지만, 그런 점에서는 나도 마찬가지가 아니겠느냐, 응?"

에데사가 호기롭게 웃음을 터뜨렸다. 그 웃음이 달하를 더욱 들썽거리게 만들었다. 그녀가 발끈하여 외쳤다.

"여태 함께 왔는데, 이제 따로 간다는 게 말이나 돼요?"

달하가 토라진 얼굴로 밖으로 나가버렸다. 에데사를 비롯해서 성기와 쇠불 등은 그 순간 그게 무슨 뜻인지를 새삼 깨달았다. 오랍이나 혹은 누이라고 서로를 부를 뿐 그들은 피 한 방울 섞이지 않은 남남이라는 사실을, 그리고 그들이 지금 한창 꽃피는 청춘이라는 사실도.


융커는 낙타 한 마리를 말 네 필과 교환했다.

눈썰미 좋은 낙타 상인은 그게 단골 상인인 에데사의 낙타였음을 한눈에 간파했다. 뿐만 아니라 에데사와 융커 사이에 뭔가 부당한 거래가 있었으리라고 짐작했다. 그래서 흠잡을 데 없는 우수한 놈인데도 불구하고 반값 정도에 후려친 것이다.

융커는 그래도 손해라고 여기지는 않았다. 아무래도 그에게는 상관없는 일이기 때문이다. 그도 말 한 필을 도로 팔아서 천막이며 음식 등 이것저것 필요한 것들을 장만했다.


칼리가 그리메의 옆으로 다가와 앉았다.

멀리 파미르 고원 쪽에서 불어온 바람이 칼리가 둘러쓴 천

조각을 휘날렸다. 그 바람에 조금은 비릿한 냄새 한 가닥이 실려왔다. 칼리의 젖 냄새였을 것이다. 그리메가 자기도 모르게 심호흡을 했다.

"내 고향은, 날 기다리지 않는다. 너희를 따라가겠다."

칼리가 그리메의 얼굴을 빤히 쳐다보며 말했다. 불빛에 비쳐진 그녀의 푸른 눈동자가 보석처럼 반짝거렸다.

"얼마나 험한 길이 될지 알 수 없다. 그러니 함께 가자 하고 권하지 못했다."

"나 또한 세상 끝을 보고 싶다. 너희가 찾는 걸 나도 놓치고 싶지 않다. 처음부터 아예 몰랐으면 몰라도…… 날 다시 데려가다오. 내 아이도 그걸 기다리고 있다. 누구보다 잘 버티고 있지 않느냐?"

칼리는 아이를 언급함으로써 그리메의 마음을 움직이려고 했다. 그녀답지 않게, 애원이라도 하는 듯 보였다. 그리메가 야칸 쪽을 바라보았다. 아이는 모닥불 옆에서 단잠에 빠져 있다.

"너도, 저 아이 운명도 가혹하구나. 전설 속에 나오는 어떤 새는 날지 않으면 죽는다고 했다. 어디든 내려앉으면 죽는다고 하더라. 너도 혹시 그런 새가 된 것이냐?"

"……."

칼리는 아무런 대꾸도 하지 않았다. 그리메가 말한 그 어떤

새를 떠올려보듯 눈을 들어 까만 하늘을 올려다볼 뿐이었다. 그 하늘은 끝없이 깊었다. 그리고 그 허공에 끈도 없이 매달린 별들이 둥둥 떠다니는 게 보였다. 그러다가 지상으로 떨어지는 별들도 이따금 눈에 띄지만…… 그 유성들처럼 그녀의 눈에서 눈물이 떨어졌다.

"이리 와라. 춥다."

상대에 대한 연민으로, 혹은 자기 자신에 대한 동정으로 그리메는 칼리를 끌어안았다. 눈물이 부끄러웠던 칼리가 그리메의 품에 얼굴을 묻었다. 그리고 자기의 옷섶을 열었다.

"미안하다. 내가 매번 널 귀찮게 만들었다."

"말하지 않아도 된다."

두 사람의 말은 하나의 몸뚱이에서 나는 듯했다. 누군가는 고백하고, 또 누군가는 말을 막으며 위로했다.

"너에게 미안해서 그랬다."

"말하지 않아도 안다. 너 아니면 나도 여기까지 오지 않았을 것이다. 널 끌어들인 게 나였으니까."

"나를 다시 데려가야 한다."

"……."

"데려가지 않으려면, 날 지금, 죽여야 할 것이다."

"……."

"모든 게, 모든 일들이…… 미안하다."

죽어 있던 모래들이 살아나면서 바스락거리는 소리가 들렸다. 칼리는 죽어가는 사람처럼 신음했고, 또 울었다. 칼리의 울음이 커질수록 모래가 살아나는 소리도 컸다. 그래서 칼리의 신음은 주술사의 주문처럼 신비롭고도 간절했다.


산으로 향하는 길에는 한붑이 행렬의 선두에 섰다.

지긋지긋한 사막을 벗어난다는 기대감으로 일행은 잔뜩 고무되었다. 곰을 피해가다가 범 만나는 격이지만 확실히 하룻강아지가 범 무서운 줄 모르는 법이다. 어쨌든 무성한 초목이 그리웠던 터라 저절로 신명이 날 수밖에 없었으리라.

달하는 행렬의 후미를 따라가면서 자꾸 뒤를 돌아보았다. 여자들의 본능적인 무기인 그 육감이라는 게 그녀라고 해서 없을 리 없었다. 더구나 달하는 부족의 무녀이기도 했다.

"해진 짚신짝 벗어던지듯 그냥 버려두고 오면 될 것을……
나쁜 사람!"

그녀가 중얼거렸다. 여자의 육감 때문인지, 아니면 무녀의 예지로 인한 것인지는 몰라도 불안감이 자꾸 그녀를 엄습했다. 그러나 가까운 듯 보이는 그 둘, 육감과 예지는 사실 서로를 방해하고 서로에게 상처를 입히는 관계라고 할 수 있다. 육감을 가까이 하려고 하면 예지가 그림자처럼 달아나고, 예지에 기대게 되면 육감이 연기처럼 흩어지기 때문이다. 그런데 그때 달하는 예지보다는 육감 쪽의 손을 붙들려고 애를 썼다. 그리메에 대한 걱정이 그녀를 그렇게 만들었다.

달하의 암담한 심사처럼 멀리 절벽을 닮은 고원이 보이고, 한뉨이 부르는 노랫소리가 아득히 들려왔다.


융커는 출발을 서두르지 않았다.

객잔에 그대로 머물면서 그는 오래도록 창밖을 건너다보았다. 구름 조각들이 고향 쪽으로 흘러가기도 했고, 더러는 그쪽에서 빠르게 다가오기도 했다.

거기서 한 발짝이라도 옮기면 고향은 그만큼씩 멀어질 것이다. 그는 한 치라도 더 가까운 곳에서, 한 시라도 더 오래 고향 땅을 향해 사죄하느라 정성을 다했다.


사막이 조금씩 달구어지기 시작할 무렵에야 그리메와 칼리는 낙타 머리를 되돌렸다. 새벽녘이 돼서야 늦잠에 빠져들었기 때문이다.

그들은 아무 말도 없이 낙타에 채찍질을 더했다. 빠르지는 않아도 놈들이 성큼성큼 내딛는 보폭은 컸다. 불과 하룻밤에 걸쳐 만리장성을 다 쌓았을망정 그들은 서로 마주보기를 꺼렸다. 그래서 애꿎은 낙타만 잔뜩 매를 맞아야 했다.

엉덩이가 부어오른 낙타들 덕분에 두 사람은 오래지 않아 다시 소륵으로 돌아왔다. 고작 한나절 남짓 갔던 길이라 먼 길이라고 할 수는 없었다. 그래도 낙타들은 거칠게 입김을 뿜어 댔다. 어떤 녀석은 아무 곳에나 침을 퉤퉤 뱉어가며 화풀이를 했다.

성문 초입의 낙타시장에서 차를 마시던 융커가 그들을 발견했다.

융커는 목욕을 하고 머리까지 다듬은 듯, 말쑥한 차림이었다. 그리메와 칼리는 거기 성문 밖에 우글거리는 거지떼보다 몰골이 나아 보이지 않았다. 융커가 혐오스러운 듯 눈을 찡그리며 그들을 막아섰다.

"왜 다시 돌아오는 것이냐, 혹시 저놈 때문이냐?"

대답도 기다리지 않고 융커가 다짜고짜 칼을 휘둘렀다. 가까스로 몸을 피한 그리메가 예닐곱 걸음을 사이에 두고 그와 마주섰다.

"아니다. 내가 원한 것이다."

칼리가 황급히 막아보려고 나섰으나 그 순간 융커가 재차 칼을 앞세워 공격했다. 그리메가 날쌔게 몸을 비키며 칼을 뽑

아들었다.

"오냐! 어차피 끝장을 봐야 할 일이다."

주변의 낙타들은 무릎을 꿇거나 선 채 그저 한가로이 되새 김질을 할 뿐이었다. 이를 악문 채, 그리메는 융커를 노려보았 다. 물론 그는 융커의 난데없는 광기를 이해할 수 없었다. 칼리 와 고향 사처를 위해 마련해두었던 융커의 포부를, 본의 아니 게 그 포부를 방해하고 나선 자신의 처지를……

그리메가 두 마리 낙타의 등과 등을 디딤돌 삼아 공중으로 몸을 날렸다. 놀란 낙타들이 술렁거리는 사이 융커는 낙타를 묶어둔 기둥을 차며 높이 뛰어올랐다. 그리고 그들은 거의 동 시에 상대의 허점을 파고들었다. 누군가 한 사람은 치명상을 입을 게 뻔했다.

그 순간이었다. 두 사람 사이에서 무릎을 꿇고 앉아 있던 낙 타가 몸을 크게 뒤뚱거리며 벌떡 일어서버렸다. 깜짝 놀란 그 리메는 아슬아슬한 순간에 손목의 힘을 가까스로 풀었다. 그 의 칼끝이 벌써 낙타의 목에 이르러 있었다. 그는 누란의 사막 에서 목이 달아나던 새끼 낙타를 떠올리며 식은땀을 흘렸다.

상대 허리를 베려고 이미 수평으로 그어졌던 융커의 칼은 멈춰지지 않았다. 아니, 멈출 수도 없었다. 다만 그의 칼도 낙 타를 베지는 않고 놈의 옆구리를 스쳤다. 그 바람에 낙타털이 무수히 잘려져 허공에 흩날렸다.

"좋다! 정히 그러하다면 나와 이 아이를 먼저 죽여라."

호흡을 가다듬으며 다시 상대를 겨누고 선 사내들 사이로 칼리가 끼어들었다. 그녀는 야칸을 머리 위로 들어올렸다. 칼을 겨눈 사내들보다 칼리에게서 뻗치는 살기가 더 날카로웠다.

먼저 칼끝을 아래로 내린 건 그리메였다. 융커도 마지못한 듯 칼집에 칼을 찔러넣었다. 둥글게 울타리를 치며 몰려들었던 구경꾼들이 비로소 깊게 숨을 토해냈다. 뭔가 잔뜩 기대를 걸었던 사내들은 아쉬운 듯 입맛을 쩝쩝 다시기도 했다. 운 좋게도 잔등의 털을 베이는 데 그친 낙타 놈도 뭘 알고 그러는지 입을 삐쭉거렸다.

햇빛이 녹주에 선 초목들의 그림자를 길게 늘어뜨렸다. 나뭇잎들은 광채를 받아 빛이 났다. 사실 두 사내의 결투를 중단시킨 건 그 강렬한 태양이었는지도 모른다. 하늘의 또 다른 이름!…… 그게 아니라면 둘 사이의 살벌한 칼춤이 왜 매번 싱겁게 끝나고 마는지 알 길이 없었다.


성기 일행은 산으로 들어서기를 주저하면서 걸어온 길을 자꾸 뒤돌아보았다.

"예서 좀 기다려야 하지 않을까요?"

성기가 에데사의 동의를 구하며 조심스럽게 물었다. 누가 봐도 산적들이 진을 치기에는 최적의 장소가 틀림없다. 소륵이 가까운 데다가 언제든 치고 빠질 수 있는 깊은 산이 뒤편에 자리하고 있어서 천혜의 요새지였다.

"그래야겠지요. 놈들은 벌써 어딘가에서 우리를 엿보고 있을지도 모릅니다. 대상의 세력이 약하면 덮치지만 이건 안 되겠다 싶으면 못 본 척하고 슬그머니 길을 터주는 놈들이지요."

"좋다. 천막을 세우고 좀 쉬어가기로 한다."

성기가 결정을 내렸다. 한시라도 빨리 숲 속으로 들어가기를 원했던 이들이라 모두 아쉬워하는 기색이 확연했다. 산자락은 그들 코앞에 끝없이 펼쳐져 있다. 비록 산하는 다를지언정 고향 여우난골에 돌아온 것처럼 초목의 향기를 깊이 들이켜보고 싶은 마음이 굴뚝같았다.

모래바닥에 앉거나 혹은 드러누운 채로 그들은 모두 고향 생각에 잠겼다. 여우난골도 물론 편안한 곳은 아니었다. 한나라 지방군에 속해 있는 떨거지 병사들은 산적이나 다름없었다. 아니, 드러내놓고 노략질을 할 수 있었으니까 산적 따위에 비할 바도 아니었다. 재물을 빼앗고 여자들을 겁탈하고, 걸핏하면 사람을 살상하고…… 그래서 하늘에 대고 빌고 빌다가 급기야 고향을 떠나온 게 아니던가!

"아니, 저놈들은 뭘까요?"

한밝이 소리 질렀다. 한 떼의 인마가 산에서부터 달려내려
오는 게 보였다. 창칼을 치켜든 것으로 보아 산적이 확실했다.
놈들은 앉아서 기다리다 못해 마중까지 나오는 모양이었다.
족히 스무 놈 가까이 되는 듯했다. 그들은 순식간에 다가왔다.

"이 더러운 한나라 돼지 놈들아, 좀이 쑤셔서 살겠느냐?"

놈들의 앞에 선 자가 외쳤다. 돼지를 닮은 건 바로 그였다.
머리칼과 수염이 삐쭉삐쭉 솟아서 영락없는 멧돼지였다.

"아니, 이놈들은 사적(沙賊)이요, 산적(山賊)이요?"

에데사의 말을 떠올렸는지 아홉이 질겁해서 물었다.

"넋 빠진 놈아, 삼적(三賊)이든 사적(四賊)이든 그게 무슨
상관이냐?"

쇠불이 아홉에게 핀잔을 주며 앞으로 나섰다. 그도 엉겁결
에 신소리를 늘어놓고 말았다.

"우리는 한나라 돼지들이 아니다. 아사달에서 왔다. 동이족
이란 말이다. 아느냐?"

"어느 집 돼지든 상관없다. 너희가 무엇이든 짐이나 모두 풀
어놓고 가거라. 목숨만은 살려줄 수도 있느니라."

놈들이 말과 낙타 등에 실린 짐들을 풀어헤치기 시작했다.

속절없이 당할 판이라 저항은커녕 일행은 몸을 꼼짝하기도 힘들었다.

"낭패로군요. 놈들이 설마 이곳에 나타날 줄은 미처 예상치 못했습니다."

에데사가 탄식을 했다. 성기가 가만가만 그의 손등을 두드렸다. 그때 도적의 우두머리가 달하를 유심히 살피더니 입 꼬리를 서서히 올렸다. 오랜 햇볕 속에서도 그녀의 얼굴은 여전히 해끔해서 두드러져 보였던 것이다.

"넌 계집년이 아니냐? 애들아, 이년부터 챙겨야겠다."

말이 떨어지자마자 도적 두 놈이 달하에게 달려들었다. 달하가 그 순간 비수를 꺼내들었다. 도적들은 잠시 멈칫했지만 이내 능글맞게 웃어대기 시작했다.

"다치지 않게 조심해서 다루어라. 식구들을 늘리는 데 써야 할 계집이다."

"이놈들!"

한붉이 고함을 치며 벌떡 일어섰다. 파미르 고원 저쪽에 메아리가 생길 만큼 쩌렁쩌렁한 소리였다. 그 바람에 얼굴에 난 일곱 개의 상처가 제각각 살아서 꿈틀거리는 것처럼 보였다. 그는 도적들이 주춤한 사이 달하에게 달려가 그녀를 가로막고 섰다.

"아씨, 뒤로 물러서세요."

뒤로 물러선다고 해도 몸을 피할 곳은 없었다. 그래도 한붑의 정성은 참으로 돋보였다. 하지만 그걸로 끝이었다. 도적 중의 한 놈이 순식간에 그의 복부에 창을 깊이 찔러넣었다. 한붑은 그 창날을 두 손으로 움켜쥔 채 모로 쓰러지고 말았다.

"아저씨!"

달하가 한붑을 얼싸안으려고 다가서자 도적들이 달하의 뒷덜미를 잡아챘다. 그러자 이번에는 불사위가 앞으로 나서며 그 도적놈의 목을 쳤고, 또 다른 도적이 그의 옆구리를 칼로 그었다. 쌍둥이 형제였던 불모루가 처음 다쳤던 부위, 그런 뒤 불사위 자신도 원인을 알 수 없이 아프다고 했던 바로 그쪽 옆구리였다.

"나서지 마라. 이러다가는 모두 죽는다!"

성기가 울부짖듯 외쳤다. 실제로 그의 눈에 눈물이 가득 맺혀 있었다. 그때 그는 뿌옇게 흐려진 시야를 헤집고 달려오는 말과 낙타 들을 보았다. 그는 처음에 그게 그리메와 칼리려니 하고 여겼다. 그런데 융커였다.

융커가 일행을 구했다. 그의 무술은 햇빛이 반짝이는 사막 위에서조차 눈부실 만큼 화사했다. 스무 명의 도적이 아니라 백 명이라고 해도 거칠 게 없을 것 같았다. 그에 비하면 도적들은 차라리 허수아비만도 못해 보였다.

한붑은 죽었다. 고향 여우난골을 떠올리기에 가장 좋은 장소에서 사십 평생을 내려놓고 말았다. 그는 여우난골의 여우들처럼 죽기 직전에 혼신의 힘을 다해 동쪽으로 고개를 돌렸다. 하지만 안타깝게도 눈에 가득 들어오는 건 드넓은 사막의 모래뿐 더 이상은 없었다. 그가 흘리던 피눈물은, 그곳에서 비로소 멎은 셈이었지만.


다행스럽게도 불사위의 부상은 그리 심각하지는 않았다.

아홉이 마른 약초를 찧어서 그를 치료하고 상처를 싸맸다. 에데사가 지닌 약재도 요긴하게 쓰였다. 지구상의 동쪽 끝과 서쪽 끝의 약재가 그 한가운데서 만나 불사위를 구했다.

파미르 고원의 초입, 동쪽이 멀리 내려다보이는 자리에 일행은 한붑을 묻었다. 그 이름처럼 큰 북이 되어 자나 깨나 둥둥 소리내어 울어달라고, 성기가 그의 무덤 앞에서 주문했다.

달하의 슬픔은 컸다. 아버지를 잃은 데 이어 아버지를 모시던 사람조차 갔다. 더더구나 그는 자신을 보호해주려다가 죽음까지 당했다. 그녀의 슬픔을 조금이라도 진정시킨 건 그리메의 등장이었다. 그런데 그와 함께 칼리가 돌아옴으로써 그 기쁨은 반감될 수밖에 없었다.

융커는 한붑의 장례를 먼발치에서 지켜보았다. 그리고 그들 일행이 출발하기를 기다려 전처럼 일정한 거리를 두고 뒤따라가기 시작했다.

그곳 소륵은 일행이 가야 할 전체 노정의 꼭 절반쯤 되는 지점이었다. 그러니까 지나온 길만큼을 더 걸어야 그들의 길은 끝이 나도록 이미 예정되어 있었다. 돌아오는 길은 아예 접어두고라도…… 일행의 운명이 그랬다. 여우난골에서 여정을 시작한 일행만 보면 그 숫자도 절반 가까이 줄어든 듯했다.


쇠붑은 자신의 불괭이를 아꼈을 뿐만 아니라 자나 깨나 그걸 개량하기 위해 애썼다.

그는 우선 부싯깃을 비단 조각이나 목화솜 뭉치로 대체하는 데 성공했다. 그전까지 부싯깃 재료는 두말할 나위도 없이 마른 쑥이었다. 그런데 쑥은 구하기도 힘들뿐더러 자주 눅눅해지는 문제가 있었다. 그의 새 불괭이는 반 뼘 정도는 더 진화한 셈이었다.

"백마 엉덩이나, 흰 말 궁둥이나!"

아홉이 그게 그거라고 중얼거리며 입을 삐쭉거렸어도 쇠붑은 여간 기뻐한 게 아니었다. 그는 전에 불괭이가 바로 켜지지 않았을 때 크게 낙담했던 게 분명했다. 그때도 불괭이를 얕잡아본 사람이 아홉이었다.

"나중에 때가 되거든, 불쾌인지 불범인지 그걸 나한테 파시구려. 낙타 두 마리 값은 쳐드리리다."

에데사는 진정으로 불쾌이를 신기해하고 또 그 가치를 인정해주었다. 어른 주먹 크기에 불과한 쇳조각이 낙타 두 필이라는 데 이르러서는 아홉의 입이 그만 쩍 벌어지기도 했다. 에데사라면 세상 물정을 모르는 사람이 아니었다. 그런 그가 제시한 가격이 낙타 두 마리였다.

부싯깃 문제가 해결되자 쇠불이 연구한 건 부싯돌이었다. 불쾌이는 부시[3]와 부싯돌, 부싯깃을 한 자리에 모아 단 하나의 동작으로 불을 일으키는 도구다. 그런데 그는 부싯돌 대용으로 장안에서 구입했던 화약을 응용해보려고 애썼다. 허나 그일은 쉽지 않았다. 무엇보다, 쉽지 않은 데서 일이 끝나지도 않은 게 문제였다.

화약은 참으로 고약한 성질을 지닌 흙이었다. 놈은 내내 쥐죽은 듯 지내다가도 어느 순간 팩 돌아서며 성깔을 부리곤 했다. 그 성질이 곧 폭발이었고, 폭발로 인해 쇠불은 왼발 정강이

---

3) 부싯돌을 쳐서 불이 일어나도록 만드는 작은 쇳조각, '부쇠'라고도 하며 주머니칼을 접어놓은 모양을 하고 있다.

에 큰 화상을 입고 말았다.

"마른 쑥 뭉치를 다 버리려고 하셨지요? 그걸 주워놓았던 게 참말 다행입니다."

아홉은 어느 때보다 진지했다. 그가 마른 쑥을 술에 개어 조석으로 쇠불의 정강이에 붙여주었다. 물론 에데사의 약재도 한몫을 했다. 그러나 화약으로 덴 상처는 좀체 아물지 않았다. 그게 또 화약의 성깔이기도 했다.


화약 독은 지독했다.

조금 가라앉는가 싶었던 쇠불의 상처는 무슨 맘을 먹었는지 안에서부터 곪아 터지기 시작했다. 상처에서는 구더기까지 번식했다. 쇠불은 말이나 낙타를 탈 때도 여간 불편해하지 않았다. 발을 들어올려서 타거나 아예 누워서 가야만 했다.

아홉의 치료법도 바닥이 나서 기껏해야 거머리를 잡아 고름을 빨게 하는 일 외에는 없었다. 그럴 때면 쇠불은 간지럽다고 신음을 내지르곤 했다.

"대월지국이 멀지 않으니 다녀와야 할 듯합니다. 약을 짓든 의원을 데리고 오든…… 혹시 모르니 제 수하를 여기 두고 가겠소이다. 저애도 파르티아 출신이니 불편함은 좀 덜 수 있겠지요."

에데사가 자원해서 나섰다. 자신이 불괭이 얘기를 꺼내는 바람에 일이 발생한 것이라고 미안해하던 에데사였다.

"제가 보필해드리지요."

그리메도 스스로 나서며 말했다. 그렇지 않았더라도 에데사는 필경 그에게 따르라고 했을 터였다.

"좋다. 그리 멀지는 않은 곳이다."

"이번엔 저도 가겠어요."

달하가 얼른 말에 올라타며 입을 앙다물었다.

"멀지 않으니 굳이 그럴 것도 없다."

"아니에요. 반드시 가겠어요."

에데사는 달하의 심정은 헤아리지도 않고 그저 심드렁한 표정으로 말했고, 달하는 완강하게 자신의 뜻을 밝혔다. 좋은 일에 자신이 결코 빠질 수 없다는 말투였다.

"그래? 그럼 좋다. 함께 다녀오자."

이번에도 에데사는 심드렁했다. 어쨌거나 상관없다는 어조였다. 그렇게 해서 에데사를 따라 달하는 그리메와 동행하는 데 성공했다.

"오늘이 무슨 날인지 아세요?…… 우리가 여우난골을 떠난 지 꼭 일 년째 되는 날이에요. 돌떡이라도 좀 사올게요."

출발하기 직전, 한껏 들뜬 낯빛으로 달하는 일행을 둘러보며 말했다. 같이 다녀올 수 있게 해준 것에 대한 답례로 알려주는 얘기 같았다. 그 말을 듣고 정강이가 간지럽다고 울상을 짓던 쇠불도 탄성을 내질렀다. 그리고 그는 불현듯 동쪽으로 고개를 돌렸다. 일 년이 아니라 삼 년, 혹은 사 년이나 오 년쯤 세월이 흐른 게 아닌가 하고 그는 속으로 셈을 해보는 듯했다.

에데사 일행이 길을 떠나자 남은 이들은 그곳에 천막을 쳤다.

그날 밤, 눅눅한 바람이 불어오더니 급기야 비가 내렸다. 날씨는 쌀쌀했지만 누구라고 할 것도 없이 그들 모두가 밖에 나와서 그 비를 맞았다. 쇠불도 예외는 아니었다.

"이게 우리가 아는 그 빗방울일까?"

아홉이 너스레를 떨 만큼 일행은 모두 비를 반겼다. 도대체 비라는 게 과연 있었을까 싶기도 했다. 그도 그럴 것이 거의 일 년 가까이 비를 구경하지 못했던 것이다.

비는 한 식경 가까이 내리다가 그쳤다. 밥 한 끼쯤 먹을 만큼의 시간이니까 아쉬운 감이 없지 않았지만 비를 구경한 것으로도 천운이었다. 그들은 다시 천막으로 들어가 젖은 옷들을 쥐어짰다. 그러느라고 말들이 불안스레 몸을 뒤척이는 소리를 일행은 듣지 못했다.

어두운 그림자들은 소리없이 다가왔다. 그들에게서는 양고기 냄새 같은, 비린내가 물씬 풍겼다. 칼리가 누구보다 먼저 낌새를 채고 칼을 뽑아들었지만 이미 늦은 뒤였다.

대월지국은 큰 강을 끼고 자리잡은 나라였다.

끝없이 이어질 것 같던 고원의 높은 산길이 발을 편하게 내려뻗은 곳에 왕국은 자리하고 있었다. 숲은 울창했고, 때마침 한겨울인데도 날씨는 선선해서 밤에만 좀 한기를 느낄 정도였다.

"어머, 여기는 세상에 없는 게 없는 것 같네."

달하는 신기한 이국 풍경을 구경하느라고 걸음이 자꾸만 뒤처졌다. 대리석으로 지어진 큰 건물들과 생전 듣도 보도 못했던 신기한 꽃과 과일들이 그녀의 눈을 휘둥그렇게 만들었다.

"떡을 사야 할 텐데……."

그녀가 떡 핑계를 대면서 저잣거리 쪽으로 향해 갔으면 하는 뜻을 은근히 내비쳤다. 눈요깃거리가 저자에 잔뜩 쌓여 있었기 때문이다. 에데사가 마지못한 듯 달하의 바람대로 점포가 즐비한 곳으로 발걸음을 옮겼다.

달하는 떡을 사지는 못했다. 세상에 없는 게 없는 것처럼 보이는 나라에도 없는 건 있다. 헌데 그 비슷한 게 있기는 했다.

밀가루를 반죽하여 화덕에 구운, 떡 아닌 떡이 그것이었다. 달하는 일행의 입맛을 걱정하며 그걸 구했다.

그리메는 이방인들의 창과 칼에 관심을 보였다. 재질은 무엇인지, 칼날은 어떻게 세웠는지 등을 꼼꼼히 살폈다. 에데사는 쇠뿔의 약을 구하느라 정성을 다했다. 함께 오지 못한 사람들을 위해 모두가 정성을 바친 것이다. 그 살뜰한 마음도 곧 헛되이 물거품이 되고 말았지만.


성기와 쇠뿔 일행은 계속 끌려갔다.

밤이면 하늘의 별을 보고 서남향으로 길을 잡아 가고 있다고 짐작해보는 건 가능했다. 하지만 서남이고 동북이고 가는 데를 알 수 없으니 장님 둠벙 들여다보는 것보다 나을 리 없었다. 그들은 꼬박 하루 밤낮을 걸어간 뒤에 수용되었다.

쇠뿔은 고통을 이기지 못하고 젖은 빨랫감처럼 바닥에 구겨져버리고 말았다. 일행이 그를 반듯이 눕히자 더욱 끙끙 앓는 소리를 냈다. 칼리가 눅눅해진 찻잎을 제 입으로 씹어 물에 푼 다음 그걸 쇠뿔의 입에 흘려넣어주었다.

"지미, 우린 어찌 되어서 한나절도 그냥 순순히 흘러가는 법이 없더냐? 바위 지나면 낭떠러지, 낭떠러지 끝나면 물굽이!"

아홉의 장탄식을 뒤로 하고 성기는 주변을 찬찬히 둘러보았다. 관솔불과는 차원이 다른 종류의 불들이 사방 벽에 일렬로 가지런히 놓여 있는 게 눈에 띄었다. 다가가보니 용기에 담겨 있는 기름은 말로만 들어왔던 석유가 틀림없었다.

"배화교(拜火敎)⁴다!"

성기는 자기도 모르게 소리를 질렀다. 안식국에 불을 섬기는 이들이 살고 있다는 얘기를 풍문에 들었던 기억이 떠올랐다. 그게 사실이라면 자신들은 지금 불구덩이 한가운데 와 있는 셈이다. 성기가 몸을 후르르 떨었다.


빗물에 정신을 팔린 건 융커도 마찬가지였다. 뒤늦게 그는 성기 일행이 누군가에게 납치됐음을 알고 당황했다.

─우선은 에데사와 그리메를 기다려야 하는 걸까

융커는 잠시 궁리했다. 하지만 융커는 생각을 오래 하지는 않는 사람이었다. 그는 머뭇거리지 않고 일행을 추적하기 시작했다. 다행히 비가 내린 뒤라 그들이 지나간 발자취는 희미

---

4) 중동의 박트리아 지방에서 자라투스트라에 의해 세워진 종교. 조로아스터(본명 자라투스트라 스피타마)에 의해 창시됐기 때문에 흔히 조로아스터교라고 부른다. 그의 생애는 전설 외에 거의 알려져 있지 않다. 그는 방랑생활을 하다가 서른 살에 이르러 천사장을 만났다. 조로아스터는 그에게서 참된 신은 아후라 마즈다이며 조로아스터 자신이 바로 그의 예언자라는 사실을 듣게 된다. 이때부터 조로아스터는 진리를 전하기 시작했고, 때로 미친 사람 취급을 받으며 투옥되기도 했다. 77세가 되던 해 큰 전쟁이 있었는데, 그는 거룩한 불(聖火) 앞에 서 있다가 적군에 의해 살해당했다.

하게나마 남아 있었다.

－그래, 그놈이야 스스로 지키겠지.

융커는 그리메를 떠올렸다. 때를 노려 성기 일행을 구출해서 대월지를 가다보면 그리메나 에데사에 대해서는 얼마든지 수소문이 가능하리라고 믿었다.

"그대들은 누군가? 어찌하여 이방인이 그곳에 머물러 있었던가?"

배화교 제사장이 성기 일행을 향해 한꺼번에 두 가지의 질문을 했다. 성기는 장차 내뱉게 될 자신의 발언에 모든 이들의 목숨이 걸려 있다는 걸 직감했다.

"지혜와 진리를 찾아 길을 떠나왔습니다. 몸이 편찮은 동료가 있어 잠시 쉬고 있었을 뿐입니다."

"진리라고?"

"그렇사옵니다."

"어디서 온 것인가?"

한 고비는 무사히 넘었다는 생각이 들어 성기는 안도의 한숨을 내쉬었다. 제사장의 표정은 온화했다. 뿐만 아니라 그는 진리라는 말에 반색하는 듯했다. 성기는 동쪽 끝 해 뜨는 나라에 대해서 장황하게 설명했다.

"그렇다면 제대로 찾아왔다. 더 이상 헤맬 필요가 없어졌다. 우리는 오로지 하나의 주인을 섬긴다. 그것은 마즈다(Masda)[5], 곧 지혜다. 저 불빛처럼 환하고 밝은 지혜, 그게 우리의 주인이다."

"하오나……."

"너희는 운이 좋았다. 지혜의 불빛이 너희를 이곳으로 이끌었다. 그러니 마즈다에게 우선 경배하라. 성실하게 불을 돌보는 일, 그게 우리의 예배다. 남은 얘기는 그 다음에 하라."

제사장이 일행을 향해 손가락을 뻗었다. 물러가라는 표시였다. 지혜에 대한 언급이 목숨을 구한 셈이었다. 하지만 그 지혜가 그들을 묶어두려고 하고 있다. 그때 쇠불이 입을 열었다. 금방이라도 꼬꾸라질 듯 힘겹게 서 있던 그였다.

"저희도 불을 섬기는 자들이오이다."

"뭐라고?"

성기 일행을 끌어내리던 사제들이 잠시 주춤했다. 쇠불이 혼신의 힘을 다해 외쳤다.

"우리도 하늘을 숭배하고, 지혜를 믿고, 불을 섬긴다는 말이

---

5) 조로아스터교는 아후라 마즈다(Ahua Masda)를 창조신으로 삼는다. 이 아후라 마즈다를 중심으로 선과 악의 질서 및 세계를 구분하는 게 특징인데, 이러한 이원론적 교리는 그리스도교, 유대교, 이슬람에 영향을 준 것으로 알려지고 있다.

오. 믿지 못하겠거든, 당신들이 앗아간 불괭이를 가져와보시구 려."

쇠불은 불괭이의 모양새에 대해 얘기했고, 사제 하나가 달려가 불괭이를 찾아왔다. 그리고 몸이 불편한 쇠불을 대신해서 칼리가 불괭이를 손에 들었다. 그녀의 동작이 몹시 조심스러웠다.

불괭이는 칼리가 작동하자 대번에 눈을 번쩍 떴다. 그 순간 쇠불이 쓰러지고 말았다. 비로소 긴장이 다 풀려버렸는지도 모른다. 허나 불괭이의 효과는 컸다. 좌우에 시립하고 섰던 사제들뿐만 아니라 제사장의 눈까지도 그 불만큼이나 휘둥그레 커졌다.

그리메는 마땅히 남아 있어야 할 사람들이 눈에 띄지 않자 몹시 걱정했다.

그들은 근처를 샅샅이 찾아 헤맸다. 융커를 의심하기도 했지만 그들 역시 종적을 알 수 없었다. 다행스럽게 끔찍한 일을 당한 것 같지는 않았다. 어디에도 그런 흔적은 보이지 않았다.

"걱정하지 마라. 짐작되는 게 있으니 내가 잠시 다녀오마. 그 안에 혹시 일행이 돌아올지도 모르니까 너희는 이곳을 지키고 있어라."

뭔가 골똘히 생각하고 있던 에데사가 지시했다.

"만약 우리끼리도 서로 만나지 못한다면 어찌할까요?"

달하가 용의주도하게 물었다.

"그런 일이 생기거든 대월지로 가서 아르타바란 이름의 낙타 상인을 찾아가 도움을 청하라."

"아르타바!……"

달하가 그 이름을 되뇌어보는 사이 에데사가 회초리를 휘저어 낙타를 일으켜 세웠다. 잠시 후 그는 사막이나 다름없는 황량한 민둥산을 넘어 사라져갔다. 그가 떠난 방향으로 해가 기울었다.


배화교 성전 안에서 어떤 일이 벌어지고 있는지 알 도리가 없었던 융커는 결단을 내렸다. 제 발로 그곳을 찾아간 것이다. 그런데 그의 우려는 그야말로 기우에 지나지 않았다.

쇠불은 극진한 치료를 받기 시작했고, 나머지 일행에 대한 접대도 융숭했다. 처음 한순간, 융커는 아차 싶었지만 곧 제 발로 걸어 들어오기를 잘했다고 느꼈다. 배화교 교도들은 그에게도 성기 일행과 똑같은 대우를 해주었기 때문이다.

이게 순전히 불꽹이 하나의 덕분이었을까?

그렇다고 여길수록 일행에게는 우스꽝스러운 일이 되는 셈이었다. 그러니 그게 아니라고만 할 수도 없었다. 불팽이는 아직도, 쇠불이 원래 고양이라는 뜻으로 이름을 붙인 것처럼, 눈 뜨고 살아 있는 생물이 분명했다.

"그날, 아무 일도 없었던 거지?"

사막에 남아 꼼짝없이 밤을 새우게 된 그리메와 달하는 고적했다. 그 적막을 깨는 달하의 목소리가 조심스러웠다. 조심스럽게 꺼내지 않았다가는 이미 지난 어떤 일에 마가 끼어들어 과거를 바꿔치기라도 하는 것처럼.

"뭘 말이냐?"

그리메는 짐짓 모른 체하고 말을 받았다. 달하가 몸을 더욱 밀착시켰다. 밤공기가 쌀쌀했지만 추위 때문만은 아니었다. 그녀 가슴속에서 저절로 익어가는 사랑이 그렇게 만들었다.

"칼리넌 바래다준다고 갔을 때 말이야."

달하는 몸이 달떠서 콧소리를 냈다. 바보 같은 그리메가 그녀를 떼어내며 소리를 높였다.

"칼리가 쓰는 말투를 빌려서 한마디 묻자. 너희 여자들은 왜 항상 의심하는 것이냐? 왜 항상 마음의 병을 스스로 키우는 것이냐?"

"흉내도 내지 마. 오랍이 그렇게만 말해도 난 눈물이 터져."

달하의 눈에서 금세 눈물방울이 굴러떨어졌다. 그리메가 천천히 그녀의 어깨에 팔을 둘렀다가 이내 거칠게 끌어안았다. 그리고 달하의 콧잔등을 흘러와서 입술에 고인 눈물방울을 제 입술로 닦았다. 달하가 소리를 내어 울었다.

그리메는 주저하면서, 그리고 자꾸 주변을 돌아보면서 달하의 옷자락을 열었다. 그럴 필요는 없었다. 하지만 의식 한가운데 똬리를 틀고 있는 오누이라는 인식은 좀체 물러나려 하지 않았다.

달하는 달랐다. 주저하는 그리메의 손가락을 비틀어버리고 싶은 심정이 들기까지 했다. 우리는 피 한 방울 섞이지 않았다고, 이제 처음으로 피를 섞어 서로가 비로소 가까이 다가서는 것이라고 믿었다. 그녀의 생각이 옳았다. 아니, 그녀의 사랑이 그리메의 사랑보다는 더 컸다.


시간의 물굽이는 모든 사람에게 동일하게 흘러가지는 않는다. 누군가는 계곡 물줄기의 빠른 시간에 휩쓸려가고 또 누군가는 깊은 강물의 시간 속에 잠겨 있기도 한다. 그래서 웅덩이처럼 그냥 고여 있는 듯 보이는 시간이 있는가 하면 폭포처럼 한꺼번에 쏟아지는 시간도 있는 법이다.

"그들은 무사할까? 우리처럼 무사할까?"

배화교 성전에서 지내는 성기와 쇠불의 시간은 조바심으로 인해 마구 쏟아지면서 흘러갔다. 그들은 에데사 일행을 데려올 수 있도록 이미 조치를 취했다. 그래서 날랜 이들이 떠났지만 마음은 여전히 조급했다. 그게 그들의 시간이었다.

그리메와 달하의 시간은 웅덩이에 갇힌 물처럼 고여 있는 듯했다. 시간이야 어떻게 흐르든 상관하지 않았기 때문인지도 모른다. 이런 경우 무료하고 지치는 건 사람이 아니라 시간 쪽이다.

"우리가 어디까지 왔을까?"

시간뿐 아니라 장소가 어디든 상관하지 않을 것 같던 그리메가 새벽이 되어 혼잣말하듯 물었다. 달하는 제 품속에서 구리거울을 꺼내어 찬찬히 들여다보았다.

"잠시 기다려봐, 오랍."

달하가 입 안에 물을 머금었다가 그리메의 가슴에 뿜더니 그 위에 모래를 뿌렸다. 그리고는 손가락으로 모래를 움직여 어떤 형상을 만들어냈다. 구리거울에 새겨진 천문도와 얼추 비슷했다.

"여기가 장안, 옥문관은 여기, 누란은……."

간지럼으로 인해 웃음을 참고 있던 그리메가 더 이상은 견디지 못하고 달하를 덥석 끌었다. 그러자 그리메가 아닌 달하가 웃음을 터뜨렸다.

초목도 없는, 심지어 바람조차 불지 않는 황무지에서 그들이 다시 바람을 일으키기 시작했다. 쇠불 박사가 대장간에서 쓰던 그 풀무처럼 바람이 일었다. 그리고 그 바람은 간밤의 어떤 바람보다도 더욱 세고 또 격렬했다.

바람이 이윽고 잦아들고, 그리메는 물을 마시기 위해 손을 뻗었다. 그런데 물이 바닥이었다. 그는 깜짝 놀라 일어나 낙타 잔등의 큰 물자루를 살폈지만 그곳도 이미 텅 비어서 마른 가죽소리만 버석거렸다.

— 이대로 머물다가는 죽고 만다!

섬광 같은 게 그리메의 머릿속을 관통하고 지나갔다. 물을 찾아야 했다. 그런데 물이 확실한 곳은 대월지국뿐이다.

"대월지의 낙타 상인 이름이 뭐라고 했지?"

"아르, 아르타바!"

달하는 무슨 일인지도 모르는 채 그저 잠꼬대를 하듯 웅얼거렸다. 꿈인지 생시인지, 그 무엇이든 깨지 않으려고 작정한 듯했다. 그리메가 그런 그녀를 깨워 서둘러 대월지로 향했다.

물이 없으면 바람도 일지 않는다.

"같이하지 못하여 송구합니다."

쇠불이 불편한 다리를 뻗어가면서까지 바닥에 무릎을 꿇었다. 아홉도 그 옆에 꿇어앉아서 머리를 조아렸다.

"어젯밤 이런 생각을 했다네. 내 부족을 끌어안고만 있을 게 아니라 민들레처럼 만방으로 흩어지게 하는 게 낫지 않았을까 하고. 그러니 미안하게 여기지 말게."

성기의 목소리가 모처럼 굵게 목을 빠져나왔다. 그가 쇠불과 아홉을 일으켜 세웠다.

"신성을 확인하시거든 저희에게도 기별해주시기만 학수고대하겠습니다."

"그럼세. 이곳 일대에도 사막여우가 살고 있으니, 여기 또한 여우난골일세. 두 분 박사들은 그 점을 잊지 마시게."

"부디 평안하시기를 빕니다."

쇠불은 눈물을 흘리고, 아홉은 끙끙 앓는 소리를 냈다. 쇠불은 건강 때문에, 그리고 아홉은 쇠불 혼자만 남겨둘 수 없다면서 장정을 접었다. 말을 달려 야영지를 다녀온 배화교 교도들은 에데사와 그리메 등의 일행이 이미 떠나고 없다는 사실을 보고했다. 그러니 어차피 쇠불과 아홉을 남겨두기로 결정한 이상 한시라도 빨리 일행을 찾아나서야 했다. 이별이 빠를수록 좋은 이유였다.

"저희 길라잡이가 대월지까지 무사히 안내해드릴 것입니다.

필요하면 안식국까지 다녀오라고 이미 일러두었습니다. 부디 지혜의 큰 빛을 찾으시기 바랍니다."

배화교의 제사장도 성전 앞마당에 나와서 떠나가는 이들을 배웅했다.

"이곳에서도 지혜의 불이 꺼지지 않기를 빕니다. 때마침 쇠불 박사의 불팽이가 있어 은혜의 일부나마 갚아드릴 수 있었습니다."

"내일은 한 해가 새로 시작되는 날[6]입니다. 새 태양이 비칠 테니까 일이 순탄할 것입니다."

"고맙습니다."

다시 허리를 굽힌 성기와 칼리, 그리고 불사위가 말에 올랐다. 오아시스에서 잘 자라는, 잎이 치마처럼 크고 넓은 나무가 몸을 흔들었다. 그 나무 사이로 여우난골의 동굴 제당에 걸렸던 것과 같은 형상의 깃발이 자꾸 펄럭거리는 게 보였다.

제사장은 헤어지기 직전, 엄청난 의미가 담긴 말을 했다. 그러나 성기 일행의 귀를 특별히 잡아끌지는 못했다. 그도 그럴 것이 한 해가 가고 오는 게 그리 의미심장하지는 않았기 때문이다. 심지어 제사장조차 그저 단순하게 기복의 의미로만 새

---

6) 서기 1년 1월 1일.

해의 도래를 언급했을 뿐이다.

그 새해는 'AD 1년'으로 역사에 기록될 예정이었다. 신의 나이[7]는 이제 비로소 한 살이 되었다.


시간에도 어쩌면 틈이란 게 존재하는지 모른다. 문틈이나 바위틈처럼…… 시간조차도 치밀하지 않을 수 있다는 뜻이다. 그 틈새에 놓인 사람들은 이 때문에 서로 만나지 못한다. 그냥 같은 공간만을 공유할 뿐.

그렇지 않다면, 그리메와 에데사 성기 등으로 뿔뿔이 흩어진 무리가 서로 만나지 못한 일을 설명할 도리가 없어진다. 물론 시간 가운데 틈이 있는 게 아니라 촘촘하게 엮인 것처럼 보이는 공간 사이에 그 틈이 있어왔던 것인지도 모른다. 그리하여 같은 시간상에 놓여 있으면서도 공간의 틈새에 갇혀 서로를 알아보지 못했는지도.

뒤늦게 배화교 마을을 찾은 에데사는 그들이 벌써 대월지를 향해 떠나갔음을 알았다. 융커도 뒤따라갔다고 했다.

에데사는 다시 숙영지로 돌아왔지만 이번에는 그리메와 달

---

7) Anno Domini. 라틴어. 우리는 흔히 서기(西紀)라고 말하지만 직역하면 '신의 나이'가 된다.

하를 찾을 수 없었다. 그들이 천막을 쳤던 곳, 양탄자가 깔렸던 그 자리만 모래가 움푹 팬 채 꽉꽉 다져져 있는 게 눈에 띄었을 뿐이다. 에데사는 모래바닥을 바라보다가 빙그레 미소를 지었다. 두 젊은이가 몸으로 다져놓은 모래판이 따뜻하게 보였다.

난데없는 바람이 불어와 패어진 모래구덩이를 조금 메웠다. 그리고 잠잠하던 바람이 또 불어오면서 구덩이에 모래를 조금 더 채워넣었다. 모래시계가 흘러내려 모래를 쌓듯, 시간을 쌓듯……

# AD 1년

베이루트의 노예시장은 크게 붐볐다.

낙타와 말을 취급하는 시장이 노예시장과 서로 이웃을 하고 있었다. 지중해의 푸른 파도가 출렁거리는 게 한눈에 바라보이는 곳이었다. 바다 때문에 베이루트를 떠도는 바람은 어디서나 눅눅했다. 그래서 사람들은 노예들이 내쉬는 한숨 때문일 것이라고 믿었다.

"오늘도 나타나지 않았어. 우리가 헤어진 게 벌써 몇 달째야?"

달하가 풀이 죽은 표정으로 제 근심을 털어놓았다. 그리고 한참 동안 손을 꼽아보았다.

"여섯 달이 꼬박 지났어. 여섯 달이라고!"

"우선 돌아가자. 안식국의 노예들은 모두 이곳에서 거래된다고 했으니까 언젠가는 나타나겠지."

그리메가 바다 쪽으로 고개를 돌리며 한숨을 쉬었다. 처음에는 소금기를 품은 바람이 역겹기도 했지만 이제는 견딜 만했다.

"오랍, 우리가 옥문관에서 에데사 아버님을 처음 만났을 때 생각나? 난 그때 사실은 우리가 노예로 팔려가는 줄 알았어."

"걱정도 팔자다."

"그래서 아버님 일행을 노예로 넘긴 게 혹시 그분이 아닐까 의심하기도 했지. 그리고 또 있어. 우리가 대월지에서 아르타바란 낙타 상인을 통해서 그분을 다시 만났을 때도 노예로 끌려가지나 않을까 걱정했지."

"들으면 섭섭하시겠다. 우리가 이렇게 편히 지내는 것도 다 그분 덕인데."

"그렇긴 해."

두 사람은 천천히 발걸음을 옮기기 시작했다. 풀잎 끝에 여름이 끝나고 가을이 오는 게 보였다. 아침나절인데도 풀잎들은 전처럼 생기를 머금고 있지는 않았다.

"나도 사실은 의심을 한 적이 있다만, 이제 비로소 어른들의 생각을 어렴풋이나마 이해할 것도 같다. 부르암 아버지와 날

낳아준 생부, 그리고 지금 우리를 기다리고 있을 에데사 아버지까지, 세 아버지가 꿈꾸던 일을!"

"오랍 철드는 걸 내가 기어코 보게 되는 셈이네?"

"그래, 그런 셈 치자. 허나 희생이 너무 컸다. 그게 아직도 불만이다."

그리메가 달하의 어깨를 감싸안았다. 입고 있는 옷 때문인지는 몰라도 그들은 특별히 이방인 같다는 느낌은 들지 않았다. 의복에 가려진 얼굴도 마찬가지였다.

"아버지는 늘 그러셨어. 희생이 없이는 풀 한 포기도 나지 않는 법이라고."

"제사를 지내는 종족은 으레 동물을 잡아 제단에 올렸단다. 소가 됐든, 양이 됐든, 돼지가 됐든…… 그걸 두고 희생이라고 말하는 걸 나도 안다. 말하자면 보다 큰일을 위해 목숨을 바치는 일이지."

"옛날에는 사람을 잡아서 제단에 올리는 일도 있었다지?"

달하가 그리메를 올려다보며 물었다. 수염에 덮인 그의 눈이 깊어 보였다.

"그건 잘 모르겠다."

"무서워라!"

달하가 몸을 떨면서 그리메의 허리를 바짝 껴안았다. 두 사람은 항상 걷곤 하던 것처럼 해안가를 따라 느릿느릿 걸었다. 훈련이 잘된 병사들처럼, 끝없이 늘어선 종려나무가 반듯하게 열을 지어 선 채 그들을 지켜보았다.

역사의 탄생 순간을 두고 우리는 흔히 '이루어졌다'라는 표현을 쓴다. 토성을 쌓듯, 오랜 시간에 걸쳐 소망하는 것들을 차곡차곡 쌓아야 비로소 가능해지는 일이기 때문이다. 그러지 않으면 이미 이루어진 역사라 해도 금세 무너지고 만다.

그 소년이 그곳에 앉아서 기다리고 있었다. 역사를 이루기 위해서였다.

종려나무가 끝나는 곳에서 그리메와 달하는 다시 발걸음을 돌렸다.

"오랍, 저애 좀 봐. 오늘도 메뚜기를 잡아서 뭔가 찍어 먹고 있어."

"글쎄, 참 희한한 아이다. 매일 저렇게 나와 있는 거 같지?"

소년의 나이는 일고여덟 살쯤이나 됐을까? 눈빛이 맑은 데도 불구하고 눈동자만큼은 초점을 잃은 듯 흐릿해 보였다. 그 때문에 달하는 그리메의 팔을 잡아끌었다. 그때였다.

"내일은 아침 일찍 나와야 해요."

소년[1]이 메뚜기에 시선을 고정시킨 채 입을 열었다.

"뭐라고? 너 지금 우리한테 얘기한 거냐?"

"내일은 일찍 나와야 한다고요."

"……?"

소년이 남은 메뚜기들을 모두 날려보냈다. 여전히 고개는 숙인 채로…… 달하가 소년 앞에 쪼그리고 앉았다. 새롭게 익힌 이방인의 언어를 구사하기 위해 그녀가 잠시 망설였다.

"우리가 누굴 기다리고 있는지 알고 있니?"

소년이 대답 대신 고개를 끄덕거렸다. 달하와 그리메가 놀라 서로를 돌아보았다.

"우리가 누군지, 왜 여길 찾아왔는지도?"

"언니들은 그냥 놀러 온 게 아니라 하늘이 보냈어요. 그래서 알 수 있죠."

소년이 처음으로 눈빛을 빛냈다. 그런데도 불구하고 피곤한 표정이었다. 달하는 소년의 무릎 앞으로 더욱 바짝 다가갔다. 소년의 말에 맞장구를 치려고 하늘을 가리켜보이려 했지만 태양은 구름 속에 숨어 보이지 않았다. 할 수 없이 달하는 품속

---

1) 이 소년을 만약 성경에 등장하는 등가(等價) 인물로 바꾼다면 물론 세례자 요한이 될 것이다. 나이 차가 걸림돌이라면 상상을 통해 넘어설 일이다.

에서 구리거울을 꺼냈다. 그리고는 자신이 새겨넣었던 문양을
소년에게 내보였다.

"알 만하니? 알 수 있겠어? 여기가 바로 우리가 온 곳인
데……."

달하가 침을 삼키며 조바심을 냈다. 지푸라기라도 잡고 싶
어 하는 심정이었다.

"그럴 줄 알았어요. 나라를 되찾으려고 하죠? 언젠가는 그
렇게 될 거예요. 아주 오랜 후에, 전과 똑같은 이름의 나라를
갖게 될 거예요. 언니들 손자의 손자, 그 손자의 손자, 까마득
한 손자들 얘기니까 기다리진 마시구요. 그리고 나중에 그 나
라는 지금 이 그림과 아주 비슷한 무늬로 나라의 상징[2]을 삼게
될 거예요."

"그래? 고맙구나!"

"또 있어요. 그 깃발을 갖게 될 때쯤, 언니네 후손 중의 누군
가[3]가 이곳을 다시 찾게 될 거예요. 물론 언니들처럼 직접 오

2) 『역경』에서 말하는 바처럼, 태극은 음양의 근원이자 통일체라고 할 수 있다. 태극
기의 중심 문양 역시 이 태극을 나타내고 있다. 필자는 이에 더해서 천손신앙을 지녔
던 유목민들이 스스로를 강화하고자 공통적으로 그려보던 하늘이라는 고향, 그 상징
인 태양 형상에서도 근원의 일부를 찾아야 한다고 믿는다.
3) 전도(傳道), 전파(傳播), 전래(傳來) 등의 용어를 살펴보면 알 수 있듯이 종교는 그
특성상 이교도 지역에는 전도사의 파견과 더불어 피동적으로 전해지기 마련이다. 그
런데 우리나라는 세계에서 그 유래를 찾아볼 수 없게 자발적인 천주교(기독교) 도입

지는 않고 멀리서 마음으로만 이곳을 찾을 거예요…… 지금 언니들이 여기 와서 뿌리고 가는 곡식의 열매를 그때 가서 수확하게 되는 셈이죠. 이게 다 놀랍게도 한 가지 인연으로 시작됐어요. 언니들이 여기까지 찾아온 거!……"

"우리들도 볼 수 있는 일이란 말이지?"

호기심이 동하는지 그리메가 다그쳐 물었다.

"아뇨. 아까 말한 대로 언니들이 볼 수 있는 일은 결코 아니에요."

"에이, 재미없다. 그럼 혹시 우리가 어디까지 가야 하는지도 알 수 있을까?"

"유대 왕국이죠, 머."

소년은 재고할 필요도 없다는 듯 단숨에 그 이름을 입에 올렸다. 그리메와 달하가 다시 서로의 얼굴을 바라보았다.

"유대?…… 거기에 뭐가 있는데?"

"그 아이!……"

짧게 말을 마친 소년이 자리에서 일어났다. 무엇엔가 쫓기듯 많은 얘기를 한꺼번에 쏟아내던 소년이 정작 마지막 내뱉

이 이루어진 곳이다. 1783년, 이승훈(李昇薫)은 북경에서 영세를 받은 뒤 천주교 서적을 들여옴으로써 선교사보다 성경이 먼저 국내에 도입되는 기록을 세웠으며 스스로 찾아가서 입교(入教)했다는 진기한 교회사를 남겼다.

은 말은 그 세 음절뿐이었다.

메뚜기를 찍어 먹던 것이 무슨 독한 술이라도 되는 양, 소년이 비척거리며 걸음을 옮겼다. 몹시 피곤한 기색이었다. 그 때문에 달하와 그리메는 어디론가 가고 있는 소년을 붙들지도 못했다.


"소년의 얘기가 틀림없으면 좋겠구나."

새벽 일찍 노예시장에 도착한 에데사가 주먹을 쥐었다 폈다 하면서 기대감을 숨기지 못했다.

"예감이 좋아요, 아버님."

달하는 소년을 믿는 눈치였다. 그 자신도 한때는 하늘의 목소리를 듣고 그 기미를 읽던 무녀였기 때문에 더욱 그랬는지도 모른다. 소년이 미래 혹은 하늘을 읽어내는 방식은 독특했다. 어떤 매개체를 통하는 게 아니라 그냥 독자적으로 직접 보고 말하는 듯했다.

"만약 사실이 아니면, 우리끼리 유대를 찾아가볼까?"

"사실이 아니라면 유대를 가볼 필요도 아예 없는 셈이죠."

"그렇지! 그렇구나."

에데사와 달하가 말을 주거니 받거니 하는 사이에 마차 두 대가 다가왔다. 그 안에는 양떼라도 실은 것처럼 노예들이 빼곡하게 들어차 있는 게 보였다.

"성기!…… 성기 형제가 어디 있소?"

에데사가 마차 가까이 다가서며 고함을 쳤다. 달하도 발뒤꿈치를 바짝 들고 서서 미친 듯 팔을 내저으며 무슨 말인가를 자꾸 외쳐댔다.

"여기다! 여기 다 있다!"

놀랍게도 칼리였다. 그녀는 야칸을 안은 채 손을 정신없이 흔들어댔다. 일행은 그쪽으로 우르르 몰려갔다. 불사위가 성기를 일으켜 세우는 게 보였다. 그리고 그들 뒤쪽으로 날카롭게 눈을 빛내고 있는 사내, 융커도 보였다.

"내 물건에 함부로 손대지 마시오!"

노예 상인이 허공에 채찍을 그었다. 달하는 눈물을 찍어 누르고, 그리메는 마차에 묶여 있는 일행들을 벌건 눈으로 응시했다. 그들은 살갗이 새까맣게 그을렸을 뿐 다행히 몸은 상하지 않은 듯했다.

"걱정하지 마시오. 내가 다 구해드릴 테니까."

에데사가 일행을 안심시켰다. 그 사이 마차가 서고 요란스런 종소리가 귀청을 때렸다. 경매의 시작을 알리는 종소리였다.

일행 중에서는 융커가 가장 먼저 경매장에 올랐다. 융커는 꼿꼿하고 당당한 모습으로 자기 스스로를 돋보이게 만들었다. 로마 귀족처럼 행세하는 자가 그를 샀다.

"축하하네. 제 발로 수만 리를 걸어와서 노예가 됐으니."

그리메가 다가가서 조롱의 말을 앞세웠다. 실은 빈정대거나 조롱하기보다는 오랜만에 재회하게 됐다고 아는 체를 한다는 게 기껏 그 모양이었다.

"그런가? 이곳 유력인사를 모실 수 있게 됐으니 그 또한 즐거운 일이라네."

융커가 싱긋 웃으며 맞받았다. 그는 태평스런 표정으로 새 주인의 마차에 실려갔다.

두 번째는 칼리였다. 그녀 역시 독기가 서린 눈을 치뜨며 조금도 굴하지 않는 채로 자신의 경매에 임했다.

"빵도 물리고 국수도 질릴 때가 있습죠. 그때 한 번씩 이방 음식을 입에 넣으면 어떻습니까? 이년이 이방 음식을 만들어 줄 수 있는 년이올시다. 아이를 하나 낳았지만 아직 쉰내가 날 정도는 아니니까요. 자, 보시죠."

경매인이 너스레를 떠는가 싶더니 칼리의 저고리를 확 잡아당겼다. 그 바람에 그녀의 젖가슴이 그대로 드러나고 말았다. 드러나는 정도가 아니라 분노가 치밀어 도발적으로 발딱 서서 대드는 듯했다. 그 순간 칼리가 경매인을 향해 침을 뱉었다.

"이년, 아직도 칼칼하지요? 이년이 메고 있는 악기는 그저 덤이고, 아이를 합친 가격으로 경매를 시작하겠습니다."

에데사가 그리메와 달하를 불러 뭔가 속삭였다. 그리고 세 사람이 다같이 입찰에 나섰다. 칼리는 결국 그리메에게 낙찰되었다. 풀 수 없는 수수께끼를 만난 듯 달하가 고개를 잠시 갸웃거렸다. 칼리를 사는 값은 에데사가 지불했다.

에데사의 수하 한 사람을 빼면 성기는 일행 중에서 마지막 경매 대상이었다. 하지만 그에게는 응찰자가 아무도 없었다. 그 바람에 얼마 되지도 않는 낮은 가격에, 그것도 가장 빨리 입찰가를 적어낸 그리메에게 팔렸다. 아들이 아버지를 돈으로 산 셈이었다. 그 일 역시 무슨 수수께끼 같았다.


그날 저녁, 에데사가 묵고 있는 숙소에서는 잔치가 열렸다. 전처럼 양 한 마리와 포도주가 통째로 나왔다. 다만 전에는 삶은 양고기였으나 이번에는 통구이였다.

"그런데 어쩌다가 융커까지 노예가 됐을까요?"

"우릴 구하려고……."

달하가 묻는 말에 칼리가 불쑥 나서더니 그만 말끝을 흐렸다. 칼리의 아이는 혼자서 욕심껏 고기를 뜯을 만큼 부쩍 자라 있었다.

"그 친구, 진짜 사내라고 부를 만했습니다. 솔직히, 배운 바도 적지 않았지요."

불사위가 조심스럽게 운을 떼면서도 열을 올렸다. 그리메는 제 얘기라도 하듯 귀를 바짝 세워 듣더니 말없이 고개를 끄덕거렸다.

"우리를 뒤쫓아야 하니까, 그래야 자신의 일을 해낼 수 있을 테니까!…… 그는 그런 사내다."

칼리의 말에 그리메가 다시 고개를 끄덕였다. 그러더니 자리에서 일어섰다. 불사위가 눈을 동그랗게 떴다.

"형님, 어딜 가시려구요?"

"바람이나 좀 쐬어야겠다. 세상 끝인 줄 알았는데 여긴 지중해(地中海)[4], 땅 가운데 바다라고 한다. 왠지 몰라도 내가 이곳까지 와서 갇혀버린 기분이다."

"지도 같이 가면 안 될까요?"

불사위가 어렵게 청했다. 그리메가 빙긋이 웃으며 고개를 흔들었다. 그리고 한마디 말을 곁들였다. 그가 남긴 말은 알쏭달쏭하면서도 묘한 울림을 남겼다.

---

4) 지중해에 대한 원래 사전적 의미는 땅 한가운데 바다라는 뜻. 바다 대부분이 거의 육지로 둘러싸여 있기 때문이다.

"아니다. 내 맘속의 감옥은 내가 부숴야만 한다. 감옥을 지은 사람이 바로 나이기 때문이다. 그렇게 하지 않으면 나는 영원히 자유롭지 못하게 된다."

먼 바다 위로 초승달이 떴다.

어두워지는 바다를 배경으로 뜬 달은 안식국 무사들의 칼처럼 등이 휘어졌으면서도 모서리가 날카로웠다. 손을 잘못 뻗다가는 베일 것도 같았다.

낮은 구릉에 세워진 한 저택 안마당에는 기름을 먹인 횃불이 활활 타올랐다. 그곳 건물 한쪽 모서리에 세워진 횃불이 조금 일렁이는가 싶더니 검은 그림자 하나가 나타났다가 순식간에 사라졌다. 그림자는 저택 곳곳을 살피며 빠르게 움직였다.

창고처럼 보이는 허름한 건물 출입문 앞에는 사내 하나가 망을 보고 있는 게 눈에 띄었다. 그림자는 사내의 뒤로 다가가 그의 목을 꺾었다. 그리고는 창고 안으로 들어섰다.

"그리메인가? 참으로 너희에게선 마늘 냄새가 진동하는구나."

"목을 따러 왔다네."

"그런가? 그럼 내 목을 내 손으로 주울 수 있도록 먼저 결박을 풀어줘야겠군."

"개살구 지레 터지는 소리구나. 그렇게 여유 있지는 않을 텐데?"

"이미 찾아올 줄 알았다네. 남의 손을 빌리는 건 싫고, 언제든 자네 손으로 날 직접 베어보겠다는 수작이겠지. 아닌가?"

"청명(淸明)에 죽으나 한식에 죽으나 그 차이 없음을 잘도 아는군."

말에 담긴 뜻으로 보면 그리메는 융커가 한 말을 시인하는 듯했다. 실제로 그는 융커에게 다가가 양 손을 묶은 결박을 풀어내려고 애썼다. 사슬은 손발에 다 채워져 있었다.

"웬 놈들이냐?"

이제 겨우 손의 결박을 풀었을 뿐인데 쇳소리가 사람들을 불러모으고 말았다. 그리메는 급한 대로 몸을 날려 앞서서 다가오는 자의 창을 빼앗아 융커에게 던져주었다.

"서둘러라, 융커. 여기서 죽으면 넌 노예로 죽는 것이다."

"오냐, 나 또한 원치 않는 일!"

"이방인의 창을 제대로 쓸 수나 있겠는가?"

"창날을 손으로 잡고 자루 쪽을 찔러대는 것이겠지."

주고받는 말이 정겨운 가운데 그들은 저택의 사병들과 맞섰다. 그들 뒤쪽으로는 사병들을 지휘하고 있는 집주인의 모습이 보였다. 새벽에 융커를 샀던 자가 틀림없었다. 그리메가 그를 향해 곧장 길을 열며 나아가 목에 칼을 들이댔다.

"모두 물러서라고 하라."

"네놈들이 숨을 곳은 없다. 여긴 네놈들이 사는 곳이 아니기 때문이다."

"저놈을 사들인 값이 아깝다면 모두 죽게 될 것이다. 참으로 그런가?"

"……."

그리메가 칼날을 더욱 바짝 들이댔다. 귀족처럼 보이는 집주인의 얼굴이 횃불에 번들거렸다. 머리칼뿐 아니라 구레나룻이 무성해서 횃불을 갖다 대면 금방 얼굴 전체에 불이 붙을 것 같았다.

"저자의 족쇄를 풀어라. 그렇게 하면 네가 지불한 노예 값은 갚아주마."

"네 말을 어찌 믿을 수 있는가?"

그리메는 그 말을 듣더니 잠시 망설였다. 집주인뿐만 아니라 사병들까지 모두 죽일 수는 있다. 하지만 그렇게 되면 더 큰 문제를 야기할 게 분명했다.

그는 생각 끝에 허리춤을 뒤져 염낭 하나를 꺼냈다. 함부로 낭비해서는 안 될 물건이어서 처음에는 염두에 두지 않았던 것이기도 했다. 하지만 그는 미련을 날려버리듯 공중으로 주머니를 던지더니 그 아가리를 정확하게 칼로 잘라낸 다음 나머지 부분을 칼날에 올려 상대의 눈 앞으로 들이밀었다.

"보면 무엇인지 알 것이다."

"......!"

횃불에 비친 그것들은 노랗게 반짝였다. 달빛처럼 맑은 그 빛은 귀족의 마음을 충분히 사로잡고도 남았다. 그 역시 허리춤의 열쇠를 풀어 융커의 발밑에 던졌다.


저택에 잠입할 때 하나였던 그림자가 나올 때는 둘이었다. 두 개의 그림자는 서로 겹치지 않았다. 이따금 멀리서 빛이 비칠 때만 잠시잠깐 그림자의 일부가 포개질 뿐이었다.

"이제 빚은 다 갚은 셈이다. 그러니 네 길을 가라."

"너는 세상에 많은 빚을 지었다고 여기는 놈이로구나. 그럴 것도 없는데 말이다."

늦게 말한 자가 먼저 자리를 떴다. 남은 자는 해안 길을 따라서 왔던 길을 터벅터벅 천천히 돌아갔다. 그새 바다에 뜬 달은 어깨 높이만치 올라왔다.


베이루트를 떠나기 전날 저녁, 성기와 에데사는 달하를 앞세워 해안가로 나왔다. 종려나무 길이 끝나는 곳에서 소년을 기다려볼 참이었다. 그렇지만 소년은 끝내 모습을 보이지 않았다. 근처 마을을 돌며 수소문해보았지만 소년에 대해 아는 사람조차 없었다.

   ─이런 곳에 무엇이 있을까?

   달하는 유대에 들어서자 깊은 의구심부터 품지 않을 수 없었다. 의외로 척박한 땅이었기 때문이다. 웬만한 곳은 그저 바위투성이였고, 흙이 쌓인 곳이라 해도 초목이 자라는 경우는 많지 않았다. 땅에서는 먼지가 풀풀 날리거나 아니면 더러운 진창길이었다. 길거리에는 말보다 나귀가 대부분이어서 그로 인한 선입견도 썩 좋지는 않았다.

   ─하늘이 과연 이런 땅을 선택했을까?

   달하가 거듭 혼잣소리를 하고 고개를 갸웃거리기도 했다. 그러다가 다른 일행과 눈이 마주치면 갑작스럽게 여러 번 눈을 깜박거리곤 했다.

   융커가 칼리의 숙소를 찾아왔다.

   유대에 도착한 뒤로 칼리는 일행과 떨어져 따로 숙소를 잡았다. 서로 멀지는 않은 곳이었다. 유대에 무엇이 있든 없든 이제 더 향해갈 곳은 없다. 모두가 그렇게 믿었다. 칼리가 따로 방을 얻은 이유도 그 때문이었다.

"널 여기까지 잡아끈 힘은 무엇이냐?"

융커는 푸른 눈에 연민의 마음을 가득 담아 칼리를 바라보았다. 하지만 칼리는 그 눈길을 일부러 피하는 듯했다.

"칼리, 네가 여기까지 와야만 했던 이유가 무엇이냐고 물었다."

"저 아이 때문이지."

"아이?"

"너처럼 단순한 사내들은 이해하지 못한다."

"단순하다는 말이 가슴에 와 닿는구나. 나는 너 때문에 명령을 어겼다. 그러나 또한, 널 위해서 명령을 지키려고 한다."

"아직도 한나라에 기대할 게 남았느냐? 이제는 헛된 망상을 접어라. 그래야 남은 길이라도 보일 게 아니냐?"

"……?"

"임무를 마치면 손바닥만 한 땅이라도 한 조각 떼어주겠노라는 언질을 받았겠지? 그 땅에 부족들을 불러모아 새 왕국을 세우겠다고?…… 네가 지금껏 쫓아온 저들 동이 무리와 너 사이에 차이가 있다면 바로 그것이다."

"나는 저들처럼 하늘 따위는 상관치도 않고 입에 올리지도 않는다. 지상의 일조차, 지상에서 칼리 네 마음조차 멀어졌는데 하물며 하늘에게 빌어서 구할 게 있겠느냐?"

"너는 그나마 하늘까지 잃은 셈이지."

"그래? 그런가?"

"네 우직함이 너 자신을 찔러대는 순간을 곧 내 눈으로 볼 수 있겠구나."

"그래. 넌 좋은 구경거리를 얻게 되겠지."

융커의 말투가 고분고분해졌다. 그가 칼리에게 다가가 가볍게 어깨를 감싸안았다. 어쩐지 칼리는 거부하지 않았다. 저주에 가깝게, 최후를 언급한 뒤끝이라서 그런지도 몰랐다.

"그때가 오면 네가 가까이에서 꼭 지켜봐다오. 내가 나 자신 융커를 베는 걸!"

"아이 이름은 야칸이다."

칼리가 순간적으로 아주 뜻밖의 사실을 발설했다. 다른 일행은 다 알고 있을망정 융커에게는 알리지 않았던 이름이기도 했다. 융커는 놀란 듯 눈을 치떴다.

"야칸?…… 야칸?"

"그 아이 할아버지의 왕국이었던 야르칸드에서 땄다."

융커가 그 이름을 입 안에 두고 몇 번씩이나 굴려보았다. 칼리의 두 볼을 타고 눈물이 주르륵 쏟아져내렸다. 작고 푸른 호수가 만들어낸 눈물은 소금기를 잔뜩 머금은 듯 그녀의 얼굴에서 하얗게 부서졌다.

# 유대

"어느 나라에서 오시었소?"

유대 궁정 관리는 성기와 에데사, 그리메 등 세 사람을 정중하게 맞아들였다. 수염이 텁수룩한 데다가 옷차림까지는 그럭저럭 봐줄망정 한눈에 봐도 멀리서 온 이방인이 분명해 보였기 때문이다. 일행은 얼른 대답하지 못했다.

"우리는 동방 해 뜨는 나라……."

성기가 우물쭈물 얼버무리고 말았다. 나라가 사라진 지 백년이 넘었으니 조선이라고 대답할 수도 없고, 그렇다고 아무리 궁할지언정 한나라를 들먹일 수는 없었다.

"나라 이름을 왜 제대로 밝히지 않소? 우리가 파르티아나 힌두(印度)조차 모를까봐 그러시오?"

관리가 조금은 짜증스런 표정을 지었다. 그러자 성기의 코맹맹이 소리가 울려나왔다.

"우리가 안식이나 연독(身毒)[1]에서 왔다면 머뭇거릴 게 뭐 있겠습니까? 이미 망한 나라에서 왔으니 그저 동방(東方)이라고만 아뢰어주시구려. 해가 뜨는 곳이라오."

성기의 말에는 가시가 들었다. 페르시아나 인도는 유대 왕국보다 비할 바 없이 넓고, 한나라 역시 유대보다 클뿐더러 문명이 더 발달한 곳이다. 그러니 나라 이름을 밝히지 않을 턱이 없다. 만약 대진국[2] 시민들이 작은 나라 유대에 왔다면 나라 이름조차 똑바로 대지 못하고 우물쭈물하겠느냐는 뜻이었다.[3]

"그렇다면 사신으로 온 게 아니며, 당연히 아무런 관직도 없다는 뜻인가요?"

"우리는 단지……."

성기가 다시 우물거리는 순간, 에데사가 한 발 앞으로 나섰

---

1) 인도 지역 옛 이름 가운데 하나인 연독(身毒). 몸 신(身) 자를 쓰기 때문에 흔히 '신독'으로 오독하는 경우가 많다.
2) 대진국(大秦國). 옛 로마제국을 칭하는 중국식 표기.
3) 동방박사가 누구였는지에 대한 정확한 자료는 전해지지 않는다. 페르시아의 점성술사, 혹은 인도 몇몇 지역의 왕일 것이라는 주장 등이 비교적 설득력을 지니고 있을 뿐이다. 하지만 이런 주장에는 본문에서 밝히고 있듯 치명적인 의혹이 남는다. 오늘날의 상황에 비유하자면, 미국이나 프랑스에서 한국을 찾아온 이들이 어느 나라에서 왔느냐는 질문에 동방이나 서방이라고 우물쭈물 대답하는 일과 다름아니다. 그러니 그들은 페르시아인도, 인도인도 아니라는 추측이 가능해진다.

다. 그러더니 자랑스럽게 말했다.

"우리는 모두 박사(博士)들이라오."

궁정 관리가 뒤통수를 얻어맞기라도 한 듯 멍한 표정을 지었다. 성기가 에데사를 보며 미소를 치어 보였다. 따지고 보면 임자 없이 흘러가는 냇물 한 바가지 떠주는 적선에도 미치지 못할 박사 제수(除授)였다. 그런데 그나마 쓰일 데가 생긴 것이다.

그리메가 앞으로 나서며 둘둘 말아놓은 비단 몇 자를 궁정 관리에게 내밀었다. 그들 일행에게 그게 아직도 좀 남아 있다는 게 신기했다. 물론 그게 마지막이었다. 관리의 눈이 휘둥그레졌다.

"아, 세리카(serica)[4]!⋯⋯"

관리가 신음을 뱉듯 탄성을 내질렀다. 그도 비단에 대해 알고 있는 듯했다.

"좋소. 그냥 동방의 박사들이라고 해둡시다. 우리 왕국의 경사를 축하하러 오신 분들이니 왕을 알현케 해드립니다. 잠시 기다리시지요."

---

4) 로마인들은 처음에 비단을 '세리카'라고 불렀다. 비단을 지칭하는 동시에 값비싼 피륙이라는 뜻을 지닌 한자어 '시(絲)'에서 유래한 말이라고 한다. BC 1세기경에 이미 비단은 로마에 전해졌으며 중계무역으로 인해 아주 비싸게 거래되었다.

관리는 탕 소리가 나도록 손바닥으로 탁자를 치면서 일어나 밖으로 나갔다. 성기가 새삼스럽게 에데사의 손을 움켜쥐고 세게 흔들었다.

궁궐 바깥 돌담에 기대어 칼리는 공후를 꺼내들었다.

야칸은 그녀 옆에서 띄엄띄엄 걸음을 옮기며 즐거워했다. 두 발로 서거나 걸음을 옮겨보려는 시도 자체가 곧 놀이가 되는 시기였다.

정성껏 현을 조율한 칼리가 처음으로 줄 하나를 골라 뜯었다. 팽팽해진 현이 부르르 떨며 맑고 투명한 음을 온몸으로 토했다. 아이가 제 엄마에게 다가오더니 공후에 손을 뻗었다. 아이의 손이 닿은 공후는 떨림도 공명도 없이, 그저 끅끅 신음소리를 냈다.

유대의 왕[5]이 그를 알현하러 온 이들을 호기롭게 살폈다.

왕은 짓궂은 일들을 앞장서서 도모하거나 즐기는 사람처럼 보였다. 신 과실을 입에 문 듯 웃고 있는 그의 미소를 보면서

---

5) 베이루트에서 주인공 일행이 만난 소년의 존재처럼, 이 유대 왕을 성경에 비춰보면 '헤롯'이 된다.

성기는 그런 생각을 했다. 사실 여부와는 상관없이 그냥 성기가 느낀 첫인상이 그랬다.

"보다시피 이곳에는 새로운 왕도 없고, 왕자들도 새로울 게 없다. 너희가 오해한 게 아니냐?"

"그럴 리가 없사옵니다."

유대의 왕이 묻자 성기는 단호한 음성으로 대답했다. 에데사가 그의 말을 통역했다.

"무엇으로 그리 확신하느냐?"

"저희는 오랜 세월에 걸쳐 천문을 살폈사온데, 세성의 뒤쪽에서 별 하나가 분화되더니 일순 그 어미별보다 밝아지는 걸 관찰하였사옵니다. 하늘이 만왕 중의 태왕(泰王)을 내신 증좌이며, 그 신성이 비춘 곳이 바로 이곳이었습지요."

"그게 언제 적 일인가?"

"스무 달쯤 전이옵니다."

"한데 왜 이제야 찾아온 것인가?"

"별을 처음 목격하자마자 달려왔으나 워낙 먼 곳이어서……."

"스무 달 전[6]이라, 대저 그렇겠구나!…… 어쨌거나 그 아이

6) 성경에 의하면, 동방박사들이 다녀간 직후 유대 왕 헤롯은 두 살 이하의 사내아이를 모두 죽일 것을 명한다. 이 사실로 미뤄볼 때 당시 예수의 나이는 한 살에서 두 살

가 지금 살아 있다면 두 살이 아직 다 되지 못하였겠다. 그렇지?"

"그러하옵니다."

"너희가, 너희끼리 본 별로 그 아이를 찾아도 좋다. 다만 그 아이를 찾거든 나에게도 기별해주었으면 한다. 왕 중의 왕이 틀림없다면 나 또한 경배를 드려야 하지 않겠느냐?"

묻는 대로 꼬박꼬박 대답하고 있다가 성기는 순간 아차 싶은 생각이 들었다. 별의 탄생이 유대 왕궁과 상관없다면 목숨이 위험해질 수도 있는 일이었다. 자신들뿐만 아니라 그 아이까지도⋯⋯.

"소인 무리는 이만 물러갈까 하옵니다."

"좋다. 그대들로부터 유익한 얘기를 들어 즐겁도다. 가라."

성기가 에데사와 그리메를 이끌고 서둘러 왕궁을 물러나왔다. 목숨을 부지한 것만으로도 천만다행이었다. 어쩌다가 그런 무모한 짓을 했는지 모골이 쭈뼛해질 지경이었다.

---

사이일 가능성이 높다. 그렇다면 동방박사는 예수가 탄생한 지 적어도 1년이나 지난 뒤 비로소 그곳에 나타난 셈이 된다. 그들 존재가 만약 성서학자들의 주장처럼 인근의 페르시아나 인도인들이었다면 그렇게 늦어야만 했던 이유를 어떻게 변명할 수 있을까? 이건 명백한 직무유기다. 그러니 이 박사들은 너무 먼 곳에서 오느라고 20개월쯤 소요될 수밖에 없었던 게 아닐까? 그리고 그들은 하늘의 신탁을 간절히 받아야만 했던, 태평성대의 어떤 존재들이 아니라, 참으로 사정이 다급했던 다른 민족은 아니었을까?

아니나 다를까, 일행이 물러가자마자 유대 왕의 신하가 아뢰었다.

"대왕께서는 어찌 즐거워하십니까?"

"내가 즐겁지 않아야 할 이유라도 있는가?"

장난기 가득한 얼굴로 왕이 신하에게 물었다.

"이미 우리가 근심하던 일로 멀리 동방에서까지 사람들이 찾아왔거늘 어찌 태연하십니까?"

"그 아이가 누군지 알 수 없었는데, 이제 비로소 확인할 수 있게 되었다. 태연한 게 아니라 실은 안심하고 있는 것이다."

"그러하면 이제 명을 내리시지요."

"좋다. 이 모든 게 그 별 때문이다. 그러니 이 또한 하늘의 일이로다."

그때였다. 병사들에게 이끌려 또 한 사람의 이방인이 들어섰다. 놀랍게도 그는 융커였다. 에데사 수하가 그의 뒤를 따르고 있었다.

"넌 또 누구냐?"

"한 제국 북군에 소속된 교관 융커라고 하옵니다."

"그대 또한 별 때문에 왔는가?"

"그렇사옵니다."

"여기서도 별, 저기서도 별!…… 참으로 귀찮을 지경이구나."

"소장은 별이 점지한 아이가 누구든 그 아이의 목을 베려고 왔사옵니다."

"안 된다!"

왕이 단호한 태도로 손을 내저었다.

"비록 베야 할 일이 있을망정, 어찌 이방인의 칼에 내 백성의 피를 묻히도록 허락할 수 있겠는가? 물러가라."

유대 왕은 자리를 박차고 일어섰다. 그는 왕의 자격으로 일을 처리할 참이었다. 그의 논리대로라면 그게 곧 하늘의 일이기도 했다. 남에게 양보할 이유가 전혀 없는 것이다. 고개 숙인 융커의 얼굴은 소금 먹은 고양이처럼 일그러졌다.


달하는 숙소에서 정성껏 몸을 씻었다.

물이 풍부해서 그런지 아니면 그 반대로 물이 없어서 그런지는 몰라도 유대에는 목욕탕이라는 게 흔했다. 고향 여우난골에서는 흐르는 물 어디서나 멱을 감곤 했지만.

베이루트에서 만났던 소년에게 보다 자세한 얘기를 묻지 못한 게 후회스러웠다. 하지만 그건 운명에 다름아니었고, 이제 자신이 나서야만 한다는 내면의 울림이 컸다.

"달하, 어딜 가려고?……"

방에서 나오던 그리메가 하늘에 뜬 달과 달하를 번갈아보면서 눈을 동그랗게 떴다. 목욕을 마친 달하의 모습은 그야말로 바다에 맑게 씻긴 달에 견줄 만했다. 눈을 동그랗게 뜬 건 의문이 아니라 감탄 때문이었다.

"오랍, 같이 가. 어디든 사방을 둘러볼 수 있는 언덕에 올라가봐야겠어."

그리메가 고개를 끄덕였다. 그는 달하가 산에 오르려는 뜻을 단숨에 이해했다.

"그래, 가고말고!"

그들은 눈앞에 펼쳐진 산을 향해 걸었다. 그곳 주민들이 '시온산'[7]이라고 부른다는 산이었다. 어둠에 잠긴 숲은 검었고, 그 어둠에 몸을 감춘 산새들이 우는 소리가 들려왔다. 아니, 그들을 반기는 소리처럼 들렸다.

"나는 내가 그저……."

달하가 무슨 말인가를 하려다가 잠시 그쳤다. 새소리가 갑자기 요란해졌기 때문이다. 그리메는 잠자코 기다렸다.

"세상에 대한 호기심으로 무작정 따라나섰다고 믿었어. 헌

7) 시온산(Mt. Zion). 예루살렘 서쪽에 위치한 해발 765미터의 산자락으로 비교적 완만한 구릉지.

데 내 역할이 실은 이미 오래전부터 점지돼 있었을지도 모른다는 생각이 들어. 지금 그 일 때문에 가고 있어."

"그래, 안다. 허나 나 자신은 무엇일까 하는 생각을 해보지 않을 수 없구나."

"오랍에게는 틀림없이 오랍의 일이 있을 거야. 뭔가 더 중요한……."

"……."

그리메는 대꾸하지 않았다. 산비탈이 날카롭게 경사진 곳이 나타났다. 그리메가 그곳에 먼저 올라서서 달하의 손을 잡아 끌었다.

"여기가 좋을 것 같아."

꽤 넓은 공터가 드러나자 달하는 사방을 둘러보았다. 그리고는 더 이상 따라오지 말라고 당부하고 안쪽으로 좀 더 깊이 들어갔다.

어림으로 고향 여우난골을 향해 선 채 달하가 구리거울을 내려놓았다. 반질반질하게 닦인 거울은 벌써부터 무엇인가를 투사하듯 하얗게 빛났다. 달하는 그 모습을 지켜보다가 허리 굽혀 절하기를 반복했다. 하나, 둘, 셋…… 아버지 부르암이 그랬듯 아홉 번이었다.

"아버지, 이제 소녀가 길을 묻사옵니다."

달하가 아홉번째 무릎을 꿇어 절했다. 그런데 아까부터 웬일인지 몸이 온전치는 않은 듯 동작이 느리고 굼떠 보였다.

한참 동안 움직임이 없던 달하가 구리거울을 들고 천천히 일어섰다. 천지는 적막하여 좀 전에 울던 새소리도 이미 그쳤다. 달하는 두려운 듯 고개를 들어 하늘을 우러러보았다. 그 순간 하늘의 별들이 무엇엔가 크게 놀란 것처럼 일제히 흔들렸다.

"소녀가 길을 묻사오니……."

중얼거리는 소리가 입 밖으로 자꾸 새어나왔다. 달하의 의지와는 아무런 상관이 없는 듯했다. 달하는 그런 멍한 상태로 세성을 향해 구리거울을 높이 쳐들었다. 그러자 이내 반응이 왔다. 고향 여우난골에서는 거울을 비추자 유성우가 쏟아진 적도 있다. 헌데 장안으로 떠나올 때도, 쫓기면서 그 먼 하서주랑을 지나올 때도, 사막이며 고원을 넘어올 때도 반응을 보이지 않던 하늘이었다.

세성이, 아니 세성 뒤쪽에서 돌연 나타난 별이 거울에 반사되어 비춘 곳은 남쪽 십리 밖에 펼쳐진 구릉지대였다.

베들레헴!……

칼리가 거리 한쪽에 나앉아서 공후를 연주했다.

처음 대하는 앙증맞은 악기 모습에 반했는지, 아니면 높고

구슬픈 가락에 이끌렸는지 몰라도 사람들이 하나둘 모여들었다. 칼리는 사람이 있거나 없거나 전혀 신경을 쓰지 않았다. 그저 무엇인가 주어진 의무를 다하듯 연주에만 몰입했다. 지상의 모든 말없는 생명들, 혹은 하늘에 떠 있는 별과 달과 해를 향해서만 연주를 하듯.

"노래와 춤은 역시 저것들을 따를 수 없지."

"헌데 정신 나간 년이 아닐까?"

"이년아, 너희가 잘한다는 그 점술이나 한번 펼쳐보아라."

동전을 던졌던 사내 중의 하나가 어깨에 손을 얹어도 그녀는 연주를 멈추지 않았다. 사내는 한술 더 떠서 그녀의 가슴을 움켜쥐기까지 했다.

칼리는 그제야 자리에서 일어섰다. 그리고는 공후를 들어 올리더니 단칼에 그 몸통을 잘라버렸다. 공후는 생명이 다하는 순간에도 차르릉, 아프게 울었다.

그게 구만 리를 칼리와 함께 왔던 공후의 최후였다.

칼리가 아이를 안고 뒤도 돌아보지 않고 자리를 떴다. 그녀의 눈빛이 예사롭지 않았다. 바닷물이 밀려오면서 솟구쳐 일어난 파도의 포말처럼, 파랗던 눈동자가 이미 하얗게 뒤집혀 있었다.

"우리나라에는 아이가 태어나면 이웃과 일가친척들이 선물을 주는 오랜 풍습이 하나 있었지요. 백일이나 돌 때."

예루살렘을 떠나기 직전, 성기가 에데사에게 자랑했다. 자랑을 곁들여 뭔가 선물[8]을 좀 마련해야 하지 않겠느냐는 뜻을 은근히 내비친 것이다.

"좋은 말씀이십니다. 하마터면 빈손으로 갈 뻔했습니다."

"황금은 좀 가지고 있는데, 달리 좋은 게 뭐가 있을까요?"

"글쎄요."

에데사가 고개를 갸우뚱했다. 할 수 없이 숙소 근처의 저자를 돌아봐야 할 것 같았다. 그들 일행은 베들레헴으로 향하던 발걸음을 돌렸다.

"형제의 나라에서는 주로 어떤 걸 선물하시었소?"

천천히 말을 몰아가면서 에데사가 성기의 의견을 구했다.

"금반지를 선물하거나 옷가지를 직접 기워서 주지요. 따로 산모에게는 질 좋은 미역을 선사하기도 한답니다."

---

8) 황금은 그렇다 치고, 유향과 몰약은 옛 고조선 영토에서 흔히 생산되는 약재가 아니지 않느냐고 진작부터 의아심을 가졌을 독자들이 적지 않을 것 같다. 하지만 구만리 머나먼 곳을 여행하는 사람들이 출발하면서부터 선물을 미리 장만할 필요가 있을까? 당사자들에게 무엇이 필요한지 알 수도 없을 뿐만 아니라 무엇보다 짐이 거추장스러워지기 때문이다. 황금만 지니고 있다면 현지에서 소용되는 것들과 얼마든지 교환할 수 있지 않은가? 오늘날 우리가 이사한 집을 방문할 때면 바로 그 앞 가게에서 선물을 고르는 이치와 같다.

"반지를 당장 만들지는 못해도 황금이 있으니까 그걸로 대신하면 되겠고……."

"유대 민족이 특별히 아끼는 물건들이 있을까요?"

"유향이나 몰약 같은 것들이 있긴 하지요."

"유향? 몰약?……"

"둘 다 좋은 향이면서 값비싼 약재들이지요. 우리 대상들도 장사를 나갈 때면 반드시 휴대하는데, 아 참! 융커의 부하가 전갈에 물렸다고 했을 때 제가 나눠주었던 게 바로 몰약이었습니다."

"그렇다면 더할 나위 없겠습니다. 박사님의 뜻에 따르지요."

말을 다 듣고 난 에데사가 크게 소리내어 웃었다. 자신의 의견을 존중해준 데 대한 만족이 아니라 박사라는 호칭 때문이었다. 성기도 흐뭇한 미소를 지어 보였다.

아침 일찍 길을 떠나려고 했던 그들 일행은 저자에서 꼬박 한나절을 보내야 했다. 조금이라도 더 질이 좋은 약재를 구하기 위해서였다. 급한 마음이 들지 않을 리 없었지만 이제 남은 길도 불과 이십 리에 지나지 않았다.

길을 떠나기에 앞서 그리메는 칼리를 찾아가 마지막 여정에 대해 들려주었다.

칼리가 아무런 대꾸도 하지 않고 당연한 일이라는 듯 잠자코 그를 따라나섰다. 그리고 융커가 멀리서 바람처럼 그들을 미행했다.

융커뿐만이 아니었다. 유대 왕이 보낸 군사 몇 명도 바람의 그림자처럼 일행을 몰래 뒤따라갔다.


그날도 하늘에 가장 먼저 돋아난 별은 태백성(金星)이었다.

일행은 고을 전체가 내려다보이는 언덕에 서서 오랫동안 그 개밥바라기별을 바라보았다. 달하는 별을 향해 공손히 허리를 숙였다. 일몰과 일출을 전후해서 하루 두 차례 돋아나는 태백성은 스무 달 동안 계속해서 그들을 이끌어준 길잡이이기도 했다.

"세성이 뜨려면 좀 더 기다려야 하겠지?"

성기가 달하를 향해 혼잣말하듯 물었다. 이제 세성에게 최후로 길을 물어야 하는 것이다.

"고을의 규모가 그리 크진 않아서 집집마다 돌면서 수소문을 해봐도 될 듯하오만."

물을 막고 품어내면 물속 밑바닥까지 다 드러나는 법이다. 에데사도 애가 타는지 조급한 심사를 그런 식으로 표현했다. 하지만 잉어를 알지 못하면 붕어를 잉어로 오인할 수도 있는 일이다.

"아, 그렇지!"

에데사가 짝 소리가 나도록 손뼉을 치면서 말을 이었다.

"불사위가 해야 할 일이 하나 있다. 하마터면 잊어버릴 뻔했구나. 새벽까지 배를 한 척 구해서 부두에 대기시켜놓아라. 육지에서 몸을 숨기기보다는 일단 바다로 빠지는 게 훨씬 안전할 것이다. 내 수하와 함께 가라."

갑작스런 지시를 듣고 불사위가 뚱한 표정을 지었다. 그도 그럴 것이 여태껏 일을 함께 해오다가 처음으로 혼자 책임져야 할 임무를 도맡았기 때문이다. 그렇지만 그는 이내 기색을 바꾸었다.

"알겠습니다."

불사위는 자신이 이미 어른이 됐다는 사실을 새삼 느꼈다. 그래서 그의 표정은 밝았다.

"말 두 필을 끌고 쿰란(Qumran)[9]으로 가라. 그 정도면 괜찮은 배 한 척과 바꿀 수 있을 것이다."

그때 달하의 구리거울이 뿌연 빛을 내기 시작했다. 세성은 아직 뜨지도 않았는데 거울이 먼저 반응하고 있었다. 일행은 희미한 빛의 향방을 눈을 부릅뜨고 바라보았다. 그 빛은 일행

---

9) 사해(死海)의 북서 연안 지역.

이 이미 지나왔던 노상의 작은 오두막 한 채를 긴 막대처럼 가리켰다.

불사위가 오두막 쪽을 힐끗 살피더니 에데사의 수하와 함께 나란히 말을 끌고 언덕을 내려갔다. 자신이 해야 할 일이 있다는 사실에 그는 무한한 자긍심을 가졌다. 태백성이, 멀리 떠나가는 연인을 배웅하기라도 하듯, 그의 뒷모습을 오래 비추었다.


뒤에 처졌던 칼리가 오두막 반대쪽으로 급히 달려오는 게 보였다. 그런데 그녀는 유대 왕의 군사들에게 쫓기고 있는 듯했다.

"세 분이 먼저 들어가셔서 그 아이를 만나보세요. 칼리는 제가 구하겠습니다."

그리메가 칼리 쪽으로 말을 몰았다. 칼리는 그리메가 다가오는 걸 확인했는지 걸음을 멈추고 돌아선 채 병사들과 맞섰다.

"이 더러운 놈들아, 이 아이는 아니다."

칼리가 허리를 꼿꼿이 하고 버럭 소리를 질렀다. 병사 한 놈이 그녀와 아이를 짓밟으려는 듯 그대로 말을 몰아오면서 동시에 칼을 휘둘렀다. 칼리는 크게 몸을 휘청거리며 겨우 피했지만 두번째 병사가 돌진해왔다. 그 병사를 그리메가 막았다.

성기와 에데사, 그리고 달하 세 사람이[10] 오두막을 향해 재빠르게 걸음을 옮겼다.

달하는 그런 와중에도 그리메가 걱정이 되어 연신 그쪽으로 눈을 돌리다가 한순간 발을 헛딛고 말았다. 그녀의 발길을 걸어찬 건 마을 공동우물의 경계를 이루는 낮은 기단석이었다. 그 바람에 품속의 구리거울이 그만 우물 속으로 떨어져내렸다.

"어머, 이를 어째!"

달하가 우물 속을 들여다보았으나 보이는 건 그저 캄캄한 어둠뿐이었다. 속이 얼마나 깊은지, 물이 얼마나 고여 있는지도 헤아릴 길이 없었다.

"애달파할 것 없다. 거울은 이제 할 일을 다 하고 간 것일 게다."

성기가 달하의 팔을 잡아끌었다. 달하도 그런 느낌이 들지 않는 건 아니었다. 허나 달하는 그 이상의 어떤 커다란 상실

---

10) 동방박사의 숫자에 대해서는 정확히 알려진 사실이 어디에도 없다. 모두 네 명이 었는데 그중 한 사람은 일행을 호위한 무사(武士)였을 것이라는 흥미로운 가설도 있고, 모두 열두 명이라고 주장하는 교회 학파도 있다.

감으로 치떨었다. 자기 몸의 일부가 크게 잘려나가는 느낌이었다.

유아 살육의 비극은 이미 그 막이 올라간 지 오래였다.

"이건 하늘의 뜻이다! 이게 하늘의 명이다!……"

병사들의 외침 소리가 사방에서 들렸다. 신명이 나서 저절로 몸에서 우러나는 소리 같기도 했고, 미쳐 날뛰는 소리처럼 들리기도 했다. 부모와 가족들이 통곡하는 울음도 어두워지는 밤공기를 찢었다. 그들은 병사들이 언턱거리로 삼아 책임을 미루고 있는 하늘을 올려다보며 절규했다.

"하느님[11], 하느님!……"

이윽고 방 안에서 인기척이 새어나왔다. 그리고 기름불이 켜졌다.

기름불 하나가 피워낸 불꽃은 따뜻하고도 밝았다. 무엇보다 태평스러웠다. 크게 모닥불이라도 사룬 듯했다. 일행이 타고

---

11) 오직 하나의 유일신이라는 의미를 지니는 '하나님'과 하늘의 '하느님'은 그 출발이 다른 데도 불구하고 우리나라에서 크게 혼용되어 습관적으로 쓰이고 있는 실정이다. 필자는 그 잘잘못을 지적하려는 게 아니라 사실은 등장인물 최후의 인식 오류가 그것일지 모른다는 자기고발을 하고 있다. 그들은 '하늘'에서 시작하여 '하나'로 가고 있지는 않은가? '하늘'과 '하나'를 습관처럼 혼용하고 있지는 않은가?

왔던 말들이 일제히 투레질을 하거나 목청을 높였다. 길고 오랜 장정이 끝났음을 본능적으로 알기라도 하듯.

달하는 조바심치며 등 뒤를 돌아보았다. 그리메 오랍은 무사할까?…… 하지만 등 뒤는 더욱 캄캄한 어둠뿐이었다. 골목 저쪽 끝에서 들려오는 쇠붙이 소리가 어둠을 더욱 짙게 물들이고 있었다.

"저희는 저 먼 동방 하늘……."

달하는 자신들이 찾아온 이유를 빠르고도 간략하게 설명했다. 유대 언어에 정통한 에데사조차 다 알아듣지 못할 정도였다. 그래서 에데사는 특별히, 새로 태어난 아이에게 경배를 드리러 왔다는 말을 추가하기도 했다.

"아이가 언제 태어났는지 여쭤봐도 될까요?"

언제부턴가 달하의 음성은 안으로부터 잠겨들기 시작했다. 어쩌면 목소리가 떨려나왔기 때문인지도 모른다.

"……스물한 개의 달, 그리고 보름이 있기 전에……."

머뭇거리는 사내를 대신해서 아이 어머니가 나지막하게 대답했다는 기간은 그들이 걸어온 시간의 다른 이름이기도 했다.

그리메는 속이 탔다.

ㅡ오두막 안에는 도대체 어떤 수수께끼가 숨어 있는가?

그리메가 뿌려대는 칼빛은 광대한 밤하늘을 그어내리는 별 똥별의 소멸보다 짧고 빨랐다. 오두막 안의 일이 그만큼 궁금했던 것이다.

기어코 군사들을 제압한 그리메가 서둘러 말 머리를 돌렸을 때, 일행은 이미 오두막을 나서는 중이었다. 낭패감이 그의 머리를 칼끝처럼 스쳐지나갔다. 그는 칼리 쪽을 황망히 바라보았다. 서둘러 피신해야 한다고 말할 참이었다. 그런데 칼리는 무슨 일인지 어둠 속으로 재빠르게 몸을 숨기고 말았다.

태백성은 이미 자취를 감춘 지 오래였다. 세성도 빛을 거두었다. 태백성은 때가 되어 물러간 것에 지나지 않았지만 세성은 자신을 스스로 감추기 위해서였다. 세성이 그럴진대 하물며 다른 별들은 일러 무엇하랴?…… 천지가 암흑이었다.


아이의 가족도 이내 길을 나섰다.

캄캄한 어둠 속인데도 불구하고 그들은 일부러 검은 천으로 몸을 감쌌다. 고삐를 쥐고 가는 사람은 발굽소리가 크게 들리지 않도록 조심하면서 말을 몰았다.

"멈춰라!"

일행을 가로막은 건 융커의 목소리였다. 말고삐를 쥐고 가던 사람이 앞으로 나섰다.

"융커, 제발 길을 비켜다오. 너에게 남은 마지막 기회다."

칼리였다. 어쩐 일인지 고삐를 쥐고 있는 건 그녀였다. 입에 풀잎이라도 물고 있는 듯 그녀의 목소리는 심하게 떨렸다. 워낙 캄캄한 밤이라 두억시니 따위에 사로잡혔는지도 몰랐다.

"넌 나서지 마라. 이 일이 진정 우리를 위한 마지막 기회다."

칼리가 거듭 마지막 기회를 강조했다. 융커는 더 이상 불필요한 말들을 늘어놓지 않았다. 그는 어둠 속으로 날아올라 아이를 낚아챘다. 그리고 단 한순간도 망설임이 없이 그 작은 생명을 끊었다. 아이 어머니가 내지른 외마디 비명이 검은 비단을 찢듯 어둠의 막을 찢어놓았다.

작은 생명의 피에서는 젖 냄새가 묻어났다. 융커는 아주 오래전에 맡곤 하던 초원 양떼들의 싱싱한 젖 냄새를 떠올렸다. 그는 칼날을 자기 코끝에 직접 대보기까지 했다. 그런 다음 성기와 그리메 일행이 사라진 골목으로 말을 몰았다.

"융커, 네가 일을 저질렀구나. 네가 기어코 해냈어!"

칼리가 외쳤다. 원망인지 찬사인지 모를 말이었다. 남자인지 여자인지도 짐작하기 힘든 목소리였다. 틀림없이, 미친 듯했다. 하지만 칼리의 동작만큼은 침착했다. 그녀가 끊어진 생명 앞에 무릎을 꿇더니 두 손으로 천천히 그걸 들어올려 가슴에 품었다. 그녀가 품에 안은 것 역시 어둠이었다.

먼동이 터오면서 동쪽으로는 사해(死海)가 드러났다.

소금기가 많아서 물고기가 살 수 없다는 바다, 고개를 돌리면 서쪽으로 애굽 땅이다. 그 애굽의 땅 위로 다시 배고픈 새벽의 태백성이 돋아났다. 간밤에 불사위를 배웅하던 바로 그 별이었다.

쿰란의 포구는 한산했다. 물고기가 살 수 없으니 어부가 있을 리 없고, 바닷새들도 살지 않는 듯했다. 메마른 사막 가운데에 위치한 바다라서 그런지 물빛은 더욱 쪽빛으로 빛났다. 일행은 일단 사해를 건너 유대의 땅을 벗어난 뒤 홍해를 건널 계획이었다.

"박사님, 이번 장사는 많이 밑지지 않으셨는지요?"

불사위를 기다리면서 초조한 마음을 숨긴 채 성기가 에데사를 떠보았다.

"허허, 금세 눈앞에 보이는 이문은 대개 푼돈에 지나지 않는 법입니다."

"고맙습니다. 은혜를 잊지 않겠습니다."

"차제에 한나라 동쪽 끝까지 장삿길에 나설까 하오. 두 귀를 옥문관처럼 열고 다니다가 만약 소인이 기다리는 소식이 들려오거든 찾아가리다. 재상 자리를 내놓으라고, 하하하!"

"일이 그리 된다면, 무엇인들 아깝겠습니까?"

성기는 허리를 굽혀 새삼 감사를 표했다. 에데사도 성기를 따라 허리를 구부렸다. 허리가 뻣뻣해서 어색하기만 했던 그의 동작도 이제 많이 부드러워졌다.

"그 아이를 만났을 때 말씀하셨습니다. 하늘의 신탁을 들었노라고…… 소인도 한 조각이나마 얻어들을 수 있을까요?"

에데사가 조심스런 낯빛으로 물었다. 성기는 바로 대답하지 않았다.

멀리 동쪽 유대의 왕궁 쪽으로부터 아침 해가 떠오르기 시작했다. 여우난골에 뜨던, 그리고 에데사 같은 돌궐의 나라에서 뜨던 해와 다를 바 없는 태양이었다. 하지만 그들 가슴속을 채우고 있는 태양빛은 더욱 붉고 찬연했다. 걸어서 어디론가 만 리쯤만 더 갈 수 있다면, 그래서 십만 리를 채울 수 있다면 그 태양에도 이를 것 같은 뿌듯함 때문이었다.

"물론, 말씀하지 않으셔도 됩니다."

하지 않아도 괜찮다는 말로 에데사는 성기를 채근했다.

"이런 걸 두고 바로 천기누설이라고 하옵니다만, 하하하!…… 좀 엉뚱하게 들릴지는 몰라도 제가 들었던 신탁은 이러했습니다. '그래, 그렇구나!……' 불과 그 여섯 마디였습니다."

에데사가 성기의 진의를 파악해보느라고 잠시 말문을 닫았다. 무엇이 그렇다는 것인지, 그래서 뭘 어쩌겠다는 것인지 모호하기만 했다. 모난 돌멩이에서 비단실을 뽑아내라는 주문만큼이나 허황했다. 그런데 그걸 제대로 들었다는 사람은 또 무엇이란 말인가?

─혹시, 동이족을 향한 하늘의 자책이나 연민, 뭐 그런 걸 뜻할까?

에데사는 그렇게 묻고 싶었으나 묻지 못했다. 그건 장사치가 취급할 물목은 아니었다. 성기가 품속에 깊이 숨긴 금척이라면 몰라도…… 그나마 그 금척조차 자신들이 지불해야만 했던 노고와 재화에 비하면 창피해질 지경이 아니던가?

"이제 박사님께서는 어디로 가실 의향이십니까?"

은근슬쩍, 성기가 화제를 바꾸었다.

"이곳 물길은 나도 좀 꿰뚫고 있으니 우선 갈 수 있는 곳까지 배웅을 해드리지요. 그리고 장차 생각을 좀 해봐야 할 것 같습니다. 세상에서 그렇구나, 그렇구나 하고 스스로 믿을 만한 일들이 무엇일까 하고 말입니다. 형제께서 들려주신 게 그것이니까요."

에데사가 의외로 선선한 대답을 했다. 그의 얼굴이 다시 밝아졌다.

자신은 하늘에 대한 믿음을 언급했는데, 에데사는 스스로 믿는 바를 찾겠다고 한다. 성기는 그 점을 짚어보여야 할 것인지 얼른 확신이 서지 않았다. 그때 마침 한층 밝아진 에데사의 얼굴 너머로 작은 배 한 척이 서서히 미끄러져 들어오는 게 보였다.

달하가 껑충껑충 뛰다시피 하면서 손을 흔들었다.

"불사위, 여기야, 여기!……"

반대편 길목 끝으로 칼리가 나타났다.

간밤에 그녀와 함께 길을 가던 아이의 가족이 그녀의 뒤를 따르는 모습이 눈에 띄었다. 일행은 칼리를 발견하지 못한 채 뱃전으로 향했다. 그리고 달하를 선두로 성기와 에데사, 그리고 마지막으로 그리메가 뱃전에 올랐다.

"같이 왔으니, 같이 떠나야 하지 않겠는가?"

배를 저어온 사내가 삿갓을 벗어던지며 씩 웃었다. 웃고 있는데도 불구하고 그의 미소가 서릿발처럼 차가웠다. 그는 불사위 아닌, 융커였다.

"네가 어찌?…… 불사위는?"

달하가 소스라치게 놀라 소리쳤다. 순간적으로 달하는 태백성이 오래오래 불사위를 뒤에서 비추던 정경을 떠올렸다.

"젊은 친구 말인가? 바다 속으로 먼저 떠났지. 꽤 끈질긴 놈이더구나."

"그럼, 내 수하는?"

에데사도 수염이 많은 턱을 쳐들며 물었다.

"아랍의 젊은이 말인가? 그애가 언제까지 당신 수하였던가?…… 저 모래사막 어디서부터는 이미 내 수하가 돼 있었는데 말이네. 가엾은 젊은이, 배신했다고는 여기지 마시게. 그가 내 길을 오늘까지 계속 안내해줬거든."

"융커!"

딱딱하게 굳어버린 육포 토막을 미리 작정하고 씹을 때처럼, 그리메가 이를 악물며 융커 앞으로 다가갔다. 융커도 칼을 빼들고 남은 칼집을 바닥에 던져버렸다. 이제 마지막 결전 하나가 남았을 뿐이라는 사실을 예고하는 것 같았다.

"미리 말해주지."

융커가 칼끝을 그리메 앞으로 쭉 뻗은 채 입을 열었다. 그리메가 걸음을 멈추었다. 너울에 실린 배가 좌우로 출렁거렸다.

"네놈이 맘에 들었다. 심지어 갈팡질팡하는 모습까지도…… 오래 살 수 있다면 너 또한 네 젊은 날이 자랑스러울 때가 있을 텐데, 하여튼 네가 있어 즐거웠다."

"나 또한 네 놈이 있어 이곳까지 올 수 있었지. 허나 이제 고리를 끊어야겠다."

"아무렴!······"

사내들이 입에 발린 찬사를 늘어놓았다. 입에 발렸다는 건 사내들이 그만큼 찬사를 늘어놓기를 잘한다는 뜻이기도 하다. 그들은 서로 경쟁하다가도 자신이 쓰러뜨리거나 베거나 꺾는 상대를 향해서는 으레 고마움을 표하게 된다. 꺾인 상대가 크고 강할수록 그 가치가 더욱 빛날 것이기 때문이다. 상대가 여자라고 해도 예외는 아니다.

그리메와 융커는 서로 뱃전을 오가며 칼날을 부딪쳤다. 그들이 움직일 때마다 배가 심하게 요동쳤고 또 아프게 삐걱거렸다. 돛대며 난간 등에도 더러 칼자국이 새겨졌다. 그리메가 물에 빠지자 융커도 물속으로 뛰어들면서 그들은 배 안팎을 넘나들며 싸우기도 했다.

"융커, 네가 벤 건 야칸이었다!······ 네가 그애의 아비였단 말이다."

뭍으로 올라선 융커의 칼이 그리메의 옆구리 빈틈을 제대로 파고들었다 싶은 순간, 가까이 다가온 칼리가 소리쳤다. 그 짧은 찰나에 융커에게도 빈틈이 나타났다. 이미 그는 오감 중의 어느 하나가 마비된 듯했다. 그러나 그 틈새는 너무 컸다. 그리메 역시 그곳을 향해 칼을 뻗었다.

융커가 무릎을 꺾으며 바닥에 털썩 주저앉았다. 그리메는 칼을 뽑아 지팡이처럼 의지하고 그 자리에 우뚝 섰다. 그리고 는 무슨 일인지 칼리를 매섭게 노려보았다. 아니, 그녀에게 초 점을 맞추기 위해 애를 쓰는 듯했다.

칼리가 융커에게 다가가 그를 끌어안았다. 융커가 어린애처 럼 그녀의 품에 안겼다. 그의 왼쪽 목덜미에서는 새로 파놓은 샘처럼 검붉은 피가 쿨럭쿨럭 새어나왔다.

"이런 날을, 기다려왔다. 아주 오랫동안……."

융커가 쉬엄쉬엄 말을 이어갔다. 낯빛이 창백하기는 했지만 표정만큼은 믿을 수 없을 정도로 평온해 보였다.

"더 이상은, 너에게 부끄럽지 않은, 부끄럽지 않게 되는 날 을……."

"그래, 융커. 이젠 쉬어라. 네 영혼을 야르칸드로 데려가마."

"칼리, 초원이 보이는구나. 우리들의 어머니, 우리는 초원을, 어머니라고 불렀지."

칼리가 하늘을 향해 고개를 쳐들었다. 눈물이 떨어져내리지 않도록 할 속셈이지만 하늘 어딘가에는 푸른 초원이 펼쳐져 있을 것 같기도 했다. 눈물 어룽어룽한 그녀의 눈으로 문득 하 얀 낮달이 들어왔다. 그리고 그 낮달이 뜬 쪽으로 자욱한 먼지 구름이 피어났다.

한 떼의 기마대가 먼지구름 사이로 요란한 말발굽소리를 토해냈다. 달하는 서둘러 젊은 부부와 아이를 뱃전에 납작 웅크리게 하고 그리메를 돌아보았다.

"오랍, 어서 타!"

달하가 애타게 부르짖었다. 그리메는 한 걸음을 겨우 옮겼을 뿐 다시 제자리에 멈춰섰다. 그리고는 비로소 자신의 옆구리를 돌아보았다. 융커의 칼이 지나간 자리에서 흘러내린 피가 이미 옷을 흥건하게 적시고 있었다.

"오랍, 오랍!…… 오랍도 이제 아버지가 된단 말이야."

"아!……"

그리메가 달하의 말을 들었는지 짧은 외마디소리를 냈다. 달하는 뱃전에 쓰러져 절규했다. 성기가 그녀를 부축하고, 에데사는 돛을 올렸다.

기마병 수십 기가 한꺼번에 다가와 그리메를 에워쌌다. 그가 허공을 향해 칼을 휘두르며 무모하기 짝이 없는 공격을 퍼부어댔다. 분명 그 동작은 달하 일행에게 병사들이 다가가지 못하도록 붙잡아두려는 시도였다. 그게 아니라면, 어서 빨리 떠나라는 손짓일 수도…….

그리메는 그 일로 인해 마지막 버티고 서 있을 힘마저 다 소진하고 말았다.

"언제나 그랬듯이, 그리메는 우릴 찾아올 것이다. 우리 뒤를 따라올 거야."

배가 바다로 나오자 성기가 달하를 위로했다. 그의 위로는 그의 소망에 다름아니었다. 달하는 힘없이 고개를 끄덕였다.

"이제 마음을 놓으셔도 됩니다. 유대의 군사들은 더 이상 쫓아오지 못합니다."

에데사가 일행을 안심시켰다. 젊은 부부가 고개 숙여 감사 표시를 했다. 멀리 지중해에서 불어오는 편서풍을 받아 배는 빠르게 동쪽으로 나아갔다.

"아이가 자라거든……."

성기가 젊은 부부를 향해 조심스럽게 운을 뗐다.

"멀리 동방의 저희들에게 유학을 보내셔도 됩니다. 물론, 지금 저희와 함께 가셔도 상관없겠지요. 아이의 순결한 피를 바쳐 나이든 자들의 영달을 비는 나라는 미래가 없을 것이나, 저희 땅에서는 이웃을 아끼지 않는 패륜을 감히 상상조차 하지 못합니다. 외람되오나 장차 저 아이에게도 그걸 보여주었으면 합니다."

젊은 부부가 다시 머리를 숙였다. 부부는 감사 표시로 두 손을 모으기도 했지만 말은 없었다. 크게 놀랐을 가슴이 아직 진정되지 않은 게 분명했다.

성기도 그들의 심정을 헤아려 더 이상 입을 열지는 않았다. 사해의 파도를 헤치고 가는 뱃머리만 그렇다고 수긍하듯 연신 고갯짓을 해댈 뿐……

바위 언덕 위로 괴상한 형틀 하나가 섰다.

형틀은 아무렇게나 자랐을 굽은 나무를 열십자로 엮고, 그걸 바위틈에 고정시켜 세운 것이었다. 이른바 십자가(十字架)[12]였다. 확인할 수는 없지만, 형틀 위에 올라서면 사해가 끝나는 지점까지 한눈에 다 내려다보일 것 같았다.

그리메는 의식을 잃지 않으려고 버텼다. 문득 공후 소리 한 자락이 그의 귓가를 스치고 지나갔다. 분명 환청이었지만 여우난골의 여우들이 캥캥 울던 소리를 닮은 듯도 했다. 세상 그어떤 짐승들보다 슬피 울던 족속들!…… 그는 고개를 들어 동쪽으로 반듯이 향하기 위해 안간힘을 썼다. 고개만 바로 쳐들수 있다면 그게 곧 동쪽이었다.

"내 아들아."

--------

12) 십자가형(十字架刑)은 본래 아시리아를 비롯한 페니키아, 페르시아 등지에서 사용하던 처형방법이었던 것으로 알려져 있다. 로마에서는 기원전 1세기 말부터 식민지인에 대한 처형방법으로 십자가형을 공식 채택했다고 한다. 그러니 당연하게도, 십자가형을 처음으로 받은 이가 예수는 아니다.

말이 되어 나오지 않는데도 불구하고 그는 흐릿해지는 의식 속에서 아들을 불렀다. 아들이 아니라도 상관은 없다. 아니, 아들이 확실할 것이라는 믿음이 섰다. 하지만 그걸로 시간을 낭비할 필요는 없었다. 그래서 그는 계속해서 아들을 불렀다.

"내 아들아, 보고 싶다."

여전히 말이 되어 나오지 않는 말이었다. 그는 무엇보다도 자신을 낳아준 생부 성기로부터, 그리고 그를 길러준 부르암 부족장으로부터 먼저 용서를 구해야 한다는 생각을 했다. 그게 한 아이의 아비가 되기 직전에 해야 할 마지막 일이라는 것을…… 허나 그의 생각은 짧고 또한 단편적이었다. 오로지 아들에 대한 상념만 집요할 정도로 이어졌다.

"내 아들의 아들, 아들의, 아들의 아들, 아들……."

앞에 한 말들을 금세 까먹고 자꾸 되풀이하듯, 그는 오래도록 아들의 아들을 찾았다. 까마득한 미래의 후손들까지 다 불러내고 싶어 하는 듯했다.

"너희는, 나라를 세웠느냐? 나는, 너희가 세울 나라, 그곳 신시[13]로 돌아가고 싶구나. 나를 그리로……."

---

13) 신시(神市)는 글자대로 풀이하면 '신의 시장(저잣거리)'이다. 단순한 시장이 아니라 도시로 해석하는 게 일반적이지만, 시(市)가 도시 개념으로 쓰인 것은 근대 이후이므로 신시를 '신불'로 읽어야 한다는 주장도 있다. 신불의 '불'은 '땅'과 같은 의미로

그리메가 후손들을 모두 불러낸 이유가 비로소 명백해졌다. 그 명백함으로 그의 눈이 잠깐 반짝하고 빛을 발했다. 그 순간 그의 망막 속으로 고향 여우난골 제당에 걸렸던 깃발이 찍혔다. 그 깃발은 저 사해의 출렁거리는 파도를 따라 더불어 일렁거렸다.

그때, 그는 분명히 목격했다.

장차 천수백여 년이 지나서야 비로소 등장하게 될, 그 깃발의 온전한 형상을…… 그것은 태극[14]이면서 태양이었고, 동시에 조선의 이름자이기도 했다. 그렇지만 그로서는 그게 무엇인지 알 도리가 없었다.

그리하여 그는, 죽어서도 눈을 감지 못했다.


한 여자가 바위틈에 숨어 동정을 살피기 시작했다.

그녀의 눈 속에서 하얗게 들떴던 파도는 어느새 가라앉은 듯 보였다. 그녀가 쥐고 있는 비수의 날도, 그리고 그녀가 날카

------

'벌'의 고어다. 오늘날의 '서울'과 동형이라고 할 수 있다.

14) 1882년 9월 박영효가 고종의 명으로 일본에 사신으로 가던 중 배 위에서 태극 문양과 그 둘레에 4괘를 넣은 '태극 4괘 도안'으로 처음 국기를 만들어 사용한 것으로 알려져 있다. 이 기는 '조선 국기'로 불리다가 1919년에 이르러 비로소 태극기라는 이름을 얻었다.

롭게 응시하는 눈빛도 모두 파랬다. 하지만 그녀는 사내의 숨이 이미 끊어진 사실을 알지 못하는 듯했다.

## 더 읽어야 할 이야기

# 후기

달하 일행이 구만 리 먼 길을 다녀간 지 이천 년이 넘는 세월이 지났다.

이천 년이라면, 달하의 셈법으로는 이만 사천 개의 달이 차고 기운 세월이기도 했다. 그걸 알 리 없는 사람들에게는 그저 아득히 먼 과거로나 인식되고 말겠지만.

그해, 이스라엘의 추석 보름달은 다른 여느 해보다 크고 둥글었다. 우리처럼 추석을 쇠는 민족의 명절이었기에 달은 보답이라도 하듯 더욱 밝았는지도 모른다.

보름달이 떠오르던 시각, 베들레헴 시내의 한 구릉에서는 아이들 몇몇이 모여 숨바꼭질에 빠져 있었다. 그들 중 한 소년은 술래가 결코 발견하지 못할 곳이 어디 없을까 하고 내달리

다가 그만 깊은 웅덩이에 추락하고 말았다. 다행히 소년은 가벼운 타박상을 입었을 뿐, 다른 소년들에 의해 무사히 구조되었다. 그런데 구출된 소년의 손에 무엇인가가 들려 있는 게 눈에 들어왔다. 구리로 만들어진 거울이었다. 소년 자신은 그걸 움켜쥔 사실조차 몰랐다고 고백했다. 엉겁결에 그저 손에 닿는 걸 꽉 쥐고 놓지 않았던 모양이었다.

거울은 비교적 온전했다. 하지만 뒷면의 천문도는 부식을 거듭해서 그냥 무엇엔가 긁힌 흔적으로밖에는 여겨지지 않았다. 앞면에도 긁힌 자국은 남아 있었다. 달하가 직접 새겨넣은 깃발 문양이었지만 이 역시 구리의 푸른 녹 때문에 전문가들조차 그게 무엇인지 상세하게 밝히기는 어려웠다.

학자들은 사실, 소년이 빠졌던 구덩이 자체에 더욱 주목했다. 그들은 무엇인가 간절한 염원을 담아 발굴 조사를 계속했다. BC 1년과 AD 1년에 걸친 시기에 누군가가 직접 마신 우물이었으면 하는…… 곧이어 지하수가 유입됐던 흔적과 바스러진 물이끼에 대한 탄소동위원소 측정 결과가 드러났고, 우물 축조 기술에 비춰본 연대기에 대한 보고서가 발표되었다.

모든 게 명백했다. 구리거울 역시 우물과 시대를 달리하지 않는다는 사실이 밝혀졌다. 하지만 왜 구리거울이 거기에 잠겨야만 했는지, 그것만큼은 여전히 풀 수 없는 숙제로 남았다.

모든 게 세월 탓이었다.

세월은 그 사이 어떤 일들을, 얼마나 많이 빚어냈던 것일까?


서기 8년, 왕망은 기어코 한 제국을 멸하고 신(新)[1]을 건국
했다.

그해 장안에는 전설로만 떠돌던 봉황(鳳凰) 한 쌍이 날아들
었다고 한다. 봉황은 용과 학이 교미를 해서 낳았다는 상서로
운 동물이다. 그런데 어쩐 일인지 백성들은 봉황을 흉조로 여
겼다.[2]

왕망에 의해 멸망되기 이전의 한나라가 전한(前漢)이다. 하
지만 신나라 역시 불과 15년 만에 사라졌다. 봉황은 과연 흉조
였던가?…… 제국은 다시 부활했다. 옛적의 그 한나라는 이미
아니었으니 이름을 후한(後漢)이라고 한다. 후한은 그 뒤 조조
와 유비, 손권 등이 나라를 삼분하여 패권을 다툴 때까지 이어

---

1) 왕망은 이상주의자, 사리사욕이 없는 사회개혁가, 그리고 유능한 정치가이자 독실
한 유생(儒生)이었으며 동시에 미신을 숭상했던 인물로 알려져 있다. 그는 또한 솔선
수범해서 법을 철저히 지키고자 애썼으며, 법을 어겼다고 해서 아들 3명과 손자 1명,
조카 1명을 처형한 냉혈한이기도 하다. 그런데 그의 치세 동안 황하가 세 차례 이상
진로를 바꾸어 크게 범람하는 바람에 민심이 이반되었다. 이로 인한 농민 반란이 끊
이지 않다가 결국 반란군에 의해 왕망이 죽음을 당하면서 신나라는 멸망했다.
2) 안국선(安國善)의 『금수회의록(禽獸會議錄)』에 보이는 내용. '요순(堯舜) 적에도 봉
황이 나왔고 왕망의 때도 봉황이 나오매, 요순 적 봉황은 상서라 하고 왕망 때 봉황은
흉조처럼 알았으니…….'

졌다.

그렇다면 그 아이는……?

동방에서 왔다는 이들에 의해 가까스로 목숨을 부지할 수
있었던 그 아이가 그때 어디로 갔는지, 어디서 가르침을 받아
가며 몸을 키웠는지는 밝혀지지 않았다. 그게 이집트라는 설
도 돌았고, 아마도 인도가 아니었을까 하고 추측하는 무리도
많았다. 허나 수수꽃다리를 심은 곳에는 수수꽃다리가 나고
종려나무를 심은 곳에는 종려나무가 나는 법이다. 추측은 그
저 추측일 뿐이다.

서른이 돼서야 홀연히 고향으로 돌아온 그는 어린 시절 자
신을 찾아왔던 방문객들의 기대를 결코 저버리지 않았다. '하
늘에 계신 아버지……'를 찾아 기도하기 시작했던 것이다.

헌데 그는 온갖 억측에도 불구하고 젊은 날 자기 자신을 키
운 땅에 대해서는 끝내 언급하지 않았다. 수수께끼 중의 수수
께끼가 바로 그것이다.

그는 왜 굳이 침묵해야만 했을까?

혹시 그곳이, 사람들이 알지 못하는 너무 아득하고 먼 곳이
어서 그랬을까? 아니면 혹시, 그곳에 살던 이들은 하나같이 하
늘의 자손임을 믿어 의심치 않는 사람뿐이어서……?

어쨌거나 고향에 돌아온 지 기껏 삼 년, 그는 자기 동족에게

고변을 당해 형틀에 묶이는 몸이 되고 말았다. 복잡한 속내가 없진 않으나 그가 전파한 하늘의 말들이, 하늘의 일들이 제 동족의 오랜 믿음과는 사뭇 달랐기 때문이다.

그가 받은 형도 십자가형이었다. 공교롭게도, 그리메가 매달렸던 언덕, 바로 그 자리였다.


세월은 더 흘렀다. 느릿느릿 흘러가면서도 굽이굽이 조바심치던 세월이기도 했다. 그리고⋯⋯.

서기 1392년 어느 날, 고려(高麗)의 무장 이성계는 달콤한 낮잠에 빠져들었다가 짧은 꿈 하나를 꾸었다. 역사를 바꾸는, 나라 하나가 새로 들어서는 꿈이기도 했다.

"이 곱자로 옛 조선의 강토를 측량해보시구려."

머릿결이 거칠고 흰 선인 하나가 그에게 낫처럼 직각으로 구부러진 곱자 하나를 내밀었다.

"측량이라 하오시면⋯⋯?"

"글쎄, 한얼[3]이 그러라 하시더이다."

누렇게 빛나는 곱자는 생시처럼 반짝거렸다. 아니, 생시가

---

3) 우리가 일상적으로 말하는 하늘은 두 개의 의미를 함축하고 있다. 우주를 뜻하는 하늘과 그 주재자를 말하는 하늘이 그것이다. 전자가 '한울'이며, 후자는 '한얼'이다. 영어로는 각각 sky와 heaven으로 구별할 수 있을 것이다.

아니라 꿈이어서 더욱 반짝거렸는지도 모른다. 이성계는 그 번쩍이는 빛 때문에 꿈에서 깨어났다. 그의 귓전에서는 여전히 선인의 목소리가 쟁쟁거렸다. 얇은 곱자처럼, 유난히 선이 가늘게 느껴지는 목소리였다. 가성을 구사하는 광대처럼……

두 눈동자가 조금 더 시력을 회복했을 때, 이성계는 탁자 위에 실제로 놓여 있는 그 물건을 보았다. 자신이 꿈에서 받은 바로 그 황금 곱자, 이른바 금척(金尺)이었다.

오늘날까지 우리에게 전해지는 몽금척 설화[4]의 내용이 그것이다. 꿈에서 받은 계시처럼, 이성계는 오래지 않아 나라를 세우고 국호를 조선으로 정했다. 이때 세워진 조선과 구별하기 위해 BC 108년에 멸망한 조선을 우리 역사는 고조선(古朝鮮)이라고 부른다.

'금척의 전설은 그렇게 완성되었다.'

---

4) 척(尺), 곧 자의 영어 표현은 룰러(ruler)다. 룰러는 지배자나 통치자라는 뜻을 갖고 있기도 하다. 고대사회에서 자를 지녔다는 의미는 도량형 전체에 대한 절대적 권위, 즉 통치를 상징한다. 어쨌든 몽금척(夢金尺)은 말 그대로 '금척을 받는 꿈'이란 뜻인데, 우리나라에서는 지금도 심심찮게 이 금척을 찾는 데 성공했다는 소식이 들리기도 한다. 태조가 들려준 이 꿈을 바탕으로 정도전이 궁중무용 금척무(金尺舞)를 지어 올렸고 이 무용은 현재까지도 이어지고 있다.

# 연대기

BC 195년 위만이 고조선에 망명, 준왕이 그에게 박사(博士) 칭호를 내리고
국경 수비 임무를 맡기다.

BC 194년 위만이 준왕을 축출하고 왕위에 오르다.

BC 141년 한 무제가 불과 16세로 왕위에 오르고, 그의 54년 치세 시작되다.

BC 140년 장건, 서역으로 원정을 떠나다.

BC 126년 장건, 서역 원정을 마치고 14년 만에 귀국, 이로써 실크로드가 열
리다.

BC 108년 고조선 멸망. 훗날 동방박사 일행이 된 성기(成己)의 증조부 성기
가 부흥운동을 펼치다. 고조선 유민이 남하하여 삼국 형성과 삼한
사회에 영향을 주는 가운데 일부 동이족은 여우난골에 남아 온갖
핍박을 견디며 훗날을 도모하다.

BC 101년 이광리, 대완(大宛) 원정에서 한혈마를 획득하다. 이로써 한의 군
사력이 비약적으로 발전하다.

BC 87년 한 무제 사망하다.

BC 40년 유다 땅에서는 헤롯이 로마로부터 유다 왕위를 얻다.

BC 37년 주몽, 졸본에서 고구려 건국하다.

BC 37년 헤롯, 예루살렘을 정복하고 유다 통치를 시작하다.

BC 33년 한 성제 즉위하다.

BC 25년 갈석산 여우난골에서 성기(成己)의 아들로 '흰 그리메' 출생하다.

BC 18년 온조, 위례성에서 백제 건국하다.

BC 16년 갈석산 여우난골에서 부르암의 딸로 '흐르는 달하' 태어나다.

BC 8년 한 왕망, 대사마 등극하다

| | |
|---|---|
| BC 7년 | 2월, 성제 사망. 애제의 즉위와 동시에 왕망 하야하다. |
| BC 2년 | 12월, 예수 탄생. 세성의 뒤쪽으로부터 새로운 별 하나가 휘황찬란하게 분화하다. 이날 밤, 여우난골로 피신해온 칼리가 아이를 낳다. 부르암 일행 12명, 갈석산을 출발하다. |
| BC 1년 | 2월, 장안에서 가악제전 열리다. 부르암 일행, 혼란을 틈타 장안 탈출하고 90,000리 여정에 오르다. 이 과정에서 부르암 목숨을 잃다. |
| BC 1년 | 3월, 왕망이 북군 군관 융커로 하여금 동이족을 추적하도록 밀명을 내리다. |
| BC 1년 | 6월, 한 애제 사망하다. 평제 즉위와 동시에 왕망이 다시 대사마에 취임하다. |
| BC 1년 | 11월, 동이족을 이끌던 성기, 일행 모두에게 박사 제수하다. |
| BC 1년 | 12월, 그리메 일행이 파미르 고원을 넘다. 융커, 동이족의 뒤를 끈질기게 쫓다. |
| | |
| AD 1년 | 기원 후 1년 1월 1일이라는 의미심장한 시기를 아라비아 사막에서 맞이한 성기 일행, 조로아스터교에 피체되다. |
| AD 1년 | 9월, 그리메 일행 유다 도착하여 왕궁을 방문하고 찾아온 목적을 밝히다. 성기와 달하, 에데사 등 3인이 아기 예수를 만나 선물을 주고받다. |
| AD 1년 | 10월, 그리메, 유다 병사들에게 붙잡혀 골고다 언덕에서 십자가에 묶여 처형당하다. |
| AD 8년 | 12월, 왕망이 신(新)을 건국하고 황제의 지위에 오르다. |
| AD 23년 | 10월, 왕망이 살해되고 신 멸망하다. |
| AD 26년 | 빌라도 총독의 유다 통치 시작되다. |
| AD 30년 | 예수, 그리메가 죽은 골고다 언덕에서 십자가형을 받다. |

## 작가의 말

"동방에서 온 박사들이라고? 그게 도대체 어디요?"

그렇다. 이 소설은 동방박사를 소재로 한 상상력의 소산이다. 그 상상이 끝내 소설로 꾸며졌다.

동방박사 설화는, 그 설왕설래하는 흥미성이 가미되면서 매력적인 글감의 대상이 되곤 했다. 그들은 어디서, 무엇 때문에 왜 찾아왔던 사람들이었을까? 그들을 이끈 건 어떤 힘이었을까?

시비의 빌미를 제공한 것은 물론 동방박사 그들 자신이었다. 그들은 왜 스스로를 기껏해야 동방에서 온 사람들이라고만 대답해야 했을까? 그들에게는 과연 어떤 말 못 할, 자격지심을 애써 숨기지 않으면 안 되는 사정이 있었던 걸까? 이 소설은 바로 이런 의문들로부터 비롯되었다.

'구슬이 서 말이라도 꿰어야 보배'라는 격언은 이따금 소설 작법에서도 유효한 듯하다.

고조선이라는 구슬, 홍익인간 구슬, 묵가 구슬, 스스로를 천손(天孫)으로 믿었던 우리 선조들의 신앙 구슬, 이성계가 세운 조선이라는 구슬, 몽금척 구슬, 하필 요셉이 목수였다는 구슬과 그가 늘 소지하고 다녔을 자(尺) 구슬, 하나님의 독생자 발언 구슬, 동방(東方)이라는 모호한 지명 구슬, 무엇보다 네 이웃을 사랑하라고 했던 그 말씀의 구슬까지…… 그것들을 단순하게 꿰고 묶어내는 순간에 보배는 완성되었다. 그게 바로 이 소설이다.

그리하여 필자는 이번 소설에 한해서만큼은, 단순 일용직 기술자거나 수공예업자에 지나지 않았던 셈이다. 구슬과 바늘과 노끈을 한꺼번에 제공받아 그걸 꿰어 엮어서 납품하는…….

필자는 겸손을 핑계로 건방을 떨고 있는 게 결코 아니다. 동방박사 설화를 찬찬히 들여다보면 거기 가공되지 않은 원석 모양새의 구슬들이 촘촘하게 박혀 있고, 그것들은 저마다 누군가가 제발, 오로지 자신들을 꿰어주기만을 간절하게 염원하고 있는 게 보일 정도다.

필자가 그 단순한 일을 했다. 그냥 뭐, 대수롭지도 않은 일이었다.


헌데, 소설이 완성되기도 전, 그 상상 소설을 전해듣는 것만으로도 예비 독자들의 반응은 가히 폭발적이라고 할 만했다. 실제로 그들 감정은 폭발하기 일쑤였다.

아전인수라고 몰아붙이던 이들, 조선의 건국과 예수라니 소가 하품하겠다고 일축하던 이들, 구만 리라는 아득한 거리에 지레 겁을 먹던 이들, 심지어 무슨 '반지 원정대' 같은 성과에 굳이 비춰보려던 이들…… 그리고 무엇보다 신성모독을 언급하던 이들까지.

고조선 유민의 열망이, 그것도 천손임을 믿어 의심치 않다가 그 하늘의 나라가 멸망당하는 일을 겪어야 했던 이들의 열망이, 동방박사로 거듭 태어나는 일이 과연 불손인가? 불손이어야 하는가?

다행스럽게 뜻을 같이하는 이들이 아주 없지는 않아서 그들은 내가 빠뜨린 구슬을 챙겨주기도 했고, 구만 리 머나먼 장정에 든든한 도반이 돼주기도 했다. 역사 서술이 아닌 소설, 그걸 새삼스럽게 일깨워준 이들도 바로 그들이었다. 그래서 이 작품은 천생(天生), 소설이다.

소설은 분명 소설이지만,

소설을 통해 필자가 숨죽여 의도하고 또한 간구하는 바가 하나 있다. 외람되기 짝이 없으되, 그게 우리 땅에서, 고조선과 기독교의 화해를 보는 일이다. '화해(和解)' 외에 다른 어떤 적절한 용어를 필자는 알지 못한다. 그리하여 기껏 이 바람뿐, 다시 숨을 죽이리라.

께름칙하고 불온한 기운을 애써 감추고 책을 엮어준 다산북스에 감사드린다. 그들이 때마침 필자 주변에 없었더라면 이 얘기는 틀림없이 세상에 발아하기도 전에 가차 없이 목이 졸리고 남았을 것이다.

까마득하게 어린 시절의 의문 하나를 이제 비로소 풀어낸다.

필자가 다녔던 오래 전의 초등학교, 그 학교 뒤편에 '구만리'라는 마을이 있었다. 도대체 저 마을은 어디서 어디까지 구만 리라는 걸까, 하던 의문……

가을이 깊었다.

아마 이무렵쯤 됐으리라. 바위가 많은 척박한 유대 땅에서 그가 태어난 것은…… 그리고 고조선 유민 열두 명이 구만 리 먼 길에 겁도 없이 나선 것은…… 벌써 이천여 년 전에 운명지어진 일이거늘, 새삼스럽게 그들의 장정이 평안하기를 비는 마음이 자꾸 앞선다.

2011년 동짓달에 들어
작가 이병천이 쓰다.

# 90000리

**초판 1쇄 인쇄** 2011년 12월 6일
**초판 1쇄 발행** 2011년 12월 15일

**지은이** 이병천
**펴낸이** 김선식

**Chief editing creator** 김현정
**Editing creator** 백상웅
**Design creator** 이명애

**2nd Creative Story Dept.** 김현정, 박여영, 최선혜, 한보라, 유희성, 백상웅
**Creative Design Dept.** 최부돈, 황정민, 김태수, 손은숙, 박효영, 이명애, 박혜원
**Creative Marketing Dept.** 모계영, 이주화, 원종필, 임광문, 신문수, 백미숙
        **Communication Team** 서선행, 박혜원, 김선준, 전아름, 이예림
        **Contents Rights Team** 이정순, 김미영
**Creative Management Team** 김성자, 송현주, 류수민, 김태옥, 윤이경, 김민아, 권송이

**펴낸곳** 다산북스
**주소** 서울시 마포구 서교동 395-27
**전화** 02-702-1724(기획편집) 02-703-1725(마케팅) 02-704-1724(경영지원)
**팩스** 02-703-2219
**이메일** dasanbooks@hanmail.net
**홈페이지** www.dasanbooks.com
**출판등록** 2005년 12월 23일 제313-2005-00277호

**필름 출력** 스크린그래픽센타
**종이** 월드페이퍼(주)
**인쇄 · 제본** (주)현문

**ISBN** 978-89-6370-736-5 (03810)